AGATHA CHRISTIE POIROT SELECTION

DEATH IN THE CLOUDS

AGATHA CHRISTIE POIROT SELECTION

DEATH IN THE CLOUDS

구름 속의 죽음 애거서 크리스티 장편 소설 | 박슬라 옮김

황금가지

DEATH IN THE CLOUDS
by Agatha Christie

정식 한국어 판 출간에 부쳐

나는 한국에서 우리 할머니의 작품을 정식으로 출간한다는 소식을 듣고 무척 기뻤다. 할머니가 1920년부터 1970년 무렵까지 오랜 세월에 걸쳐 집필한 작품들은 21세기인 지금 읽어도 신선하고 재미있다. 등장 인물들이 워낙 자연스러워서 요즘 사람들과 다를 바 없고 이들이 등장하는 상황과 장소가 전 세계 사람들의 애정과 향수를 자극하기 때문이다. 한국 독자들은 이번에 새로 나온 정식 한국어 판을 통해 그 동안 접하지 못했던 애거서 크리스티의 일부 작품들을 읽을 수 있을 것이다. 덕분에 한국에 새로운 세대의 애거서 크리스티 팬들이 탄생할지도 모르겠다는 생각을 하면 가슴이 벅차다.

애거서 크리스티는 대표적인 두 명의 주인공으로 기억되는 작가이다. 14권의 작품에 등장하는 마플 양은 영국의 작은 시골 마을에서 평온한 나날을 보내며 뜨개질과 수다로 소일하는 미혼의 할머니이지만, 놀라운 기억력과 날카로운 두뇌 회전으로 주변에서 벌어진 살인 사건을 해결한다.

그리고 마플 양과 상반되는 성격을 지닌 에르퀼 푸아로는 자신만만하고 콧수염을 포함한 자신의 외모와 벨기에라는 국적에 대한 자부심이 상당하다. 그는 이집트와 이라크를 비롯한 세계 각지에서 수수께끼를 해결하며 『오리엔트 특급 살인 *Murder On The Orient Express*』, 『나일 강의 죽음 *Death On The Nile*』, 『애크로이드 살인 사건 *The Murder Of Roger Ackroyd*』 등 애거서 크리스티의 여러 대표작에 모습을 드러낸다.

황금가지의 대담하고 참신한 표지와 전반적인 디자인 덕분에 작품의 성격이 잘 살아난 것 같아 기쁘다. 또한 한국 독자들이 할머니의 원작이 지닌 참된 묘미를 느낄 수 있도록 충실한 번역을 위해 애써 준 점도 높이 사고 싶다.

할머니의 작품이 20세기의 그 어떤 작가들보다 많이 팔리고 있는 이유는 나이와 국적에 상관없이 읽을 수 있는 재미와 감동을 갖추었기 때문이다. 모쪼록 한국 독자들도 황금가지에서 선보이는 애거서 크리스티 작품들을 즐겁게 감상하기를 바란다.

매튜 프리처드

애거서 크리스티의 손자

ACL 이사장

오먼드 비들에게

차례

〈프로메테우스호 뒤쪽 객실 도면〉

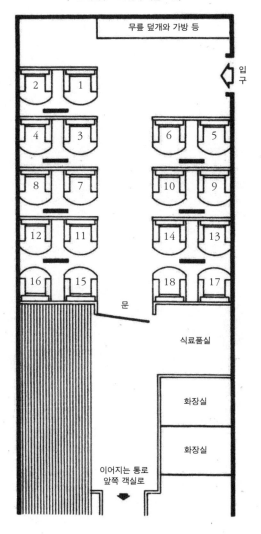

파리발 크로이든행

9월의 햇살이 르부르제 공항*에 뜨겁게 내리쬐는 가운데, 승객들은 지면을 가로질러 잠시 후 크로이든 공항**을 향해 이륙할 정기 여객기 프로메테우스호에 올라탔다.

제인 그레이는 마지막 탑승객 무리에 섞여 비행기에 올라 16번 좌석에 앉았다. 승객들 중 몇 명은 벌써 중앙 문을 통해 작은 식료품실과 화장실 두 개를 지나 앞쪽 객실로 향하고 있었다. 좌석은 대부분 벌써 차 있었다. 통로 건너편에서 시끄럽게 재잘거리는 소리가 들렸다. 조금 높고 날카로운 목소리를 가진 여자가 대화를 주도하고 있었다. 제인은 입술을 약간 실룩거렸다. 그녀는 그런 목소리

---

* 파리 북쪽에 있는 공항.
** 런던 남부에 있는 공항.

를 가진 사람들이 어떤 성향을 가지고 있는지 잘 알고 있었다.

"세상에…… 정말 멋지네요. 전혀 몰랐어요……. 그런데 어디라고 했죠? 주앙레팽? 오, 그래요. 아뇨……. 르피네…… 그래요, 바로 그 사람들이요……. 어머, 당연히 같이 앉아야죠. 아, 안 된다고요? 누구……? 오, 알겠어요……."

그리고 남자의 목소리가 들려왔다. 외국인 억양을 띤 공손한 말투였다.

"……아니 괜찮습니다, 마담."

제인은 곁눈질로 슬쩍 그들을 훔쳐보았다.

달걀 모양의 머리에 멋들어진 콧수염을 기른 자그마한 몸집의 나이 든 남자가 가지고 있는 물건을 들고 제인과 같은 줄의 통로 건너편 자리에서 점잖게 일어나고 있었다.

제인은 고개를 살짝 돌려, 우연한 만남 때문에 낯선 남자에게 자리를 양보해 달라고 한 두 여자를 바라보았다. 르피네라는 말에 그녀는 호기심이 일었다. 제인도 르피네에 머물렀기 때문이다.

두 여자 중 한 명은 기억 속에 뚜렷이 남아 있었다. 그녀를 마지막으로 본 건 바카라* 테이블에서였다. 그녀는 드레스덴 도자기처럼 정성 들여 화장한 얼굴을 붉으락푸르락하며 자그마한 손을 쥐었다 폈다 하고 있었다. 조금만 애써 보면 이름이 기억날 것도 같았다. 한 친구가 그녀의 이름을 입에 올린 적이 있었다.

---

* 카드 놀이의 일종.

"저 여자는 어떤 귀족의 부인이야. 하지만 진짜 귀족은 아냐. 결혼하기 전에는 코러스 걸이나 뭐 그런 거였다나 봐."라고 친구가 깊은 경멸이 담긴 목소리로 말했다. 메이시라는 이름의 그 친구는 군살을 '제거'하는 솜씨가 뛰어난 일류 마사지사였다.

다른 여자는 '진짜 귀족'인 모양이라고 제인은 생각했다.

'왠지 모르게 말을 닮았는걸. 지방 명문가 출신이 틀림없어.'

제인은 이내 두 여자를 잊어버리고 창밖으로 보이는 르부르제 공항의 풍경으로 관심을 돌렸다. 갖가지 모양의 비행기들이 늘어서 있었다. 그중에는 꼭 커다란 금속 지네처럼 생긴 것도 있었다.

하지만 그녀는 무슨 일이 있어도 바로 앞의 맞은편 좌석만은 쳐다보지 않을 작정이었다. 그 자리에는 젊은 남자가 앉아 있었다.

그는 보랏빛이 감도는 밝은 푸른색 스웨터를 입고 있었다. 제인은 그 스웨터 위쪽으로는 절대 눈길을 올리지 않기로 결심했다. 만약 그녀가 눈을 들면 젊은 남자와 눈이 마주칠 것이고, 그것만은 절대로 피하고 싶었다.

정비사가 프랑스 어로 뭐라고 소리쳤다. 엔진이 으르렁거리더니 잠시 쉬었다가 다시 요란한 소리를 내기 시작했다. 이윽고 바퀴 받침이 치워지고, 비행기가 굴러가기 시작했다.

제인은 숨을 멈췄다. 비행기를 타는 게 이제 겨우 두 번째여서 겁이 나 견딜 수가 없었다. 비행기가 꼭 저쪽에 있는 철책을 들이받을 것만 같았다. 하지만 비행기는 무사히 지면을 박차고 떠올라 높이 더 높이 날아오르더니 공중을 한 바퀴 선회했다. 이제 르부르제 공항은 그녀의 발밑에 있었다.

크로이든행 정오 여객기가 이륙했다. 비행기에는 앞쪽 객실에 열 명, 뒤쪽 객실에 열한 명으로 승객 스물한 명이 탑승해 있었으며, 조종사 두 명과 남자 승무원 두 명이 타고 있었다. 엔진 소리가 점차 잦아들더니 더 이상 귀마개를 하지 않아도 되었다. 그래도 대화를 나누기에는 소음이 너무 심했기 때문에 사람들은 그저 조용히 앉아 있을 수밖에 없었다.

비행기가 프랑스 상공을 지나 영불해협을 향해 날아가는 동안, 뒤쪽 객실에 앉아 있는 승객들은 제각기 다른 생각에 잠겨 있었다.

제인 그레이는 이런 생각을 하고 있었다.

'저 사람을 쳐다보지 말아야지……. 절대로 절대로 쳐다봐선 안 돼. 창밖을 내다보며 다른 생각을 해야지. 그래, 뭔가 생각을 집중할 만한 거리를 찾아보자. 언제나 그게 제일 확실한 방법이니까. 그럼 마음이 차분해질 거야. 처음부터 찬찬히 생각해 볼까.'

제인은 결연한 마음으로 자신이 '처음'이라고 부른, 아일랜드 경마 복권을 샀을 때로 거슬러 올라갔다. 복권을 사는 것은 정말 쓸데 없는 사치를 부리는 것이었지만, 그래도 무척 재미있었다.

덕분에 제인을 비롯해 젊은 여자 다섯 명이 함께 일하는 미용실이 한동안 웃음소리와 장난스러운 수다로 시끌벅적했다.

"복권에 당첨되면 뭘 할 거야?"

"다 생각해 둔 게 있지."

여러 가지 계획들, 허황된 공상들, 쏟아지는 놀림들…….

그런데 제인이 당첨된 것이다. 큰돈은 아니었지만 그래도 100파운드가 손에 들어왔다.

100파운드!

"절반만 쓰고 나머지 반은 저축해 둬. 언제 무슨 일이 생길지 모르잖아."

"나라면 모피 코트를 사겠어! 진짜 최고급품으로 말이야."

"유람선 여행은 어때?"

제인은 '유람선'이라는 말에 조금 흔들렸지만, 결국은 처음 생각한 대로 일주일 동안 르피네에서 휴가를 즐기기로 했다. 그녀의 여성 고객들 중에는 르피네에 갈 예정이거나 혹은 그곳에서 막 돌아온 사람들이 많았다. 그녀는 능숙한 손가락으로 손님들의 머리칼을 매만지고 다듬으면서 입으로는 기계적으로 상투적인 말을 늘어놓곤 했다. "어디 보자, 파마하신 지 얼마나 됐죠, 부인?" "머리카락이 참 보기 드문 색깔이네요, 부인." "올 여름은 날씨가 정말 좋지 않았나요, 부인?" 그러면서 속으로는 '나라고 르피네에 못 가라는 법이 어디 있담?'이라고 생각하곤 했다. 그리고 이제 그 꿈을 이루게 된 것이다.

옷차림은 별로 문제될 게 없었다. 세련된 직장에서 일하는 대부분의 런던 아가씨들답게 제인도 비용을 아주 조금만 들이고도 놀라운 패션 효과를 낼 수 있었다. 손톱, 화장, 머리 모양, 모든 게 나무랄 데 없이 완벽했다.

그렇게 제인은 르피네로 떠났다.

그런데 르피네에서 지낸 지난 열흘이 단 하나의 사건으로 요약되어 버렸다.

그 일은 룰렛 테이블에서 일어났다. 제인은 매일 밤마다 도박을 조금 즐겼다. 물론 미리 정해 놓은 액수 이상은 절대 쓰지 않기로 결심해 두었다. 초보자는 대개 운이 좋다는 미신과는 달리, 제인은 운이 별로 따라주지 않았다. 그러다 나흘째 되는 날 마지막 판에서였다. 그때까지 그녀는 아주 조심스럽게 숫자나 색깔에 적은 액수의 돈을 찔끔찔끔 걸고 있었다. 조금 따기도 했지만 잃은 돈이 더 많았다. 그녀는 돈을 들고 기다렸다.

아무도 걸지 않은 숫자 두 개가 있었다. 5와 6. 마지막 남은 돈을 저 둘 중 하나에 걸어 볼까? 어떤 숫자로 할까? 5? 아니면 6? 네 느낌을 믿어 봐!

'5, 그래 5가 좋겠다.'

룰렛 공이 돌기 시작했다. 그러나 그녀는 손을 뻗어 6에다 돈을 올려놓았다.

그때 테이블 건너 제인의 맞은편에 서 있던 남자가 그녀와 동시에 돈을 걸었다. 제인은 6에, 그는 5에.

"리엥 느 바 플뤼.(베팅 끝났습니다.)"

딜러가 말했다. 공이 찰칵거리며 서서히 멈췄다.

"르 뉘메로 셍크, 루주, 앵페르, 망크.(5, 붉은색, 홀수, 망크*)."

---

* 룰렛 판에서 1부터 18 사이의 숫자가 나왔을 때 하는 말.

제인은 속이 상해서 울음을 터트릴 뻔했다. 딜러가 판돈을 걷어 돈을 딴 사람들에게 나눠 주었다. 맞은편에 있던 남자가 그녀에게 말을 걸었다.

"딴 돈을 가져가셔야죠."

"제 거라고요?"

"네."

"하지만 전 6에 걸었는걸요."

"아닙니다. 제가 6에 걸었고, 그쪽은 5에 걸었지요."

그리고 그는 미소를 지었다. 무척 매력적인 미소였다. 볕에 그을린 갈색 피부에 새하얀 치아, 푸른 눈동자, 곱슬거리는 짧은 머리카락.

제인은 미심쩍어하며 돈을 받아 들었다. 정말일까? 그녀는 조금 어리둥절했다. 어쩌면 정말로 자신이 5에 걸었는지도 모른다는 생각이 들었다. 그녀가 의아한 눈길로 낯선 남자를 바라보자 그는 살짝 미소를 지어 보였다.

"정말입니다. 그렇게 돈을 내버려 두면 따지도 않은 사람이 자기 것인 양 가져가 버린답니다. 흔한 일이죠."

그가 말했다.

그러더니 그는 친근한 미소를 지으며 고개를 살짝 끄덕이고는 가 버렸다. 정말 좋은 사람이었다. 그렇게 가 버리지 않았다면 제인은 그가 그녀에게 수작을 부릴 속셈으로 일부러 돈을 잃어 준 게 아닐까 의심했을 것이다. 하지만 그는 그런 부류의 남자가 아니었다. 정말 괜찮은 사람이었다. 그런데 바로 그 남자가 지금 그녀의 맞은편에 앉아 있었다.

하지만 이제 모두 지난 일이다. 돈도 다 떨어지고, 좀 실망스럽긴 했지만 마지막 이틀을 파리에서 보낸 뒤 제인은 지금 집으로 돌아가는 중이었다.

제인은 속으로 중얼거렸다.

'앞으로 어떻게 될까? 안 돼. 앞으로 무슨 일이 생길지 생각하면 안 돼. 괜히 신경만 날카로워질 거야.'

수다를 떨던 여자들도 조용해졌다.

제인은 통로 건너편을 내다보았다. 드레스덴 도자기 같은 여자가 부러진 손톱을 보더니 큰 소리로 투덜거리며 짜증을 냈다. 그녀가 벨을 울리자 하얀 제복을 입은 승무원이 나타났다.

"내 하녀를 불러 줘요. 다른 객실에 타고 있어요."

"알겠습니다, 부인."

승무원은 깍듯이 대답하고 재빨리 사라졌다. 잠시 후 검은 머리에 검은 옷을 입은 젊은 프랑스 여자가 작은 보석 상자를 들고 나타났다.

레이디* 호버리가 하녀에게 프랑스 어로 말했다.

"마들렌, 빨간 모로코 가죽 가방을 줘."

하녀가 통로를 따라 걸어갔다. 객실 끝에는 무릎 덮개와 가방 들

---

* 귀족의 부인이나 딸에게 붙이는 경칭.

이 쌓여 있었다.

하녀는 빨간색의 작은 화장품 가방을 들고 돌아왔다.

시실리 호버리는 가방을 받아 들고 나서 하녀를 돌려보냈다.

"그만 됐어, 마들렌. 가방은 여기 둘 테니까."

하녀가 객실을 떠났다. 레이디 호버리는 가방을 열고 칸칸이 정돈된 물건들 중에서 손톱 다듬는 줄을 꺼냈다. 그러고는 작은 거울을 진지한 표정으로 오랫동안 들여다보며 화장을 여기저기 손보기 시작했다. 파우더를 조금 두드리고 립스틱도 덧발랐다.

제인의 입술이 살짝 비틀려 올라갔다. 그녀는 객실 안쪽으로 시선을 돌렸다.

두 여자 뒤에는 '지방 명문가' 여성에게 자리를 양보한 작은 체구의 외국인이 앉아 있었다. 답답할 정도로 목도리를 칭칭 두르고 있었는데, 지금은 잠이 든 모양이었다. 그는 제인의 시선이 불편했는지 눈을 반짝 뜨고 그녀를 잠시 바라보다가 다시 눈을 감았다.

그 옆에는 키가 크고 머리가 희끗희끗한, 어딘가 거만한 인상의 남자가 앉아 있었다. 그는 무릎 위에 플루트 케이스를 열어 놓고 조심스러운 손길로 플루트를 닦고 있었다. 제인은 '재미있네.'라고 생각했다. 그는 음악가라기보다는 변호사나 의사 같았기 때문이다.

그 뒷줄에는 프랑스 인 두 명이 앉아 있었다. 한 명은 턱수염을 길렀고 다른 한 명은 그보다 훨씬 젊었다. 아마도 부자간이리라. 그들은 온갖 몸짓을 동원해 가며 흥분된 어조로 이야기를 나누고 있었다.

제인이 앉아 있는 줄은 그녀가 절대 쳐다보지 않기로 마음먹은 푸른색 스웨터를 입은 남자에게 가려 제대로 보이지 않았다.

'왜 이렇게 들떠 있지? 꼭 열일곱 살 때로 돌아간 것 같잖아.'

제인은 짜증스러워하며 생각했다.

그녀 맞은편에 앉은 노먼 게일도 생각에 잠겨 있었다.

'예쁘군⋯⋯. 정말 예뻐. 저 여자도 날 기억하고 있는 게 분명해. 마지막 판에서 돈을 잃었을 때는 무척 실망한 것 같았지. 돈을 땄을 때 그 기뻐하는 모습이란! 정말 그럴 만한 보람이 있었다니까. 내 솜씨도 괜찮았지⋯⋯. 웃는 얼굴이 정말 매력적이야. 치주염도 없어 보이고⋯⋯ 건강한 잇몸에 튼튼한 치아⋯⋯. 제길, 이상하게 흥분되는군. 자자, 침착해야지⋯⋯.'

그는 메뉴를 들고 옆에서 기다리고 있는 승무원에게 말했다.

"차가운 혓바닥 요리를 부탁합니다."

호버리 백작 부인은 생각했다.

'맙소사, 이제 어떡하면 좋지? 모든 게 엉망이야. 엉망진창이라고. 빠져나갈 구멍은 딱 하나밖에 없어. 내가 그럴 배짱만 있다면 말야. 하지만 과연 내가 해낼 수 있을까? 사람들을 속일 수 있을까? 머리가 깨질 것만 같아. 다 코카인 때문이야. 내가 대체 왜 코카인 따위에 손을 댄 거람? 내 얼굴 좀 봐. 끔찍해. 정말 끔찍하다고. 더구나 저 고양이 같은 베네샤 커를 만나다니, 최악이야. 저 여자는 꼭 날 무슨 더러운 물건 보듯 쳐다본단 말이야. 스티븐을 좋아하는 주제에. 흥, 어차피 그를 차지하지도 못했잖아! 저 길다란 얼굴, 정말 거슬려 죽겠네. 영락없는 말상이라니까. 저런 잘난 체하는 시골 여자들은 딱 질색이야. 하느님 맙소사, 어쩌면 좋지? 결정을 내리지 않으면 안 돼. 그 벼락 맞을 할망구는 진심이란 말이야 …….'

그녀는 화장품 가방을 뒤적여 담뱃갑을 꺼낸 다음, 담배를 긴 물부리에 끼웠다. 손이 가느다랗게 떨리고 있었다.

귀족 영애인 베네샤 커는 생각했다.

'더러운 매춘부 같으니. 겉으로는 정숙해 보일지 몰라도 속은 머리부터 발끝까지 닳고 닳은 매춘부야. 가엾은 스티븐…… 저 여자만 없다면…….'

이번에는 베네샤 커가 담뱃갑을 찾았다. 그녀는 시실리 호버리가 건네주는 성냥을 받아 들었다.

승무원이 말했다.

"죄송합니다만 기내는 금연입니다."

"빌어먹을!"

시실리 호버리가 내뱉었다.

에르퀼 푸아로는 생각했다.

'예쁜 아가씨군. 저기 저쪽에 앉은 자그마한 아가씨 말이야. 턱을 보니 고집도 좀 있겠는걸. 그런데 고민이라도 있는 건가? 왜 맞은편에 앉아 있는 잘생긴 청년을 애써 쳐다보지 않으려는 거지? 저 남자를 의식하고 있구만. 그리고 저 남자도 아가씨를 의식하고 있고…….'

비행기가 고도를 약간 떨어뜨렸다.

'몽 에스토막!(아이고 배야!)'

에르퀼 푸아로는 두 눈을 꼭 감았다.

그 옆에 앉은 브라이언트 박사는 떨리는 손으로 플루트를 쓰다듬으며 생각했다.

'안 돼. 난 못 하겠어. 도저히 결정을 내릴 수가 없어. 이건 내 직업 인생에 전환점이 될 텐데……'

그는 불안한 몸짓으로 악기 상자에서 플루트를 꺼내 애정을 담아 어루만지며 생각했다.

'음악……, 음악만 있으면 모든 근심에서 벗어날 수 있지.'

그는 살짝 미소를 지으며 플루트를 입술에 댔다가 다시 내려놓았다. 옆 자리에 콧수염을 기른 자그마한 남자는 깊은 잠에 빠져 있었다. 그는 조금 전 비행기가 잠깐 덜컹 하고 흔들렸을 때 얼굴이 새파랗게 질렸었다. 브라이언트 박사는 자신이 기차나 배, 비행기 멀미 따위를 하지 않아 참 다행이라고 생각했다.

아버지 뒤퐁은 흥분해 몸을 들썩이며 옆에 앉은 아들에게 큰 소리로 말했다.

"틀림없어. 바보 같은 독일인, 미국인, 영국인 들 모두 틀린 거야. 그 사람들이 측정한 선사시대 토기 연대는 다 엉터리라고. 사마라* 토기만 해도……"

금발에 키가 큰 아들 장 뒤퐁이 약간 무심한 투로 대답했다.

---

* 바그다드 북쪽, 티그리스 강 유역에 있는 도시.

"모든 자료를 근거로 제시하셔야죠. 텔 할라프와 사크제 구즈도 있으니까요……."

그들은 이후로도 한참 동안 토론을 계속했다.

아르망 뒤퐁이 찌그러진 서류 가방을 비틀어 열었다.

"이 쿠르드산(産) 파이프를 봐라. 요즘에 만든 건데도 무늬와 장식이 기원전 5000년대 토기와 별 다르지 않잖니."

그는 팔을 격렬하게 휘두르다가 하마터면 승무원이 앞에 놓아둔 접시를 떨어뜨릴 뻔했다.

추리소설 작가 클랜시는 노먼 게일의 뒷자리에서 일어나 객실 끝으로 걸어갔다. 그는 자신의 레인코트에서 유럽 열차 여행 안내 책자를 꺼내 다시 자리로 돌아와 작품에 사용할 복잡한 알리바이를 만들기 시작했다.

클랜시 뒤에 앉아 있는 라이더는 생각했다.

'잘 버텨야 할 텐데……. 하지만 쉽지는 않을 거야. 다음 분기 배당금은 또 어떻게 올리지……. 배당금을 거르면 불에 기름을 붓는 꼴이 될 텐데……. 제기랄!'

노먼 게일이 일어나 화장실에 갔다. 그가 자리를 뜨자마자 제인은 재빨리 거울을 꺼내 얼굴을 열심히 들여다보았다. 파우더와 립스틱도 덧발랐다.

승무원이 그녀 앞에 커피 잔을 내려놓았다.

제인은 창밖을 내다보았다. 저 아래 영불해협이 새파랗게 반짝이고 있었다.

클랜시가 차리브로드*발 19시 55분 기차를 조사하고 있을 때, 말벌 한 마리가 그의 머리 주위를 왱왱거리며 맴돌았다. 그는 무심결에 팔을 휘둘렀다. 그러자 벌은 뒤퐁 부자의 커피 잔 쪽으로 날아갔다.

장 뒤퐁이 솜씨 좋게 벌을 때려잡았다.

객실 안은 다시 조용해졌다. 소곤거리는 이야깃소리가 사라지고, 승객들은 모두 제각기 생각에 잠겼다.

객실 끝 2번 좌석에 앉아 있는 마담 지젤의 머리가 앞쪽으로 스르르 기울어졌다. 잠이 든 듯한 모습이었다. 하지만 그녀는 잠든 것이 아니었다. 그녀는 이제 말을 하지도, 생각을 하지도 못한다.

마담 지젤은 죽었기 때문이다.

* 동부 시베리아에 있는 도시

발견

승무원 두 명 가운데 선임인 헨리 미첼은 빠른 걸음으로 좌석 사이를 누비며 계산서를 돌렸다. 비행기는 30분 후에 크로이든 공항에 도착할 예정이었다. 그는 지폐와 은화를 받아 들며 "감사합니다, 선생님. 감사합니다, 부인."이라고 일일이 인사했다. 프랑스 인 두명이 앉은 좌석에서는 몇 분쯤 서서 기다려야 했다. 그들은 두 손을 휘저으며 뭔가를 열심히 토론하고 있었기 때문이다.

'어차피 이 사람들한테는 팁을 많이 받기 힘들겠군.'

미첼은 우울하게 생각했다.

승객 가운데 두 명은 아직까지 잠들어 있었다. 콧수염을 기른 몸집이 작은 남자와 객실 끝 좌석에 앉은 나이 든 부인이었다. 그녀는 팁을 후하게 주곤 했다. 미첼은 이 부인이 전에도 이 여객기를 몇차례 이용했다는 걸 기억해 내고 그녀를 깨우지 않기로 했다.

콧수염을 기른 남자가 눈을 뜨더니 그가 먹은 탄산수 한 병과 얇은 캡틴 비스킷* 값을 치렀다.

미첼은 나이 든 부인을 깨우지 않고 기다렸다가 비행기가 크로이든 공항에 도착하기 5분 전에야 비로소 옆으로 다가가 허리를 숙이고 말했다.

"실례합니다만 부인, 계산서입니다."

그는 예의 바른 태도로 그녀의 어깨에 손을 올렸다. 그러나 그녀는 깨어나지 않았다. 이번에는 손에 약간 힘을 주고 부드럽게 그녀의 어깨를 흔들었다. 그러자 놀랍게도 부인의 몸이 아래로 픽 쓰러졌다. 미첼은 그녀에게 몸을 구부렸다가 새하얀 얼굴로 몸을 일으켰다.

이등 승무원인 앨버트 데이비스가 말했다.

"말도 안 돼요! 그럴 리가요!"

"정말이라니까."

미첼은 하얗게 질린 얼굴로 부들부들 떨었다.

"헨리, 정말 확실해요?"

"틀림없어. 그래, 아마 발작을 일으킨 걸 거야."

"몇 분 후면 크로이든 공항에 도착해요."

"단순히 발작이라면……."

----

* 고급 건빵.

그들은 잠시 어쩔 줄을 모르고 있다가 곧 조치를 취하기 시작했다. 미첼은 뒤쪽 객실로 돌아갔다. 그는 머리를 숙이고 좌석 사이를 돌아다니며 낮은 소리로 중얼거렸다.

"실례지만 혹시 의사 선생님 안 계십니까?"

"난 치과 의사입니다만, 내가 할 수 있는 일이라면……."

노먼 게일이 반쯤 자리에서 일어나며 말했다.

그때 브라이언트 박사가 말했다.

"내가 의사요. 무슨 일입니까?"

"저 끝 좌석에 계신 부인께서…… 좀 이상해서요."

브라이언트가 일어나 승무원을 따라갔다. 콧수염을 기른 작은 남자가 자리에서 슬그머니 일어나더니 두 사람 뒤를 따라갔다.

박사가 허리를 구부리고 2번 좌석에 늘어져 있는 부인을 살펴보았다. 그녀는 검은색 옷을 입은 조금 뚱뚱한 중년 여자였다.

의사의 진단은 간단했다.

"죽었군요."

"어떻게 생각하십니까? 혹시 그…… 발작 같은 걸까요?"

미첼이 말했다.

"자세히 검사해 보기 전에는 뭐라 말할 수 없소. 마지막으로 이 부인을 본 게 언제입니까? 그러니까 살아 있는 모습 말이오."

미첼은 곰곰이 생각해 보았다.

"제가 커피를 가져다 드렸을 때만 해도 아무렇지 않았는데요."

"그게 언제요?"

"45분 전쯤인 것 같습니다. 예, 그쯤 될 겁니다. 그런 다음 계산서를 가져왔을 때는 주무시고 계신 줄만 알았죠."

"죽은 지 30분쯤 된 것 같소."

브라이언트가 말했다.

두 사람의 대화는 승객들의 관심을 끌었다. 좌석 여기저기서 머리들이 불쑥 솟아나더니 목을 길게 빼고 그들을 바라보며 귀를 기울였다.

"그러니까 발작 같은 거겠죠, 네?"

미첼이 희망을 품고 말했다.

그는 제발 발작이기를 바랐다.

그의 처제도 발작을 일으킨 적이 있었다. 사인이 발작이라면 누구라도 납득할 것이다.

하지만 브라이언트 박사는 책임을 지고 싶지 않았다. 그는 그저 난처하다는 표정으로 고개를 저을 뿐이었다.

그때 뒤에서 누군가의 목소리가 들렸다. 목도리를 두르고 콧수염을 기른 남자였다.

"저기 목에 무슨 자국이 있는데요."

그가 말했다.

자기보다 아는 것이 많은 진짜 의사에게 이런 말을 하게 되어 미안하다는 듯한 말투였다.

"그렇군."

브라이언트 박사가 말했다.

그는 여자의 머리를 옆으로 돌려 보았다. 목 측면에 무언가에 찔린 듯한 아주 작은 자국이 하나 나 있었다.

"죄송합니다만……."

이번에는 뒤퐁 부자가 끼어들었다. 그들은 대화의 끝부분을 듣고 있었다. 아들인 장 뒤퐁이 말했다.

"저 부인이 죽었고, 목에 무슨 자국이 있다고요? 그러고 보니 아까 벌 한 마리가 날아다니길래 제가 죽였습니다."

그는 커피 받침 접시에 놓인 죽은 말벌의 시체를 보여 주었다.

"혹시 저분이 말벌에 찔려 죽은 건 아닐까요? 그런 이야기를 어디선가 들은 적이 있거든요."

"가능한 일이오. 나도 그런 경우를 몇 개 알고 있으니까. 특히 심장 질환 같은 것을 앓고 있었다면…… 충분히 가능합니다."

브라이언트 박사가 말했다.

"그럼 전 어떻게 하는 게 좋을까요, 선생님? 몇 분 있으면 크로이든 공항에 착륙할 텐데요."

승무원이 말했다.

"글쎄. 아무것도 하지 마시오. 아, 그리고 시체를 건드리면 안 됩니다."

브라이언트 박사가 약간 뒤로 물러나며 말했다.

"네, 알겠습니다."

브라이언트 박사는 자리로 돌아가려다 자그마한 몸집의 목도리를 두른 외국인이 서 있는 걸 보고 흠칫 놀랐다.

"선생, 지금으로서는 자리로 돌아가 앉는 것이 최선입니다. 조금만 있으면 크로이든 공항에 도착할 테니까 말이오."

브라이언트가 말했다.

"그렇습니다. 여러분, 모두 자리에 앉아 주십시오."

승무원이 큰 소리로 말했다.

"파르동.(실례합니다.) 여기 뭐가 있는데요……."

자그마한 남자가 말했다.

"뭐가 있다고요?"

"메 위.(네, 그렇습니다.) 이걸 못 보신 것 같군요."

그는 에나멜 가죽 구두의 뾰족한 끝으로 그것을 가리켰다. 승무원과 브라이언트 박사의 시선이 구두 끝을 따라 움직였다. 객실 바닥에 노란색과 검은색이 뒤섞인 물체가 검은 스커트 자락에 반쯤 가려져 반짝이고 있었다.

"또 벌인가?"

의사가 깜짝 놀라며 말했다.

에르퀼 푸아로는 바닥에 무릎을 꿇고 주머니에서 작은 족집게를 꺼내 조심스럽게 그 물체를 집어 들고 일어났다. 그가 말했다.

"이런! 말벌처럼 보이지만 말벌이 아닙니다."

푸아로는 의사와 승무원이 똑똑히 볼 수 있도록 그 물체를 이리저리 돌려 보았다. 그것은 얇게 자른 노란색과 검은색 실크 조각을 꼬아 만든 것으로 한쪽 끝에는 독특하게 생긴 긴 바늘이 달려 있었다. 그리고 바늘 끝 부분이 변색되어 있었다.

"이런 맙소사! 오오, 이럴 수가!"

작은 몸집의 클랜시가 감탄사를 내질렀다. 그는 자리에서 일어나 승무원의 어깨 너머로 머리를 들이밀며 말했다.

"놀랍군. 정말 놀라워. 이렇게 놀라운 경험은 내 생전 처음이야. 맙소사! 믿을 수가 없군."

"좀 더 구체적으로 설명해 주시겠습니까? 이게 뭔지 아시나요?"

승무원의 질문에 클랜시는 열정 어린 자부심과 만족감에 젖어 말했다.

"알고 있냐고요? 물론입니다. 이건 말입니다 여러분, 미개 부족들이 대통에 넣어 사용하는 독침입니다. 남아메리카인지 보르네오인지는 잘 기억나지 않는데, 어쨌든 원주민들이 대통에 넣어 입으로 부는 독침인 것은 확실합니다. 게다가 이 끝에 묻어 있는 건 틀림없이……."

"남아메리카 인디언들이 화살에 사용하는 그 유명한 독이군요."

에르퀼 푸아로가 말했다. 그리고 그는 프랑스 어로 덧붙였다.

"메 앙펭! 에스 크 세 포시블?(맙소사! 그런 일이 정말 가능하단 말입니까?)"

"이상한 일입니다. 정말 이상한 사건이에요. 저도 추리소설을 쓰고 있긴 하지만 실제로 이런 일이 일어나다니……."

아직도 흥분해 있는 클랜시가 말했다.

그는 말을 끝맺지 못했다.

그때 여객기가 서서히 기우는 바람에 자리에서 일어나 있던 승객들이 휘청거렸다. 비행기가 크로이든 공항에 착륙하기 위해 공중을 선회하고 있었다.

크로이든

이제 주도권을 쥔 것은 의사와 승무원이 아니었다. 목도리를 두른 조금 이상하게 생긴 남자가 상황을 이끌어 나가고 있었다. 그는 사람들이 다른 의견을 말하지 못할 만큼 권위적이고 확신에 찬 태도로 말하고 있었다.

그가 미첼에게 뭐라고 속삭이자 미첼은 고개를 끄덕이더니 승객들 사이를 헤치고 화장실을 지나 앞쪽 객실로 이어지는 문 앞에 자리를 잡고 섰다.

비행기는 이제 활주로 위를 미끄러지고 있었다. 이윽고 비행기가 멈춰 서자 미첼이 큰 소리로 말했다.

"승객 여러분, 관계 기관에서 사람이 올 때까지 그대로 기다려 주시기 바랍니다. 그리 오래 걸리지는 않을 겁니다."

승객들은 대부분 얌전하게 승무원의 지시를 따랐지만, 한 사람만

이 새된 목소리로 항의했다.

"그게 무슨 소리예요? 당신 내가 누군지 몰라요? 난 지금 당장 내려야겠어요."

레이디 호버리가 짜증 섞인 목소리로 외쳤다.

"죄송합니다만 부인, 부인도 예외가 아닙니다."

"하지만 이건 정말 말도 안 돼요. 말도 안 된다고요. 회사에 고발하겠어. 시체랑 같이 이런 데 갇혀 있으라니, 기가 막혀서!"

시실리는 화를 내며 발을 동동 굴렀다.

"그 말이 맞아요. 정말 끔찍한 일이에요. 하지만 아무래도 우리가 참아야 할 것 같네요."

베네샤 커가 교양 있는 말투로 점잔을 떨며 대꾸했다. 그러고는 자리에 앉아 담뱃갑을 꺼내 미첼을 보며 말했다.

"이젠 담배 피워도 될까요?"

미첼이 근심 어린 표정으로 대답했다.

"지금은 상관없을 것 같습니다."

그는 어깨 너머를 흘긋 보았다. 데이비스가 앞쪽 객실에 탑승했던 승객들을 비상문을 통해 내려 보낸 후 책임자를 찾으러 갔다.

실제로 기다린 시간은 얼마 되지 않았지만, 승객들은 30분은 족히 지난 것 같다는 느낌을 받았다. 마침내 군인처럼 풍채 좋은 사복 차림의 사내가 제복을 입은 경관을 데리고 서둘러 활주로를 가로질러 미첼이 열어 놓은 문을 통해 비행기에 올라탔다.

"무슨 일입니까?"

새로 등장한 남자가 공무원 특유의 딱딱한 말투로 물었다.

그는 미첼과 브라이언트 박사에게 자초지종을 듣더니 늘어져 있는 시신을 향해 재빨리 눈길을 던졌다. 그러고는 경관에게 지시를 내린 다음 승객들에게 말했다.

"여러분, 저를 따라오십시오."

남자는 승객들을 데리고 비행기에서 내려 비행장을 가로질러 갔다. 하지만 평소처럼 세관을 통과하지 않고 작은 방으로 사람들을 들여보냈다.

"오래 걸리지는 않을 겁니다, 여러분."

"이것 보십시오, 경감님. 난 런던에서 사업상 아주 중요한 약속이 있단 말입니다."

제임스 라이더가 말했다.

"죄송합니다."

"난 레이디 호버리예요. 이런 일로 날 붙잡아 두다니, 정말 기가 막히네요!"

"진심으로 사죄 드립니다, 레이디 호버리. 하지만 아시다시피 무척 심각한 문제라서 말입니다. 아무래도 살인 사건 같습니다."

"남아메리카 인디언이 화살에 사용하는 독이라······."

클랜시가 얼굴 가득 즐거운 미소를 띠고 멍하니 중얼거렸다.

경감이 그를 의심스럽다는 듯 쳐다보았다.

프랑스 인 고고학자가 소란스럽게 프랑스 어를 퍼붓자 경감은 그에게 천천히, 그리고 신중하게 프랑스 어로 대답했다.

"쓸데없는 소동 같긴 하지만 그래도 이게 경찰이 할 일이니까요."

베네샤 커가 말하자 경감은 "감사합니다, 아가씨."라고 말했다.

그는 계속 말했다.

"다른 분들은 잠시 기다려 주십시오. 먼저 의사 선생님과 말씀을 나누고 싶습니다. 그러니까 성함이……."

"브라이언트, 브라이언트라고 합니다."

"감사합니다. 이쪽으로 와 주십시오, 브라이언트 박사님."

"나도 같이 가도 되겠나?"

이렇게 말한 사람은 콧수염을 기른 자그마한 남자였다.

경감이 그 남자를 향해 몸을 휙 돌리더니 날카롭게 쏘아 붙이려는 듯 입술을 움직거렸다. 하지만 다음 순간 얼굴 표정이 바뀌었다.

"미안하군, 무슈 푸아로. 그렇게 칭칭 감싸고 있으니 알아볼 수가 있나. 물론이지. 따라오게."

경감이 문을 열고 잡아 주었다. 문을 나가는 브라이언트 박사와 푸아로의 등 뒤로 나머지 승객들의 의아해하는 눈빛이 쏟아졌다.

"왜 저 사람은 가도 되고 우린 여기 남아 있으라는 거죠?"

레이디 호버리가 목소리를 높여 투덜거렸다.

베네샤 커가 체념한 듯 벤치에 털썩 주저앉았다.

"프랑스 경찰인가 보죠. 아니면 세관 스파이거나."

베네샤 커는 그렇게 말하고는 담배에 불을 붙였다.

노먼 게일은 머뭇거리며 제인에게 말을 걸었다.

"저……, 어…… 르피네에서 뵌 것 같은데……."

"네, 거기 있었어요."

"정말 멋진 곳이죠. 전 특히 소나무가 마음에 들었습니다."

"네, 향기가 참 좋더군요."

두 사람이 서로 무슨 말을 해야 할지 몰라 망설이는 사이 잠시 침묵이 흘렀다.

마침내 게일이 입을 열었다.

"저는…… 어…… 비행기에서 당신을 처음 봤을 때부터 알아봤답니다."

"정말요?"

제인은 깜짝 놀란 표정을 지었다.

"그 여자, 정말 살해된 걸까요?"

"그런 것 같아요. 조금 스릴이 느껴지긴 하지만 그래도 역시 기분이 안 좋네요."

제인이 몸을 부르르 떨며 말했다. 노먼 게일은 그녀를 보호해 주려는 듯 조금 가까이 다가섰다.

뒤퐁 부자는 프랑스 어로 이야기를 나누고 있었다. 라이더는 작은 수첩에 뭔가 계산을 하며 이따금 손목시계를 보았다. 시실리 호버리는 의자에 앉아 초조한 듯 발로 바닥을 두드렸다. 그러면서 떨리는 손으로 담뱃불을 붙였다.

커다란 몸집에 파란색 제복을 걸친 경찰이 무표정한 얼굴로 문 앞에 기대 서 있었다.

옆방에서는 재프 경감이 브라이언트 박사와 에르퀼 푸아로와 이야기를 나누고 있었다.

"정말이지 자넨 전혀 예상하지 못한 곳에서 불쑥불쑥 튀어나오는 재주가 있구만, 푸아로."

"크로이든 공항은 자네 담당이 아니지 않나, 친구?"

푸아로가 물었다.

"아, 밀수 조직의 거물 하나를 쫓고 있었다네. 그래서 운 좋게 여기 와 있었던 거지. 그건 그렇고 이번 사건은 근래 내가 본 것 중에서도 가장 놀라운걸. 슬슬 시작해 봅시다. 박사님, 이름과 주소를 말해 주십시오."

"로저 제임스 브라이언트. 이비인후과 전문의이고 할리 가 329번지에 살고 있습니다."

탁자 앞에 앉아 있던 멍청한 표정의 경관이 주소를 받아 적었다.

"우리 경찰 공의가 시신을 조사하겠지만, 박사님도 참석해 주셔야겠습니다."

"아, 예. 물론입니다."

"사망 시간을 추정할 수 있겠습니까?"

"내가 살펴봤을 때는 죽은 지 이미 30분은 지난 것 같았습니다. 그때가 크로이든 공항에 도착하기 몇 분 전이었죠. 그 이상은 범위를 좁힐 수가 없군요. 하지만 그보다 한 시간 전쯤 승무원이 그 부인과 이야기를 나누었다고 했습니다."

"흠, 그 정도면 범위가 많이 좁혀지겠군요. 쓸모없는 질문 같지만 뭔가 수상한 걸 보지는 못했습니까?"

의사는 고개를 저었다.

그러자 푸아로가 울화통이 치민다는 표정으로 말했다.

"난 그동안 잠을 자고 있었다네. 뱃멀미만큼이나 비행기 멀미도 심해서 올라타기만 하면 몸을 감싸고 잠을 자거든."

"사인에 대해 짚이는 건 없습니까?"

"지금으로서는 확실하게 말할 수 있는 게 아무것도 없습니다. 검시와 사후 분석을 해 봐야 할 것 같군요."

재프 경감은 알았다는 듯 고개를 끄덕였다.

"박사님을 더 이상 붙잡아 둘 필요가 없을 것 같습니다. 하지만 다른 승객들과 마찬가지로 몇 가지 절차를 거쳐야 합니다. 예외는 없습니다."

브라이언트 박사는 미소를 지었다.

"나도 내가 그…… 대통이나 다른 무기를 숨기고 있지 않다는 걸 증명해 보이고 싶습니다."

그는 진지한 목소리로 말했다.

"여기 있는 로저스가 해결해 줄 겁니다."

재프가 부하 경관에게 고갯짓을 했다.

"그건 그렇고 박사님, 여기 묻어 있는 게 뭔지 아시겠습니까?"

그는 탁자 위 작은 상자에 들어 있는, 끝이 변색된 바늘을 가리키며 물었다.

브라이언트 박사가 고개를 저었다.

"분석을 해 보기 전에는 알 수 없습니다. 원주민들이 가장 흔히 사용하는 독이 쿠라레라는 건 알고 있습니다만."

"효과가 어느 정도입니까?"

"매우 빠르고 신속하게 퍼지는 독입니다."

"하지만 구하기가 쉽지는 않을 것 같습니다만?"

"보통 사람들은 손에 넣기 힘듭니다."

"그렇다면 박사님을 특히 신경 써서 조사해 봐야겠습니다."

시시때때로 농담을 즐기는 재프가 말했다.

"로저스!"

재프가 경관을 부르자 그는 의사와 함께 방을 떠났다.

재프는 의자에 기대 앉아 푸아로를 바라보며 말했다.

"괴상한 사건이로군. 실제 사건치고는 수법이 너무 놀라워. 비행기 안에서 대통으로 독침을 쏘다니, 사람의 상식을 조롱하는 것 같지 않나."

"그거 정말 의미심장한 말이군, 친구."

푸아로가 말했다.

"내 부하들이 비행기 안을 수색하는 중이네. 지문 감식가와 사진사도 오는 길이고. 이번에는 승무원을 만나 봐야겠군."

재프 경감이 문으로 걸어가 지시를 내리자 승무원 두 명이 떠밀려 들어왔다. 둘 중에 젊은 쪽은 이제 어느 정도 안정을 되찾고 오히려 조금 들뜬 것처럼 보였다. 하지만 다른 사람은 겁에 질려 얼굴이 새하얬다.

"그렇게 겁내지 않아도 됩니다. 앉으십시오. 여권은 가지고 왔습니까? 좋소."

재프 경감은 재빨리 여권을 뒤적였다.

"오, 여기 있군. 마리 모리조, 프랑스 여권이군. 이 부인에 대해 아는 게 있소?"

"몇 번 본 적이 있습니다. 영국과 프랑스를 꽤 자주 오가곤 했거든요."

미첼이 말했다.

"아하! 무슨 사업이라도 하고 있었던 건가. 무슨 일을 했는지 알고 있습니까?"

미첼은 고개를 저었다. 젊은 승무원이 말했다.

"저도 기억납니다. 파리발 8시 여객기에서 본 적이 있어요."

"이 부인이 살아 있는 모습을 마지막으로 본 사람이 누굽니까?"

"이쪽입니다."

젊은 승무원이 선배를 가리켰다.

"예, 접니다. 커피를 가져다드릴 때 봤습니다."

미첼이 말했다.

"그때는 어땠습니까?"

"이상한 점은 없었습니다. 설탕을 드리고 우유를 넣겠냐고 했더니 싫다고 하더군요."

"그게 몇 시였소?"

"정확한 시각은 모르겠습니다. 해협을 건널 때였으니까 2시쯤이었을 겁니다."

"대략 그때쯤이었죠."

젊은 승무원 앨버트 데이비스가 말했다.

"그 후에 그녀를 본 건 언제입니까?"

"계산서를 돌릴 때였습니다."

"그게 몇 시쯤이었습니까?"

"그 후로 15분쯤 지나서일 겁니다. 전 그분이 잠을 자고 있는 줄만 알았어요. 그런데 맙소사……! 그땐 벌써 죽어 있었던 거예요."

미첼의 목소리에 두려움이 가득했다.

"이걸 보지는 못했습니까?"

재프 경감이 말벌처럼 생긴 작은 침을 집어 들었다.

"네, 못 봤습니다."

"당신은 어떻습니까, 데이비스?"

"제가 그분을 마지막으로 본 건 치즈를 얹은 비스킷을 돌릴 때였습니다. 그때만 해도 멀쩡하게 살아 있었어요."

"식사 서비스는 어떻게 하나요? 두 사람이 각자 다른 객실을 담당하나요?"

푸아로가 물었다.

"아뇨. 함께 일합니다. 제일 먼저 수프를 내가고, 다음은 고기 요리, 야채와 샐러드, 디저트 순입니다. 대개는 뒤쪽 객실을 먼저 돌린 다음 새 접시를 가지고 앞쪽 객실로 갑니다."

푸아로는 고개를 끄덕였다.

"이 모리조라는 부인이 승객 가운데 누군가와 대화를 나누거나 아는 척을 하지는 않았소?"

재프가 물었다.

"저는 못 봤는데요. 데이비스?"

"저도 못 봤습니다."

"자리를 뜬 적은?"

"없었던 것 같습니다."

"혹시 사건을 해결하는 데 도움이 될 만한 게 있으면 말해 주시오."

두 승무원은 잠시 생각해 보더니 고개를 저었다.

"그만 가도 좋습니다. 나중에 다시 부르도록 하겠소."

헨리 미첼이 우울한 목소리로 말했다.

"이런 일이 일어나다니, 정말 끔찍합니다. 그것도 하필 제가 담당
하고 있을 때 말입니다."

"그렇게 자책할 필요는 없습니다. 하지만 당신 말이 맞소. 정말
끔찍한 사건이오."

재프가 말했다.

그는 그만 나가 보라는 몸짓을 했다. 푸아로가 재프에게 몸을 기
울였다.

"나도 묻고 싶은 게 있는데."

"실컷 하게."

"비행기 안에서 벌이 날아다니는 걸 보지는 못했나요?"

푸아로의 질문에 승무원 둘 다 고개를 저었다.

"벌 같은 건 없었습니다."

미첼이 말했다.

"있었습니다. 승객 중 한 사람이 잡은 걸 보여 줬거든요."

푸아로가 말했다.

"음, 어쨌든 저는 못 봤습니다."

"저도 마찬가지입니다."

데이비스가 말했다.

"알겠습니다."

미첼과 데이비스가 방을 떠난 뒤 재프는 여권 뭉치를 바삐 훑어보고는 말했다.

"백작 부인이 있군. 아까 그 우쭐거리던 여자인가 보군. 이것저것 꼬투리를 잡아 나중에 의회에서 경찰의 거친 수사 방식이 어쩌고 하며 심문당하기 전에 이 여자부터 만나 보는 게 좋겠군."

"모든 짐…… 그러니까 객실 뒤쪽에 쌓여 있는 승객들의 가방도 모두 샅샅이 조사하겠지?"

재프가 유쾌하게 윙크를 했다.

"이런, 도대체 날 뭘로 생각하는 건가, 무슈 푸아로? 대통을 찾아야 하잖나. 물론 그 대통이라는 게 실제로 존재하고, 우리 모두가 꿈을 꾸고 있는 게 아니라면 말이지만! 사실 난 지금 무슨 악몽이라도 꾸고 있는 기분이라네. 혹시 저 조그만 작가 양반이 갑자기 머리가 홱 돌아서 소설을 쓴다는 게 진짜 범죄를 저질러 버린 건 아닐까? 독침이라고 하니 왠지 그 친구가 의심스럽단 말이지."

푸아로는 과연 그럴지 미심쩍다는 듯 고개를 저었다.

"알았네. 불평을 하든 말든 승객들의 모든 짐을 조사해 봐야지. 그리고 몸에 지니고 있는 소지품도 샅샅이 뒤질 거야. 그러면 확실해지겠지."

"아주 세세한 것까지 완벽하게 목록을 작성하는 게 좋겠네. 승객들이 각각 가지고 있는 물건 목록을 만드는 거야."

푸아로가 말했다.

재프가 호기심 어린 눈길로 그를 바라보았다.

"자네가 그렇게 말하니 그대로 하겠네. 하지만 푸아로, 대체 무슨 꿍꿍이인지 모르겠군. 뭘 찾아야 하는지는 확실한 거 아닌가?"

"자네는 그럴지도 모르지, 몬 아미(친구). 하지만 난 모르겠네. 뭔가를 찾고 있긴 하지만 그게 뭔지는 아직 확실하지 않아."

"도무지 변하질 않았군, 무슈 푸아로! 왜 그렇게 일을 어렵게 만드는가? 어쨌든 우리 귀부인께서 내 눈알을 뽑아 버리기 전에 그 여자부터 만나 봐야겠네."

레이디 호버리는 의외로 차분했다. 그녀는 권하는 대로 의자에 앉아 재프의 질문에 조금도 주저하지 않고 조용히 대답했다. 그녀는 자신이 호버리 백작 부인이며, 주소는 서섹스 주 호버리 저택과 런던 그로브너 스퀘어 315번지라고 말했다. 그녀는 르피네와 파리에 머물렀다가 런던으로 돌아오는 길이었으며 죽은 여인과는 모르는 사이였다. 비행을 하는 동안 수상한 것도 보지 못했다고 했다. 어차피 그녀는 반대쪽, 즉 비행기 앞쪽을 보고 앉아 있었기 때문에 뒤에서 무슨 일이 일어나는지 볼 기회가 없었다는 것이다. 그리고 자리를 뜬 적도 없었다. 그녀가 기억하는 한 승무원 외에 앞쪽 객실에서 뒤쪽 객실로 온 사람도 없었고, 남자 승객 둘이 객실을 떠나 화장실에 다녀온 것 같긴 하지만 확실하지는 않다고 말했다. 그리고 대통처럼 생긴 것을 가지고 있는 사람을 본 적도 없다고 했다. 객실 안에서 벌을 보지 못했느냐고 푸아로가 묻자 보지 못했다고 대답했다.

레이디 호버리가 나가고 이번에는 귀족 영애인 베네샤 커가 들어왔다.

커 양의 대답은 그녀의 친구와 별반 다르지 않았다. 그녀의 이름은 베네샤 앤 커이며, 주소는 서섹스 주 호버리 리틀 패독스였다. 커양은 프랑스 남부에서 돌아오는 길이었다. 죽은 여인을 한 번도 본적이 없고, 비행 중에 수상쩍은 일도 목격하지 못했다. 그녀는 뒤쪽에 앉아 있던 승객들이 팔을 휘둘러 벌을 쫓는 광경을 보았고, 그중한 명이 벌을 죽인 것 같다고 대답했다. 점심 식사가 나온 뒤의 일이었다.

커 양이 방을 나갔다.

"벌에 관심이 많군, 푸아로."

"관심이라기보다 뭔가 의미가 있는 것 같아서 말이야."

"내 생각엔……."

재프가 화제를 돌렸다.

"프랑스 인들이 범인인 것 같네. 모리조라는 여자와 통로 하나를 사이에 두고 건너편에 앉아 있었지 않나. 옷차림도 누추하고, 찌그러진 낡은 가방에는 이상한 외국 상표가 잔뜩 붙어 있더군. 보르네오나 남아메리카에서 오는 길이라고 해도 별로 이상하지 않을 걸세. 물론 아직 동기를 발견하지는 못했지만 파리에 연락해 보면 알아낼 수 있겠지. 이번 일은 프랑스 경찰의 도움을 받아야 할 것 같네. 어차피 우리 일이라기보다는 그쪽 일 같으니까. 어쨌든 내 생각은 그 불한당들이 범인일 거라는 거야."

푸아로의 눈이 반짝였다.

"가능한 일이긴 하지만 자네가 몇 가지 잘못 생각하는 게 있는 것 같네. 두 사람은 불한당이 아니야. 자네 생각처럼 잔인한 살인범도 아니고. 오히려 그 반대로 저명하고 학식 있는 고고학자들이라네."

"어디 계속해 보게나. 날 놀리려는 모양인데."

"천만의 말씀. 난 그들이 누군지 잘 알고 있거든. 무슈 아르망 뒤퐁과 그 아들인 장 뒤퐁이지. 그들은 얼마 전 수사* 근처에서 아주 흥미로운 발굴 작업을 마치고 돌아오는 길이라네."

재프는 여권 하나를 집어 들며 말했다.

"그런가? 자네 말이 맞군, 푸아로. 하지만 도무지 그렇게 안 보여서 말이지."

"자고로 세계적으로 유명한 사람들은 대부분 그렇지 않나. 무아 퀴 부 파를(그 유명한 나도)…… 이발사로 오인받은 적이 있다네."

"설마. 그럼 우리 저명하신 고고학자 나리들을 한번 만나 보실까."

---

* 이란 남서부에 있는 페르시아 제국의 옛 수도 유적지.

재프가 씩 웃으며 말했다.

아버지 뒤퐁은 죽은 사람과 전혀 모르는 사이라고 말했다. 그는 아들과 매우 흥미로운 토론을 벌이고 있었던 탓에 비행 내내 무슨 일이 있었는지 전혀 알아차리지 못했다고 했다. 그리고 자리를 떠난 적도 없었다. 하지만 그는 점심 식사가 끝날 무렵 벌이 날아다니는 것을 보았다고 했다. 그의 아들이 벌을 잡아 죽였다는 것이다.

장 뒤퐁이 아버지의 말을 뒷받침해 주었다. 그는 주변에서 무슨 일이 일어나고 있었는지 전혀 눈치 채지 못했다고 했다. 벌이 왱왱거리며 귀찮게 해서 잡아 죽였을 뿐이었다는 것이다. 아버지와 무슨 이야기를 나누었냐고 묻자 근동(近東) 지방의 선사시대 토기에 대해 토론했다고 말했다.

프랑스 인 부자의 뒤를 이어 방에 들어온 클랜시는 상당히 힘든 시간을 겪어야 했다. 그는 재프 경감의 생각대로 대통과 독침에 관해 너무나도 많은 것을 알고 있었다.

"대통을 소유한 적이 있습니까?"

"음…… 어, 그게 사실은…… 네, 갖고 있습니다."

"오호라, 그렇단 말이지!"

재프 경감이 클랜시의 대답에 달려들듯 말했다.

자그마한 몸집의 클랜시가 흥분하여 변명을 늘어놓았다.

"어, 저…… 그렇다고 오해를 하시면 안 됩니다. 난 정말 순수한 동기로 구해서 갖고 있을 뿐입니다. 어떻게 된 건지 설명할 수 있다고요."

"그럼 설명해 보시오."

"그게……, 난 독침을 이용해 살인을 하는 소설을 쓰고 있었거든요."

"아하, 그랬군."

재프는 겁을 주는 듯한 어조로 말했다. 클랜시는 급히 말을 이었다.

"그건 지문 때문이었습니다. 어, 무슨 뜻인지 아시겠죠? 난 그림이 필요했거든요. 그러니까…… 음…… 내 말은 지문의 위치를 그린 그림…… 어…… 대통에 지문이 어떻게 찍히는지 참고할 그림이 필요했다는 겁니다. 무슨 뜻인지 아시겠죠? 그런데 딱 그런 게, 음…… 채링 크로스 가에 있더라고요. 그게 한 2년 전인가……. 그래서 그 대통을 샀죠. 그리고 화가 친구 하나가 친절하게 지문을…… 음…… 그러니까 내가 참고할 수 있게 그림을 그려 줬어요. 아, 그 책을 보여 드릴까요? 『주홍 꽃잎의 단서』라고……. 그림을 그려 준 친구를 데려올 수도 있어요."

"그 대통, 아직도 가지고 있습니까?"

"그럼요. 어…… 네…… 아마도요. 그러니까…… 예, 있습니다."

"지금 어디에 있습니까?"

"어…… 그게…… 아마도, 음…… 어딘가 있겠죠."

"그 어디가 어딘지 정확하게 말씀해 주시겠습니까, 클랜시 씨?"

"음…… 저, 그게…… 정확하게 어디 있는지 잘 모르겠군요. 내가 그렇게 깔끔한 사람이 아니라서."

"지금 갖고 있는 건 아닐 거라 믿소만?"

"그럼요, 당연하죠. 최근 6개월간은 본 기억도 없는데요."

재프 경감은 클랜시에게 차가운 의심의 눈초리를 던지며 심문을
계속했다.

"비행 도중 자리를 뜬 적이 있습니까?"

"아뇨, 그럴 리가요. 아, 그러고 보니…… 네, 그랬군요."

"오, 그러셨다고요? 어디에 가셨습니까?"

"레인코트 주머니에 있는 유럽 열차 여행 안내 책자를 가지러 갔
었습니다. 비행기 뒤쪽 무릎 덮개와 가방이 쌓여 있는 곳에 코트를
놓아두었거든요."

"그렇다면 죽은 부인의 좌석 옆을 지나갔겠습니다."

"아뇨! 그게…… 어…… 네, 그랬을 겁니다. 하지만 그건 사건이
일어나기 한참 전의 일입니다. 막 수프를 마셨을 때였으니까요."

그 뒤로 몇 가지 질문이 더 이어졌지만 부정적인 대답밖에 나오
지 않았다. 클랜시는 수상한 일은 아무것도 보지 못했으며, 유럽 횡
단과 관련된 알리바이를 가다듬는 데 정신이 팔려 있었다고 했다.

"알리바이라고?"

재프 경감이 음울하게 물었다.

그때 푸아로가 말벌을 봤냐고 물었다.

클랜시는 봤다고 대답했다. 벌이 그를 무척 성가시게 했고, 그는
벌을 무서워했다. 승무원이 커피를 가져다준 직후의 일이었다. 손을
휘젓자 벌이 다른 곳으로 날아가 버렸다고 했다.

클랜시는 이름과 주소를 말한 다음 그만 가도 좋다는 허락을 받

왔다. 그는 안도하는 표정으로 방을 나섰다.

"냄새가 나는구만. 진짜 대통을 가지고 있고, 하는 짓도 수상해. 완전히 겁을 집어먹었잖아."

"그건 자네가 너무 무섭게 몰아붙여서 그런 거라네, 재프."

"사실을 있는 그대로 털어놓는다면 두려워할 필요가 없어."

런던 경시청의 재프 경감이 엄숙하게 선언했다.

푸아로는 불쌍하다는 표정으로 그를 바라보았다.

"그래, 자네라면 진심으로 그렇게 믿고 있겠지."

"물론이지. 그게 사실이니까. 자, 이번에는 노먼 게일이네."

노먼 게일은 머스웰 힐 셰퍼드 애버뉴 14번지에 살고 있으며, 직업은 치과 의사였다. 그는 프랑스 르피네의 해변에서 휴가를 보내고 돌아오는 길이었으며, 다양한 신형 치과 기구를 살펴보느라 파리에서 하루를 머물렀다고 했다.

그는 죽은 여자와 전혀 모르는 사이였고 수상쩍은 것을 본 기억도 없으며, 어차피 죽은 사람과는 반대쪽, 즉 비행기 앞쪽을 향해 앉아 있었다. 비행 도중 화장실에 가기 위해 자리에서 일어난 적은 있지만 곧장 자리로 돌아왔고, 객실 뒤쪽에는 얼씬도 하지 않았다고 했다. 그는 말벌을 보지 못했다고 대답했다.

다음에 들어온 제임스 라이더는 좀 초조하고 퉁명스러운 태도로 질문에 답했다. 그는 사업차 파리를 방문했다가 돌아오는 길이었고, 죽은 여자는 전혀 모르는 사람이었다. 게다가 그녀 바로 앞 좌석에 앉아 있긴 했지만 일어서거나 뒤를 돌아보지 않는 한 그녀를 볼 수 없었다는 것이다. 신음 소리나 비명 소리도 못 들었다고 했다. 승무원을 제외하고는 아무도 객실을 드나들지 않았으며, 통로 건너편에 프랑스 인 두 명이 앉아 있었는데 비행하는 내내 시끄럽게 떠들어 댔다고 말했다. 그들 중 젊은 쪽이 식사가 끝날 무렵 말벌을 잡아 죽이긴 했지만 그 전까지는 벌을 보지 못했다. 그는 이제껏 대통을 한 번도 본 적이 없어 그것이 어떻게 생겼는지 모르기 때문에, 비행기 안에서 대통을 봤는지는 알 수 없다고 대답했다.

그때 문 두드리는 소리가 났다. 경관 한 명이 성큼성큼 걸어 들어오더니 의기양양한 목소리를 약간 낮춰 말했다.

"경사님이 이걸 발견했습니다. 경감님이 당장 보고 싶어 하실 것 같아 가져왔습니다."

그는 손수건에 싸인 물건을 탁자 위에 올려놓고 조심스럽게 수건을 풀었다.

"경사님 말씀이 지문은 없지만, 조심스럽게 다루어야 한답니다."

모습을 드러낸 그 물건은 의심할 여지 없이 원주민이 사용하는 대통이었다.

재프가 헉하고 숨을 들이마셨다.

"맙소사! 그렇다면 모든 게 사실이었단 말인가? 솔직히 난 안 믿었는데!"

라이더가 흥미롭다는 듯 몸을 앞쪽으로 기울였다.

"이게 남아메리카 원주민들이 사용한다는 그건가요? 책에서 읽은 적은 있지만 실제로 보기는 처음이군요. 그럼 아까 그 질문에 대답할 수 있겠습니다. 아니요, 이런 걸 가지고 있는 사람을 본 적이 없습니다."

"어디서 찾았나?"

재프가 날카롭게 물었다.

"좌석 뒤쪽에 숨겨져 있었습니다."

"어느 좌석?"

"9번 좌석입니다."

"흠, 그거 재미있군."

푸아로가 말했다.

"뭐가 재미있다는 건가?"

재프가 푸아로를 돌아보며 물었다.

"9번이면 내가 앉았던 자리거든."

"그렇다면 당신이 수상하군요."

라이더의 말에 재프가 얼굴을 찌푸렸다.

"감사합니다, 라이더 씨. 그만 가 보셔도 됩니다."

라이더가 나가자 재프는 웃음 띤 얼굴로 푸아로를 돌아보았다.

"자네 짓인가, 늙다리 양반?"

"몬 아미. 내가 살인을 한다면 남아메리카 인디언의 독침 따위는 쓰지 않을 걸세."

푸아로가 점잔을 빼며 말했다.

"하긴 좀 유치한 방법이긴 하지."

재프가 동의했다.

"그래도 효과는 있었지 않나."

"생각할 거리를 많이 안겨 주는 사건이로군."

"누가 저질렀는지 몰라도 엄청나게 운이 좋은 놈이야. 빌어먹을, 안 그런가? 완전히 돌아 버린 미치광이가 틀림없어. 다음은 누구 차례지? 아, 아가씨 한 명이 남았군. 빨리 만나 보고 마무리 짓자고. 제인 그레이, 꼭 역사책에 나오는 인물처럼 따분한 이름이로군."

"사실 꽤 예쁘장하게 생긴 아가씨라네."

푸아로가 말했다.

"그래? 이 늙다리 같으니. 그러니까 내내 잠만 잔 건 아니로군?"

"예쁘고, 좀 초조해 보이더군."

"초조해 보였다고?"

재프가 재빠르게 되물었다.

"이보게 친구, 젊은 아가씨가 안절부절못하는 건 대개 범죄를 저질러서가 아니라 잘생긴 청년이 앞에 앉아 있기 때문이라네."

"아아, 자네 말이 맞아. 오, 벌써 왔군."

제인은 재프 경감의 질문에 또박또박 대답했다. 그녀의 이름은 제인 그레이, 브루턴 가에 있는 앙투안 미용실에서 일하고 있었다. 집 주소는 북서 5구 해로게이트 가 10번지이며 르피네에서 영국으로 돌아오는 길이었다.

"르피네라, 흠!"

몇 가지 질문이 계속된 끝에 마침내 경마 복권 이야기가 나왔다.

"빌어먹을 아일랜드 경마 복권 따위 모조리 불법으로 만들어 버려야 합니다."

재프 경감이 투덜거렸다.

"하지만 전 재미있던걸요. 경마에 반 크라운* 정도 걸어 본 적이 정말 한 번도 없으세요?"

제인의 말에 재프는 당황한 듯 얼굴을 붉혔다.

질문이 다시 시작되었다. 대롱을 보여 주자 제인은 그런 것을 한 번도 본 적이 없다고 대답했다. 그녀는 죽은 여인과는 모르는 사이지만 르부르제 공항에서 본 기억이 난다고 했다.

"어떻게 그녀의 얼굴을 기억하고 있었습니까?"

"지독하게 못생겼거든요."

제인은 솔직하게 대답했다.

더 이상 도움이 될 만한 정보는 없었다. 제인은 방을 나갔다.

재프는 대롱을 뚫어져라 바라보았다.

"도통 모르겠군. 무슨 유치한 추리소설에나 나오는 속임수 같잖아! 이제 뭘 찾아봐야 하지? 이런 걸 사용하는 지역에 갔다 온 사람? 그런데 이런 대롱은 정확하게 어디서 사용되지? 전문가를 찾아봐야겠어. 말레이시아나 남아메리카, 어쩌면 아프리카일지도 모르네."

"원래는 그렇겠지. 하지만 자세히 들여다보면 친구, 대롱에 작은 종잇조각이 붙어 있는 게 보일 걸세. 내 생각에는 가격표를 떼어 낸

---

* 1크라운은 5실링.

자국 같아. 그러니까 이 물건은 원산지에서 골동품상을 거쳐 들어온 것이지. 이제 조사하기가 좀 쉬워지지 않겠나? 그건 그렇고 물어보고 싶은 게 있는데."

"뭔가?"

"아까 만든다던 목록은 어떻게 됐나? 승객들의 소지품 목록 말이야."

"뭐 지금 당장 필요한 것 같지는 않지만 어쨌든 곧 다 될 거야. 그게 그렇게 중요한가?"

"메 위(그렇고말고), 도무지 이해할 수가 없어서 말일세. 너무 혼란스러워. 뭔가를 찾아낼 수만 있다면……."

재프는 푸아로의 말을 듣고 있지 않았다. 그는 뜯어진 가격표를 살펴보고 있었다.

"클랜시가 대통을 구입했다고 했지? 빌어먹을 추리소설 작가들 같으니……. 항상 경찰을 무슨 바보 취급이나 하고, 우리 수사 방식도 엉터리로 적어 놓는단 말이야. 그 자식들 소설에서 경감이 총경에게 말하는 투로 내가 상관을 대한다면 내일 당장 모가지가 달아날걸. 아무것도 모르는 삼류 작가들. 이거야말로 쓰레기 같은 삼류작가들이 생각해 낼 만한 머저리 같은 살인 사건이야!"

심리

마리 모리조 사망 사건에 관한 심리는 나흘 뒤에 열렸다. 워낙 독특한 살해 수법 때문에 이 사건은 대중의 관심을 불러일으켰고, 법정은 방청객으로 발 디딜 틈이 없었다.

첫 번째 증인은 키가 크고 회색 수염을 기른, 나이 지긋한 프랑스인 알렉상드르 티보 변호사였다. 그는 느릿느릿하고 프랑스 어 억양이 조금 섞여 있긴 해도 영어를 능숙하게 구사했다.

기본적인 문답이 오고 간 뒤 검시관이 물었다.

"증인은 사망자의 시체를 확인했습니다. 누군지 알아보겠습니까?"

"네, 제 고객인 마리 안젤리크 모리조입니다."

"사망자의 여권에 기재되어 있는 이름이군요. 혹시 그녀에게 다른 이름이 있었습니까?"

"네, 마담 지젤로 많이 알려져 있죠."

법정 안이 술렁거렸다. 기자들은 펜을 들고 기록할 준비를 했다. 검시관이 물었다.

"마담 모리조 혹은 마담 지젤이 어떤 사람이었는지 자세하게 설명해 주시겠습니까?"

"마담 지젤은 사업상 사용하는 이름으로, 파리에서 가장 유명한 사채업자 중 한 명이었습니다."

"부인은 어디에서 사업을 운영했습니까?"

"졸리에트 가 3번지입니다. 그녀의 집이기도 하죠."

"영국을 꽤 자주 왕래했던데, 마담 지젤은 영국에서도 사업을 했습니까?"

"네, 영국인 고객들이 많았습니다. 영국의 일부 사교계 내에서 꽤 유명하기도 했고요."

"구체적으로 어떤 사교계인가요?"

"그녀의 고객은 대부분 상류층이나 전문직에 종사하는 사람들이었습니다. 그래서 거래를 할 때도 각고의 신중함을 기울여야 했지요."

"그 점에 있어서 평판은 어땠습니까? 마담 지젤은 신중한 사람이었나요?"

"대단히 신중했습니다."

"마담 지젤의 수많은…… 그러니까 사업 내역에 대해 잘 알고 있습니까?"

"아니요. 저는 법률적인 문제만 담당했습니다. 하지만 마담 지젤은 사업 수완이 매우 뛰어났고 모든 일을 합법적으로 완벽하게 처리했지요. 그것도 누구의 손도 빌리지 않고 혼자서 모든 일을 관리했습니다. 이렇게 말해도 될지 모르겠지만 그녀는 무척 독특한 여성이었습니다. 잘 알려진 유명 인사이기도 했고요."

"그녀는 사망할 당시 부유했습니까? 증인이 아는 대로 대답해 주십시오."

"네, 매우 부유했습니다."

"혹시 그녀에게 적의를 품은 사람이 있었습니까?"

"제가 아는 한에서는 없었습니다."

티보 변호사가 내려가고 헨리 미첼이 불려 나왔다.

검시관이 말했다.

"증인의 이름은 헨리 찰스 미첼이며, 런던 시 원즈워스 슈블랙 레인 11번지에 거주하고 있습니다. 맞습니까?"

"네, 맞습니다."

"증인은 유니버설 항공사에 근무하고 있지요?"

"그렇습니다."

"여객기 프로메테우스호의 선임 승무원이고요?"

"네, 그렇습니다."

"지난 화요일인 18일, 증인은 정오에 출발하는 파리발 크로이든행 여객기 프로메테우스호에서 근무했습니다. 사망자 역시 같은 비행기에 탑승하고 있었지요. 이전에 사망자를 본 적이 있습니까?"

"네, 있습니다. 6개월 전 오전 8시 45분 여객기에서 근무할 때 한두 번 본 적이 있습니다."

"그녀의 이름을 알고 있었습니까?"

"글쎄요. 탑승객 명단에 있었겠지만 특별히 관심을 기울이지는 않았습니다."

"마담 지젤이라는 이름을 들어 본 적이 있습니까?"

"없습니다."

"지난 화요일 비행 도중 무슨 일이 있었는지 설명해 주십시오."

"저는 점심 식사를 내간 뒤에 계산서를 돌리고 있었습니다. 그때는 그분이 잠을 자고 있는 줄만 알았습니다. 그래서 공항에 도착하기 5분 전에야 깨우러 갔습니다. 그런데 막상 깨우려고 하니 좀 이상한 겁니다. 죽었거나 아니면 많이 아픈 것 같았습니다. 그래서 승객 중에 의사 선생님을 찾았는데 의사 선생님 말씀이……."

"브라이언트 박사의 증언은 조금 있다 듣도록 하겠습니다. 이걸 봐 주십시오."

검시관이 미첼에게 대통을 건네주었다. 미첼은 아주 조심스럽게 그것을 받아 들었다.

"이걸 본 적이 있습니까?"

"없습니다."

"승객 중 누가 갖고 있는 것도 보지 못했습니까?"

"네."

"앨버트 데이비스."

젊은 승무원이 증언대에 섰다.

"증인의 이름은 앨버트 데이비스이며, 런던 시 크로이든 바컴 가

23번지에 거주하고 있고, 역시 유니버설 항공사에 근무하고 있습니다. 맞습니까?"

"예, 맞습니다."

"지난 화요일 프로메테우스호의 이등 승무원으로 근무했고요?"

"네."

"이 비극적인 사건이 일어난 것을 어떻게 알게 되었습니까?"

"미첼 씨가 승객 한 분에게 무슨 일이 생긴 것 같다고 말했을 때 알게 되었습니다."

"이것을 본 적이 있습니까?"

검시관이 대통을 내밀었다.

"아니요. 없습니다."

"승객 중 누군가가 갖고 있는 것을 본 적도 없습니까?"

"없습니다."

"이번 사건에 실마리가 될 만한, 달리 기억나는 일은 없습니까?"

"없습니다."

"알겠습니다. 내려가도 좋습니다."

"로저 브라이언트 박사."

브라이언트 박사는 이름과 주소를 말하고 이비인후과 전문의라고 밝혔다.

"브라이언트 박사, 지난 18일 화요일에 일어난 사건에 대해 정확하게 설명해 주시겠습니까?"

"크로이든 공항에 도착하기 직전 선임 승무원이 다가와 의사를 찾았습니다. 제가 의사라고 했더니 승객 중 한 사람이 이상하다며 좀 봐 달라고 하더군요. 그래서 자리에서 일어나 승무원을 따라갔습니다. 문제의 부인이 자리에 축 늘어져 있었는데, 죽은 지 이미 얼마쯤 된 것 같았습니다."

"얼마나 지난 것 같았습니까?"

"약 30분쯤 된 것 같았습니다. 30분에서 한 시간 사이로 보면 될 겁니다."

"당시 사인에 대해서는 짐작 가는 것이 있었습니까?"

"아니요. 정밀 조사를 해 보기 전에는 알 수 없을 것 같았습니다."

"하지만 목덜미에 작은 바늘 자국이 있는 것을 발견했지요?"

"네, 그렇습니다."

"감사합니다. 다음은 제임스 휘슬러 박사."

휘슬러 박사는 비쩍 마른 자그마한 사내였다.

"증인은 이 지역을 담당하고 있는 경찰 공의이지요?"

"그렇습니다."

"아는 대로 증언해 주십시오."

"지난 화요일인 18일 오후 3시가 조금 지났을 즈음, 호출을 받고 크로이든 공항으로 갔습니다. 여객기 프로메테우스호에 중년 부인의 시체가 있더군요. 그녀는 이미 사망한 상태였고, 사망 시각은 약 1시간 전쯤으로 보였습니다. 목덜미에…… 정확히 말하면 경정맥 바로 위에 작고 동그랗게 찔린 자국이 있었는데, 벌침이나 혹은 경찰이 제게 보여 준 바늘에 찔린 자국처럼 보였습니다. 이후 시체는 안치소로 옮겨졌으며, 그곳에서 정밀 검사를 시행했습니다."

"결과가 어떻게 나왔습니까?"

"사망자는 혈관에 삽입된 강력한 독극물로 인해 사망했습니다. 사인은 심장마비이며, 거의 즉사한 것으로 추측됩니다."

"어떤 종류의 독극물이었습니까?"

"저도 처음 보는 종류였습니다."

귀를 쫑긋 세우고 심문 내용을 듣고 있던 기자들이 서둘러 '미지의 독극물'이라고 휘갈겨 썼다.

"감사합니다. 다음은 헨리 윈터스푼 씨."

커다란 몸집에 온화한 표정을 핀 윈터스푼은 조금 멍해 보이는 사람이었다. 겉보기에는 상냥하고 멍청해 보였지만, 그는 놀랍게도 정부 기관 소속의 주임 분석가이자 희귀한 독극물에 관한 권위자였다.

검시관이 독침을 집어 들고 윈터스푼에게 그것을 알아보겠느냐고 물었다.

"물론 알고 있습니다. 분석해 달라는 요청을 받았으니까요."

"분석 결과를 말씀해 주시겠습니까?"

"네, 이 침에는 쿠라레가 묻어 있었습니다. 쿠라레는 일부 미개 부족들이 독화살에 사용하는 독이지요."

기자들은 신이 난 듯 써 내려갔다.

"그렇다면 사인은 쿠라레군요."

"아니, 그렇지는 않습니다. 쿠라레의 흔적은 아주 미미합니다. 내 분석에 따르면 최근 이 침에는 붉은 꼬리 초록뱀, 즉 흔히 붐슬랭이

나 나무독뱀으로 알려진 뱀의 독이 묻어 있었습니다."

윈터스푼이 말했다.

"붐슬랭? 붐슬랭이 뭡니까?"

"붐슬랭은 남아프리카에 서식하는 뱀인데, 현존하는 독사 중에서도 가장 치명적인 독을 지니고 있습니다. 인체에 미치는 영향에 대해서는 아직 알려진 것이 없습니다만, 이 독을 하이에나에 주입하면 주삿바늘을 빼기도 전에 죽는다고 하니 얼마나 무서운 독인지 아시겠지요. 재칼은 마치 총에 맞은 것처럼 즉사해 버립니다. 이 독은 피하 출혈을 일으키고 심장마비를 유발합니다."

기자들은 계속해서 휘갈겼다. '충격적인 소식. 공중 살인극에 뱀독이 사용되다. 코브라 독보다 더 무서운 독.'

"이 독극물이 사용된 다른 독살 사건을 아십니까?"

"아닙니다. 처음입니다. 그러니 정말 흥미로울 수밖에요."

"감사합니다, 윈터스푼 씨."

다음에는 윌슨 경사가 나와 비행기 좌석의 쿠션 뒤에서 대통을 발견했다고 증언했다. 지문은 없었으며, 대통으로 침을 불어 실험해본 결과 약 9미터 밖에서도 꽤 정확하게 목표물을 맞출 수 있었다.

"무슈 에르퀼 푸아로."

호기심으로 방청석이 약간 웅성거렸지만 푸아로의 증언은 매우 간단했다. 그는 비행 중에 아무것도 보지 못했다. 그리고 자신이 객실 바닥에서 작은 침을 발견했는데, 죽은 여인의 목에서 떨어질 법한 위치였다고 했다.

"호버리 백작 부인."

기자들이 문장을 써 내려가기 시작했다. '백작 부인, 수수께끼의 공중 살인 사건에 대해 증언하다.' 어떤 기자들은 이렇게 쓰기도 했다. '수수께끼의 뱀독 살인 사건…….'

여성지 기자들의 기사는 조금 달랐다. '레이디 호버리는 최신 유행하는 학생모에 여우 모피를 입었다.' 또는 '런던에서 가장 세련된 여성 중 한 명인 레이디 호버리는 검은색 옷으로 몸을 감싸고 요즘 유행하는 학생모를 썼다.' 혹은 '레이디 호버리의 결혼 전 이름은 시실리 블랜드로, 검은색 옷과 최신 유행하는 모자로 세련되게 차려 입었다…….' 등이었다.

세련되고 아름다운 젊은 여성의 모습은 모두의 시선을 사로잡았지만, 그녀의 증언이 가장 짧았다. 그녀는 아무것도 목격하지 못했고, 전에 죽은 여인을 본 적도 없었다.

다음으로 증언대에 선 사람은 베네샤 커였는데, 그녀는 사람들의 관심을 그리 끌지 못했다.

여성들에게 끊임없이 정보를 제공하는 기자들은 '코티스모어 경의 영애는 요즘 유행하는 옷감으로 만든 훌륭한 코트와 스커트를 입고 있었다.'고 쓴 다음 이렇게 덧붙였다. '심리에 참석한 사교계 여성들.'

"제임스 라이더."

"증인의 이름은 제임스 벨 라이더이며, 런던 시 북서구 블레인베리 애버뉴 17번지에 살고 있습니다. 맞습니까?"

"그렇습니다."

"직업을 말씀해 주십시오."

"엘리스 베일 시멘트 사의 전무이사입니다."

"이 대통을 봐 주시겠습니까?"

잠시 정적이 흘렀다.

"전에 이것을 본 적이 있습니까?"

"없습니다."

"프로메테우스호에 타고 있던 사람들 가운데 누군가가 이런 물건을 가지고 있는 것을 본 적도 없습니까?"

"없습니다."

"증인은 4번 좌석, 그러니까 사망자의 바로 앞 좌석에 앉아 있었지요?"

"그게 어쨌다는 겁니까?"

"그런 식으로 말씀하지 마십시오. 당신은 4번 좌석에 앉아 있었습니다. 거기라면 객실 안의 모든 승객들을 볼 수 있었을 겁니다."

"아니요. 그렇지 않습니다. 내가 앉은 줄의 승객들은 거의 보이지 않았습니다. 등받이가 높았으니까요."

"하지만 가령 누군가가 통로로 나왔다면…… 그러니까 사망자에게 독침을 불기 위해서 말입니다. 그랬다면 그 사람을 볼 수 있었겠지요?"

"네, 그랬을 겁니다."

"그런 사람을 보지 못했습니까?"

"못 봤습니다."

"당신 앞에 앉은 승객 중 자리를 뜬 사람은 없었습니까?"

"글쎄요. 제 앞에서 두 번째 좌석에 앉아 있던 남자가 화장실에 가긴 했습니다."

"화장실은 증인과 사망자의 좌석 반대쪽에 있죠?"

"그렇습니다."

"혹시 그 사람이 당신 쪽으로 다가오지는 않았습니까?"

"아뇨. 곧장 자기 자리로 돌아갔습니다."

"손에 뭔가를 들고 있던가요?"

"아무것도 들지 않았습니다."

"확실합니까?"

"네. 확실합니다."

"그 사람 외에 자리를 뜬 승객은 없었습니까?"

"제 앞에 앉아 있던 남자가 저를 지나 객실 끝으로 갔습니다."

"이의 있습니다! 그건 한참 전이었습니다. 아주 한참 전······ 1시 쯤이었다고요."

클랜시가 자리에서 벌떡 일어나 소리쳤다.

"자리에 앉아 주십시오. 나중에 당신 증언도 들을 겁니다. 계속하십시오, 라이더 씨. 그 사람이 손에 뭔가를 들고 있었나요?"

검시관이 말했다.

"만년필을 들고 있었던 것 같습니다. 자리에 돌아올 때는 주황색 책을 들고 있었고요."

"당신 옆을 지나간 건 그 사람뿐이었나요? 혹시 당신이 자리를 뜬 적은 없습니까?"

"네, 저도 화장실에 다녀왔습니다. 그리고 대통 따위는 들고 있지 않았고요."

"부적절한 표현은 삼가 주십시오. 내려가서도 좋습니다."

치과 의사인 노먼 게일은 소심한 대답으로 일관했다. 다음으로 성난 표정의 클랜시가 증언대에 올랐다.

클랜시는 백작 부인보다는 못 했지만 기자들에게 꽤 많은 관심을 받았다. '추리소설 작가의 증언. 저명한 작가가 흉기 구입을 인정하다. 충격이 법정을 휩쓸다.'

그러나 그 충격은 조금 성급한 것이었다.

"그렇습니다. 저는 대통을 샀습니다. 뿐만 아니라 여기 이 자리에 갖고 나왔습니다. 저는 범행에 사용된 대통이 제 것이라는 추론에 강력히 항의하는 바입니다. 이것이 제가 구입한 대통입니다."

클랜시가 날카로운 목소리로 대답했다.

그는 의기양양한 몸짓으로 대통을 내놓았다.

기자들이 휘갈겨 썼다. '제2의 대통이 나타나다.'

검시관은 클랜시를 가혹하게 대했다. 검시관은 클랜시에게 그가 정의의 실현을 돕기 위해 여기 나와 있는 것이지 아직 아무도 제기하지 않은 고발을 반박하기 위해서가 아니라고 말했다. 그런 다음 클랜시에게 프로메테우스호에서 일어난 사건에 대해 질문을 던졌지만, 건질 만한 것은 없었다. 클랜시는 쓸데없이 긴 설명을 늘어놓

으며 외국의 이상한 열차 체계와 24시간제 문제를 고민하느라 주변
에서 일어나는 일에 신경 쓸 겨를이 없었다고 말했다. 객실 안에 있
던 승객들이 모두 독침을 불어 댔다 하더라도 자신은 알아차리지
못했을 것이라고도 했다.

견습 미용사인 제인 그레이는 기자들의 펜에서 아무런 글귀도 뽑
아 내지 못했다.

이제 프랑스 인들 차례였다.

아르망 뒤퐁은 런던으로 오는 길이었으며, 왕립 아시아 협회에서
강연을 하기로 되어 있었다고 증언했다. 그와 그의 아들은 학문적
인 토론을 하느라 주위에서 무슨 일이 벌어지는지 전혀 알지 못했
다. 그는 여자가 죽은 사실이 알려져 분위기가 어수선해질 때까지
그런 승객이 있었는지도 몰랐다고 말했다.

"마담 모리조 혹은 마담 지젤을 알고 있었습니까?"

"아니요. 처음 본 사람입니다."

"하지만 파리에서는 꽤 유명하다고 하던데요. 아닌가요?"

아버지 뒤퐁은 어깨를 으쓱했다.

"어쨌든 나는 모르는 사람입니다. 파리에 가지 않은 지 꽤 되었거
든요."

"최근 아시아 지역에 계시지 않았습니까?"

"네, 페르시아에서 돌아오는 길이었습니다."

"당신 부자는 전 세계 오지를 자주 여행하지요?"

"네?"

"그러니까 미개 지역에 자주 가지 않느냐고 물었습니다."

"네, 그렇습니다."

"혹시 화살 끝에 독사의 독을 묻혀 사용하는 부족을 만난 적은 없습니까?"

이 질문은 통역을 거쳐야 했다. 뒤퐁은 내용을 알아듣자 고개를 격렬하게 휘저었다.

"전혀. 그런 부족은 한 번도 만난 적이 없습니다."

이번에는 아들 뒤퐁이 나왔다. 그는 아버지의 증언을 그대로 되풀이했다. 그는 이상한 것을 전혀 보지 못했고, 죽은 여인이 말벌에 쏘여 죽은 것이라고 생각했다고 말했다. 비행기 안에서 날아다니던 벌을 자신이 직접 잡아 죽였기 때문이다.

뒤퐁 부자가 마지막 증인이었다.

검시관이 헛기침을 하더니 배심원단에게 말했다.

"이번 일은 본인이 지금까지 다룬 사건 중에서도 가장 놀랍고 충격적인 사건입니다. 한 여성이 살해되었습니다. 그것도 외부와 완전히 차단된, 공중을 날던 비행기 안에서 말입니다. 여기에는 자살이나 사고의 여지도 없습니다. 외부 사람이 범죄를 저지르는 것은 불가능합니다. 따라서 범인은 오늘 아침 심리에 참석한 증인들 가운데 있는 것이 틀림없습니다. 이것은 의심의 여지가 없는 사실이며, 또한 끔찍하고 두려운 일이기도 합니다. 오늘 참석한 증인들 가운데 누군가가 절박하고 비참한 상황에서 거짓말을 하고 있는 것입니다. 나아가 전례 없이 대담한 범행 수법을 생각해 보십시오. 열 명,

아니 승무원까지 포함하여 자그마치 열두 명의 목격자가 지켜보는 가운데 살인범은 대통을 입술에 대고 치명적인 독침을 공중으로 불어 날렸습니다. 그런데도 어느 누구도 그것을 목격하지 못했습니다. 솔직히 믿어지지 않는 일입니다. 하지만 비행기 안에서 발견된 이 대통과 바닥에 떨어져 있던 독침, 그리고 희생자의 목에 남아 있는 자국과 의학적 증거가, 믿어지든 그렇지 않든 그러한 일이 실제로 발생했음을 뒷받침하고 있습니다. 누가 범인인지를 확인해 줄 만한 증거가 더 이상 발견되지 않은 까닭에, 본인은 이 미지의 인물 혹은 인물들의 살인죄에 대해 배심원에게 판결을 맡길 수밖에 없습니다. 심리에 참석한 모든 사람들이 사망자와 면식이 없다고 증언했습니다. 하지만 경찰은 범인과 희생자 사이의 연결 고리를 밝혀낼 것입니다. 범행 동기가 밝혀지지 않은 상황에서 본인은 배심원 여러분께 방금 들은 내용을 상기하라는 조언밖에 드릴 수 없습니다. 그러니 배심원 여러분은 신중하게 판결을 내려주시기 바랍니다.”

네모난 얼굴의 배심원 한 명이 의심스러운 눈초리로 숨을 거칠게 내쉬면서 몸을 앞으로 내밀었다.

“질문 하나 해도 되겠습니까?”

“물론입니다.”

“대통이 좌석에서 발견되었다고 했는데, 그게 누가 앉은 좌석이었습니까?”

검시관이 수첩을 들여다보았다. 윌슨 경사가 옆으로 다가가서 중얼거렸다.

"문제의 좌석은 9번으로, 무슈 에르퀼 푸아로가 앉았던 좌석입니다. 푸아로 씨는 명성이 높고 존경받는 사립탐정인데……, 몇몇 사건에서는 런던 경시청에 도움을 주기도 했습니다."

네모난 얼굴의 남자가 에르퀼 푸아로에게 시선을 돌렸다. 그는 못마땅한 표정으로 작은 벨기에 인의 커다란 콧수염을 바라보았다.

그의 눈은 '외국인이란 도무지 믿을 수가 없단 말이야. 아무리 경찰과 함께 일하고 있다 해도……'라고 말하고 있었다.

그는 큰 소리로 물었다.

"바다에서 독침을 발견한 사람도 푸아로 씨 아니었나요?"

"맞습니다."

배심원들이 자리를 떠났다가 5분 뒤에 돌아왔다. 배심원장이 검시관에게 종이를 건네주었다.

"이게 뭡니까? 말도 안 됩니다. 이런 판결은 받아들일 수 없어요."

검시관이 얼굴을 찡그렸다.

몇 분 뒤 정정된 평결이 되돌아왔다.

'사망한 여인의 사인은 독극물로 밝혀졌으나, 누가 그 독을 사용했는지는 증거가 불충분함.'

심리가 끝나고

　판결이 끝난 뒤 법정을 나서려던 제인은 노먼 게일이 옆에 서 있는 것을 발견했다.

　"검시관이 거부한 판결문은 무슨 내용이었을까요?"

　게일이 말하자 등 뒤에서 목소리가 들려왔다.

　"난 알 것 같습니다."

　두 사람이 몸을 돌려 보니 에르퀼 푸아로가 눈을 반짝이며 서 있었다.

　"바로 내가 흉악한 살인범이라는 내용이었겠지요."

　"오, 설마……."

　제인이 외쳤다.

　푸아로는 즐거운 듯 고개를 끄덕였다.

　"메 위.(그래요.) 방금 나가면서 어떤 남자가 옆 사람한테 하는 말을 들었거든요. '저 조그만 외국인이야……. 틀림없어. 그 사람이 범인이라니까!' 아마 배심원들도 같은 생각을 했을 겁니다."

제인은 위로의 말을 해야 할지 웃음을 터트려야 할지 몰라 당황했다. 하지만 그녀는 결국 웃음을 터트리고 말았다. 푸아로도 따라 웃었다.

"그렇지만 내가 결백하다는 걸 반드시 밝혀낼 겁니다."

푸아로는 미소 띤 얼굴로 고개를 숙여 인사하고 사라졌다.

제인과 노먼은 그의 뒷모습을 바라보았다.

"이상한 노인네로군. 탐정이라고는 하지만 저 사람이 어떻게 그런 일을 하는지 상상이 안 가는군요. 저런 얼굴이라면 1킬로미터 밖에서도 알아볼 수 있을걸요. 변장도 통하지 않을 테고."

게일이 말했다.

"탐정에 관해 좀 낡은 생각을 갖고 계신 것 같네요. 가짜 수염 같은 건 다 옛날이야기예요. 요즘 탐정들은 의자에 가만히 앉아 생각하는 것만으로 사건을 해결하죠."

제인이 말했다.

"흠, 그렇다면 열심히 움직일 필요도 없겠네요."

"육체적으로는 그렇죠. 하지만 대신 명석하고 냉철한 두뇌가 필요할 거예요."

"아하. 그럼 다혈질이거나 산만한 사람은 안 되겠군요."

두 사람은 함께 웃음을 터트렸다.

"저기 말입니다."

게일이 뺨을 약간 붉히며 재빨리 말했다.

"저…… 혹시 괜찮으시다면…… 어, 그러니까 원하신다면…… 시간이 좀 늦긴 했지만 나와 차라도 한잔하시겠습니까? 음, 그게…… 왠지 동료 의식 같은 게 느껴져서요. 이런 불행한 사건을 함께 겪어서 그런지……."

그는 잠시 말을 멈추고 마음속으로 스스로를 책망했다.

'이런 바보 같은 녀석! 지금 도대체 뭘 하는 거야? 여자한테 차 한잔 같이 하자는 말도 제대로 못 하고 얼굴을 붉히며 더듬거리다니! 한심하기는! 저 여자가 널 어떻게 생각하겠어?'

당황한 게일과 달리 제인의 대답은 조용하고 침착했다.

"그래요. 나도 차를 마시고 싶었거든요."

두 사람은 찻집을 찾아 들어갔다. 퉁명스러운 웨이트리스가 수상하다는 눈길을 보내며 주문을 받았다. 그녀의 표정은 마치 '실망해도 소용없어요. 사람들은 우리가 여기서 차를 판다고 하지만, 난 전혀 모르는 소리거든요.'라고 말하는 것 같았다.

찻집은 거의 텅 비어 있었다. 하지만 그런 적막한 분위기 덕에 두 사람은 더욱 친밀감을 느낄 수 있었다. 제인은 장갑을 벗고 맞은편에 앉아 있는 청년을 바라보았다. 그는 정말 매력적이었다. 푸른 눈동자와 밝은 미소, 게다가 신사다운 태도까지.

"정말 묘한 일 아닙니까? 이 살인 사건 말입니다."

게일이 서둘러 말문을 열었다. 그는 아직도 당황스러운 기분을 떨쳐 버리지 못하고 있었다.

"그래요. 솔직히 난 좀 걱정스러워요. 다른 게 아니라 내 직장 때문에요. 사람들이 어떻게 생각할지 두려워요."

"아, 맞아요. 그렇군요. 그 생각은 못 해봤습니다."

"내가 일하는 미용실은 살인 사건에 휘말려 증언까지 한 사람을 계속 직원으로 두고 싶어 하지 않을 거예요."

"사람들은 정말 이상하죠. 인생은 너무나…… 너무나도 불공평합니다. 이런 사건이 일어난 게 당신 잘못도 아닌데 말입니다."

노먼 게일은 신중하게 말했다.

"젠장!"

그는 화가 난 듯 얼굴을 찌푸렸다.

"그래도 아직 그렇게 된 건 아니에요. 아직 일어나지도 않은 일에 화를 내거나 걱정할 필요는 없어요. 어쨌든 이해할 수는 있어요. 내가 살인범일 수도 있잖아요. 흔히 그러잖아요, 한 번 사람을 죽인 사람은 두 번도 저지르게 마련이라고. 그런 사람한테 자기 머리카락을 맡기고 싶지 않은 게 당연해요."

"당신을 한 번이라도 만나 본다면 살인 같은 걸 절대 저지를 수 없는 사람이라는 것을 금방 알 겁니다."

노먼이 제인을 진지한 눈길로 바라보며 말했다.

"꼭 그렇지만도 않아요. 가끔씩 어떤 손님은 정말 죽여 버리고 싶다는 생각이 들거든요. 잡히지 않는다는 보장만 있다면요. 그중에서도 특히 짜증나는 손님이 한 명 있는데, 꼭 뜸부기처럼 대대거리는 목소리로 사사건건 불평만 늘어놓는다니까요. 왠지 그런 여자는 죽여도 죄가 안 될 것 같아요. 오히려 사회에 이로운 일일지도 모른다는 생각도 들고. 결국 나도 범죄를 저지를 수 있는 사람인 거죠."

"아무튼 이번 일을 저지르지는 않았잖습니까. 난 당신이 범인이 아니라고 확신합니다."

"그리고 당신도 아니죠. 당신 환자들은 그렇게 생각하지 않을지도 모르지만요."

게일은 생각에 잠긴 듯 보였다.

"환자들요? 아, 그렇군요……. 당신 말이 맞아요. 거기까지는 생각해 보지 않았군요. 살인광일지도 모르는 치과 의사라……. 이거 정말 좋은 인상은 못 주겠는데요."

그리고 그는 충동적으로 불쑥 덧붙였다.

"혹시 내가 치과 의사라서 꺼림칙한 건 아니겠죠?"

제인이 눈썹을 추켜올렸다.

"내가요? 왜요?"

"뭐 그런 거 있지 않습니까. 치과 의사라고 하면 어딘가 좀 우스꽝스러운 데가 있잖아요. 적어도 낭만적인 직업은 아니니까요. 일반 의사라면 모르겠지만."

"걱정 마세요. 그래도 견습 미용사에 비하면 훨씬 존경받는 직업이니까요."

두 사람은 웃음을 터트렸다.

"우리, 좋은 친구가 될 수 있을 것 같군요. 당신 생각은 어때요?"

게일이 말했다.

"네, 나도 그런 생각이 드네요."

"언제 저녁 식사 같이 할래요? 연극도 보러 가고요."

"네, 좋아요."

잠시 대화가 끊어진 후, 게일이 다시 입을 열었다.

"르피네는 어땠나요?"

"정말 즐거웠어요."

"전에 가 본 적이 있나요?"

"아뇨, 그게……."

제인은 갑자기 친밀감을 드러내며 경마 복권에 당첨된 이야기를 털어놓았다. 두 사람은 경마와 경마 복권의 바람직한 점을 늘어놓고 영국 정부의 무관심한 태도에 관해 토로하기 시작했다.

그러다 한참 전부터 그들 주위를 서성거리던 갈색 양복의 젊은 남자가 다가오는 바람에 두 사람은 대화를 멈췄다.

남자는 모자를 벗고 확신에 찬 어조로 제인에게 말을 걸었다.

"제인 그레이 양?"

"네, 그런데요."

"저는 《위클리 하울》의 기자입니다. 이번 공중 살인 사건에 관해 짧막한 기사 하나를 부탁 드리고 싶은데요. 같은 비행기를 탄 승객의 입장에서 말입니다."

"별로 내키지 않는군요."

"그러지 마시고, 그레이 양. 사례는 충분히 하겠습니다."

"얼마나요?"

제인이 물었다.

"50파운드…… 아니, 더 드릴 수도 있습니다. 60파운드 어떻습니까?"

"싫어요. 자신 없어요. 뭐라고 써야 할지도 모르겠고요."

젊은 기자는 아무 문제 없다는 듯 말했다.

"걱정 마십시오. 그레이 양이 직접 글을 쓸 필요는 없습니다. 그저 제 동료의 몇 가지 질문에 대답만 해 주시면 저희가 알아서 쓸테니까요. 별거 아닙니다."

"그래도 마찬가지예요. 거절하겠어요."

"그렇다면 100파운드 어떻습니까? 네? 진짜 100파운드 드리겠습니다. 그리고 사진만 한 장 주시면 됩니다."

"싫다고 했잖아요. 그런 발상 자체가 마음에 안 들어요."

제인이 말했다.

"그만 하시죠. 그레이 양이 싫다고 하지 않습니까."

노먼 게일이 말했다.

젊은 남자는 희망에 부푼 얼굴로 노먼을 향해 고개를 돌렸다.

"게일 씨죠? 그레이 양이 내키지 않아한다면 당신은 어떻습니까? 딱 오백 단어만 써 주시면 됩니다. 그러면 그레이 양에게 제시한 금액을 드리겠습니다. 이건 정말 괜찮은 조건입니다. 죽은 사람이 여자라 남자보다는 같은 여자가 한 말을 더 높이 쳐주거든요. 진짜 절호의 기회를 드리는 겁니다."

"거절하겠습니다. 한 글자도 쓰고 싶지 않군요."

"돈 문제를 떠나서 아주 좋은 홍보 효과가 될 텐데요. 노먼 게일, 전도유망한 전문의…… 눈부신 미래……. 당신 환자들도 다 읽을 거고요."

"그게 바로 내가 거절하는 이유입니다."

노먼 게일이 말했다.

"저런, 요즘 세상은 홍보 없이 살아남기 힘들 텐데요."

"어떤 홍보냐에 따라 다르겠죠. 난 한두 명이라도 좋으니 제발 내 환자들이 신문 따위 읽지 말고 내가 이런 빌어먹을 살인 사건에 휘말렸다는 사실도 모르기를 바랄 뿐입니다. 이제 대답을 들었으니 그만 사라져 주시죠. 아니면 발로 차서 내쫓아 드릴까?"

"그렇게까지 흥분할 필요는 없지 않습니까."

젊은 기자는 노먼의 험악한 말에도 전혀 아랑곳하지 않고 말을 이었다.

"그럼 안녕히 계십시오. 마음이 바뀌면 전화 주세요. 여기 제 명함입니다."

기자는 기분 좋게 찻집을 나서며 속으로 중얼거렸다.

'나쁘지 않았어. 꽤 괜찮은 인터뷰 기삿거리를 얻어 냈으니까.'

실제로 다음 주에 발행된 《위클리 하울》에는 공중 살인 사건과 관련된 목격자 두 명의 견해를 담은 중요한 기사가 실렸다. '제인 그레이는 이 문제에 대해 이야기하기도 싫을 만큼 힘들다고 말했다. 이번 사건으로 어찌나 끔찍한 충격을 받았는지 생각조차 하고 싶지 않다고 했다. 노먼 게일은 자신이 결백한 데도 살인 사건에 말려듦으로써 자신의 일에 영향을 미치게 될 것이라고 길게 설명을 늘어놓았다. 그는 농담조로, 자기 환자들이 패션 칼럼만 읽어 주면 좋겠으며 치료를 받기 위해 '의자'에 앉았을 때 최악의 사태를 상상하지 않기만을 바랄 뿐이라고 말했다.'

기자가 사라지자 제인이 말했다.

"어째서 우리보다 더 중요한 사람들한테 부탁하지 않는 걸까요?"

"자기보다 나은 윗사람들한테 맡겼겠죠. 아니면 시도해 봤지만 거절당했는지도 모르고요."

노먼 게일이 신랄하게 내뱉었다.

그는 잠시 찡그린 표정으로 앉아 있다가 말했다.

"제인, 제인이라고 불러도 괜찮겠죠? 당신은 마담 지젤이라는 사람을 누가 죽인 것 같습니까?"

"전혀 모르겠어요."

"생각해 본 적은 있나요? 그러니까 정말 진지하게 범인이 누구일지 생각해 본 적 있어요?"

"음, 아뇨. 사실 난 내 입장만 생각하고 걱정했던 것 같아요. 누가 범죄를 저질렀는지 진지하게 생각해 보지 않았어요. 솔직히 오늘에서야 승객 중 한 사람이 살인범이라는 걸 깨달은걸요."

"그래요. 검시관이 아주 노골적으로 말하더군요. 난 내가 범인이 아니라는 걸 압니다. 그리고 당신도 아니라는 걸 알아요. 그게……사실 난 계속 당신을 바라보고 있었거든요."

"맞아요. 나도 당신이 범인이 아니라는 걸 확신해요. 왜냐하면…… 나도 당신을 죽 지켜보고 있었거든요. 그리고 당연히 나도 아니에요! 그럼 다른 승객 중 한 명일 텐데, 도대체 누가 그런 짓을 했는지 전혀 짐작이 안 가요. 당신은요?"

"마찬가지입니다."

노먼 게일은 깊은 생각에 잠긴 듯 보였다. 꼬리에 꼬리를 물고 밀려드는 여러 가지 생각 때문에 혼란스러운 듯했다. 제인이 말을 이었다.

"하지만 우리가 짐작을 못 하는 것도 당연해요. 아무것도 보지 못했으니까요. 적어도 난 그래요. 당신은 어때요?"

게일은 고개를 저었다.

"나도 전혀요."

"그게 정말 이상하지 않아요? 그래요, 당신은 아무것도 보지 못한 게 당연하죠. 반대쪽을 보고 앉아 있었으니까요. 하지만 난 달라요. 객실 한가운데를 보고 앉아 있었거든요. 내 말은…… 나라면 틀림없이……."

제인은 문득 말을 멈추고 얼굴을 붉혔다. 그녀는 자신이 내내 푸른색 스웨터에만 눈길을 고정한 채 주변에서 벌어지는 일은 아랑곳하지 않고 맞은편에 앉아 있는 한 사람에게만 정신을 팔고 있었다는 사실을 떠올렸다.

노먼 게일은 생각했다.

'왜 얼굴을 붉히는 거지……. 정말 멋진 여자야……. 이 여자와 결혼하고 말겠어……. 그래, 반드시 하고 말 거야……. 하지만 벌써부터 너무 멀리 내다보면 안 되지. 우선 자주 만날 구실을 만들어야겠어. 그래, 이번 사건이 좋겠군……. 게다가 아무래도 뭔가를 해야 할 것 같단 말이야……. 아까 그 얄미운 신문기자와 홍보가……."

그는 소리 내어 말했다.

"그렇다면 지금 생각해 보는 게 어때요? 누가 그녀를 죽였을까요? 한 사람씩 찬찬히 훑어볼까요? 먼저 승무원은 어떻습니까?"

"그 사람들은 아니에요."

"동감입니다. 우리 건너편에 있던 여자들은요?"

"레이디 호버리 같은 여자가 살인을 할 것 같진 않아요. 그리고 다른 여자, 그러니까 커 양은 귀족 출신인데 사람을 죽였을 리가 없어요. 절대로 아니에요."

"유일하게 관심을 못 받은 사냥 클럽 회원 말이죠? 당신 말이 맞을 것 같군요, 제인. 그리고 콧수염을 기른 남자도 있습니다. 배심원들이 가장 의심한 사람이기도 하죠. 그 사람은 우선 제쳐 두고 의사 선생은 어떨까요? 그 사람도 그다지 살인범일 것 같지는 않아요."

"의사가 그 여자를 죽이고 싶었다면 흔적이 안 남을 방법으로 아무도 알아차리지 못하게 했을 거예요."

"흐음."

노먼이 의심스럽다는 투로 말했다.

"아무런 흔적도 남지 않는 무색무취의 독약이 있다면 아주 편리하겠죠. 하지만 난 그런 게 과연 실제로 존재하는지 의심스러워요. 대통을 샀다는 그 자그마한 남자는요?"

"그 사람은 확실히 좀 의심스럽긴 해요. 그래도 착한 사람 같던데요. 그리고 자기한테 대통이 있다는 걸 굳이 말할 필요가 없었는데 털어놓은 걸 보면 오히려 범인이 아닌 것 같아요."

"그렇다면 제임슨이 남았군요. 아, 아니지……. 그 사람 이름이 뭐였죠? 라이더?"

"네, 아마 그럴 거예요."

"그리고 프랑스 인 두 명하고요."

"전 그 두 사람이 의심스러워요. 이상한 오지에도 많이 가 봤다고 하잖아요. 분명히 우리가 모르는 동기가 있을 거예요. 젊은 아들 얼굴이 어딘가 걱정스러운 표정이더라고요."

"살인을 저질렀다면 아무래도 걱정이 될 수밖에 없겠죠."

노먼 게일이 잘라 말했다.

"하지만 사람은 좋아 보였어요. 그리고 아버지도 친절하고 괜찮은 사람 같았고요. 그 사람들은 범인이 아니면 좋겠어요."

"결국 결론은 얻지 못했군요."

노먼 게일이 말했다.

"살해된 여자에 대해 아무것도 모르는 상태에서는 범인을 알아내는 게 무리잖아요? 원한을 가진 사람이라든가, 재산을 물려받을 사람이라든가 뭐 그런 거 있잖아요."

노먼 게일이 신중한 어조로 말했다.

"이런 게 다 쓸모없는 추측일 뿐이라고 생각하나요?"

"아닌가요?"

제인은 차갑게 대꾸했다.

"아니죠. 어쩌면 아주 유용할지도 모른다는 느낌이 들어요……"

노먼은 잠시 망설이더니 느릿느릿 말했다.

제인은 의아한 표정으로 그를 바라보았다.

"살인이란 말입니다. 단순히 희생자와 범인의 문제가 아닙니다. 죄 없는 사람들에게도 영향을 미치죠. 당신이나 나는 결백하지만, 우리에게도 살인 사건의 그림자가 드리워져 있잖아요. 그 그림자가 우리 삶에 어떤 영향을 미치게 될지 우린 전혀 모릅니다."

제인 그레이는 냉정하고 상식적인 사람이었지만, 갑자기 몸서리가 쳐졌다.

"그런 말 하지 마세요. 무서워요."

"나도 그렇습니다."

노먼이 말했다.

의논

에르퀼 푸아로는 친구인 재프 경감을 만나러 갔다. 재프는 얼굴 가득 미소를 띠고 그를 맞이했다.

"어서 오게. 하마터면 감방 신세를 질 뻔했군."

"이번 일로 혹시나 내 명성에 금이라도 갔을까 봐 걱정이네."

푸아로가 정색을 하고 말했다.

"글쎄. 소설을 보면 가끔 탐정이 범인으로 밝혀지기도 하잖나."

재프가 히죽 웃으며 말했다.

키가 크고 마른, 지적이지만 우울한 인상을 가진 남자가 다가오자 재프가 그를 소개했다.

"이쪽은 파리 경시청에서 나온 무슈 푸르니에라고 하네. 우리와 함께 이번 사건을 수사할 거야."

"몇 년 전에 만나 뵌 적이 있습니다, 무슈 푸아로."

푸르니에가 고개를 숙이고 악수를 나누며 말했다.

"무슈 지로에게 말씀 많이 들었습니다."

푸아로의 입술에 희미한 미소가 떠올랐다. 지로(그는 지로를 '인간 사냥개'라고 부르곤 했다.)가 자신에 대해 뭐라고 했을지 익히 짐작이 가는 터라 슬그머니 웃음이 났다.

"두 분 모두 우리 집에서 저녁 식사를 하십시다. 벌써 티보 변호사도 초청해 두었답니다. 물론 당신과 여기 내 친구 재프 경감이 내가 이번 사건에 끼어드는 걸 반대하지 않는다면 말입니다."

푸아로가 말했다.

"난 괜찮네. 자네는 처음부터 이 사건에 개입되어 있었으니까."

재프 경감이 푸아로의 등을 친근하게 툭툭 치며 말했다.

"오히려 영광입니다."

프랑스 인이 예의 바르게 중얼거렸다.

"방금 어떤 아리따운 아가씨에게도 말했지만, 난 내가 결백하다는 걸 밝히고 싶어 안달이 나 있거든."

푸아로가 말했다.

"배심원들이 자네 얼굴을 별로 좋아하지 않는 것 같더군. 요즘 들은 농담 중 최고였네."

재프가 다시 히죽 웃으며 말했다.

마치 무언의 약속이라도 한 듯, 작은 벨기에 인이 훌륭한 저녁 식사를 베푸는 동안 아무도 사건에 대해 말을 꺼내지 않았다.

"영국에서도 이렇게 멋진 식사를 할 수 있군요."

푸르니에가 이쑤시개로 조심스럽게 이를 쑤시며 감사의 인사를
중얼거렸다.

"정말 맛있었습니다, 무슈 푸아로."

티보 변호사가 말했다.

"좀 프랑스풍이긴 하지만 정말 좋았네."

재프가 말했다.

"식사는 언제나 위에 부담이 가지 않을 정도로 가볍게 하는 게 좋
아. 너무 거하게 먹으면 머리가 굳어져서 생각을 못 하거든."

푸아로가 말했다.

"난 위장이 튼튼해서 한 번도 탈이 난 적이 없는데. 하지만 이런
걸로 말다툼하지는 않겠네. 이제 슬슬 본론으로 들어가 볼까. 티보
씨가 오늘 저녁 다른 약속이 있다고 하셨으니 먼저 말씀하시는 게
좋겠소."

재프가 말했다.

"그러지요. 여기라면 법정에서보다 훨씬 편하게 말할 수 있겠습
니다. 사실 심리에 들어가기 전에 재프 경감님과 간단하게 얘기를
나눴는데, 꼭 필요한 사실만 말하고 될 수 있으면 말을 적게 하라고
하시더군요."

"그렇습니다. 괜히 이것저것 말을 퍼트릴 필요는 없으니까. 그러
니 이제 그 지젤이라는 여자에 대해 말씀해 주십시오."

재프가 말했다.

"솔직히 말하면 전 별로 아는 게 없습니다. 그저 다른 사람들이

아는 정도죠. 어쩌면 여기 계신 푸르니에 씨가 저보다 더 많이 알고 계신지도 모릅니다. 하지만 이 점만은 확실히 말씀 드릴 수 있습니다. 마담 지젤은 영국식으로 말하면 '괴짜'였습니다. 정말 독특한 성격을 가진 여자였지요. 마담 지젤의 과거에 대해서는 저도 전혀 모릅니다. 젊었을 때는 꽤 미인이었을 거라는 정도죠. 천연두를 앓는 바람에 미모를 잃고 지금처럼 되었다고 들었습니다. 그녀는…… 음, 제가 받은 인상을 말하면, 권력을 즐기는 유형이었습니다. 물론 권력을 소유하고 있기도 했고요. 사업 수완이 뛰어났고, 사업상의 이해관계를 위협할 만한 것에는 일체의 감정도 허락하지 않는 냉철한 프랑스 여성이었지요. 그래도 무척 양심적이고, 사업을 공정하게 운영한다는 평판을 받고 있었죠."

그는 동의를 구하듯 푸르니에를 바라보았다. 푸르니에는 우울한 표정으로 고개를 끄덕이고 나서 말했다.

"그 말이 맞습니다. 나름대로 공정했죠. 적어도 그녀 자신의 기준에서는 말입니다. 증거만 확실했다면 우리도 그녀를 추궁할 수 있었을 겁니다. 그렇지만…… 죄를 묻기가 어려웠습니다. 인간의 본성 때문에요."

그는 의기소침하게 어깨를 으쓱했다.

"무슨 뜻입니까?"

"샹타주(공갈 협박) 말입니다."

"협박을 했단 말이오?"

재프가 되물었다.

"그렇습니다. 그것도 아주 독특하고 전문적인 수법으로요. 마담 지젤의 사업 방식은 이 나라에서 '약속어음'이라고 부르는 것을 받고 돈을 빌려 주는 것이었습니다. 빌려 주는 액수나 갚는 방법은 경우에 따라 달랐죠. 하지만 돈을 돌려받는 데 있어서는 그녀만의 독특한 방법이 있었습니다."

푸아로가 흥미를 보이며 다가와 앉았다.

"오늘 심리에서 티보 변호사께서 말씀하신 대로, 마담 지젤의 고객은 주로 상류계급이나 전문직에 종사하는 사람들이었습니다. 이들은 특히 여론에 약하다는 약점을 지니고 있죠. 마담 지젤은 자신만의 정보망을 갖추고 있어서 돈을 빌려 주기 전에 (그러니까 꽤 많은 액수의 경우 말입니다.) 가능한 한 고객에 대해 많은 정보를 수집하는 버릇이 있었습니다. 그런데 그 정보망이라는 것이 상당히 훌륭했습니다. 조금 전 여기 우리 친구 분께서 하신 말씀을 그대로 인용하면, 마담 지젤은 자기 나름대로 아주 양심적이고 공정했습니다. 그녀는 자신에게 신의를 지키는 사람에게는 신의로 보답했죠. 빌려 준 돈을 받아 내기 위해서가 아니라면 자신이 알고 있는 비밀 정보를 절대 폭로하지 않았거든요."

"그러니까 말하자면…… 그 비밀 정보라는 게 그녀에게는 일종의 담보였군요?"

푸아로가 말했다.

"바로 그겁니다. 그리고 그 정보를 이용할 때면, 그녀는 감정이라고는 눈곱만큼도 찾아보기 힘들 정도로 가차 없고 냉혹했어요. 중요한 건 말입니다 여러분, 그녀의 이런 방법이 아주 효과적이었다는 겁니다! 마담 지젤이 빌려 준 돈을 받지 못하는 경우는 거의 없었습니다. 저명인사들은 스캔들이 퍼지는 것을 막기 위해서라면 어떤 짓을 해서라도 돈을 마련할 테니까요. 방금 말씀 드렸지만, 우리는 그녀가 무슨 짓을 하는지 알고 있었습니다. 하지만 법적으로 고발하는 것은……."

그는 어깨를 으쓱하고 계속 말했다.

"그건 어려운 문제였죠. 인간의 본성은 어쩔 수가 없으니까요."

"방금 그런 경우는 거의 없다고 말씀하셨지만, 만약 빌려 준 돈을 갚지 않으면 어떻게 됩니까?"

푸아로가 말했다.

"그런 경우에는…… 그녀가 가지고 있던 정보를 공개적으로 퍼트리거나 빚진 사람과 관련된 다른 사람에게 흘리곤 했지요."

푸르니에가 느릿느릿 말했다.

방 안에 잠시 정적이 흘렀다. 푸아로가 입을 열었다.

"그래 봤자 금전적으로는 이득이 되지 않았을 텐데요."

"그렇지요. 적어도 직접적으로는 말입니다."

푸르니에가 말했다.

"간접적으로는 도움이 되었단 말씀입니까?"

"다른 사람들이 돈을 갚게 만드는 효과가 있었겠군."

재프가 말했다.

"그렇습니다. 소위 교훈을 준다는 점에서는 가치가 있었지요."

푸르니에가 말했다.

"좋은 교훈이라고는 할 수 없겠소만. 흐음……."

재프는 생각에 잠겨 코를 문질렀다.

"살인 동기를 밝혀내는 데 어느 정도 확실한 가닥이 잡히기 시작하는군. 그렇다면 누가 그녀의 재산을 물려받게 됩니까? 그 점에서 도움을 좀 주실 수 있겠습니까?"

경감이 티보에게 물었다.

"딸이 하나 있습니다. 어머니와 함께 살지는 않습니다만……. 사실 마담 지젤은 딸이 아주 어렸을 때 이후로는 만난 적이 없다고 하더군요. 어쨌든 그녀는 오래전에 유언장을 만들었는데, 하녀에게 약간의 돈을 물려주는 것을 제외하고는 모든 재산을 딸인 안느 모리조에게 남긴다는 내용이었습니다. 제가 아는 한 그 후로는 유언장을 고친 적이 없습니다."

"마담 지젤은 부자입니까?"

푸아로가 물었다.

변호사는 어깨를 으쓱해 보였다.

"재산이 어림잡아 800만 내지 900만 프랑은 될 겁니다."

푸아로는 입술을 오므려 휘파람을 불었다.

재프가 말했다.

"맙소사. 그렇게 부자인 줄은 몰랐군요. 어디 보자, 대충 환산해 보면…… 10만 파운드가 넘는군. 휴우!"

"마드무아젤 모리조는 엄청난 부자가 되겠군."

푸아로가 말했다.

"그 비행기에 타지 않았으니까 말이네. 만약 그랬더라면 유산을 물려받기 위해 어머니를 살해했다는 의심을 받았을 테니까. 지금쯤 몇 살이나 됐겠습니까?"

재프가 티보 변호사에게 물었다.

"정확히는 모릅니다. 아마 스물네다섯쯤 되었을 겁니다."

"그녀는 이번 사건과는 관련이 없어 보이는군. 그러니 협박을 받고 있던 사람들을 조사해 봐야겠습니다. 비행기에 탄 승객들은 모두 마담 지젤을 모른다고 대답했습니다. 누군가가 거짓말을 하고 있는 게 틀림없소. 그게 누군지 찾아내야 합니다. 마담 지젤의 개인 서류를 살펴보면 도움이 되지 않겠습니까, 무슈 푸르니에?"

"경감님, 이번 사건에 관해 듣자마자, 그러니까 런던 경시청으로부터 전화를 받자마자 전 곧장 그녀의 집으로 갔습니다. 서류는 금고에 들어 있었는데, 모두 태워 버린 후더군요."

프랑스 인이 말했다.

"태워 버렸다고? 누가? 왜?"

"마담 지젤에게는 아주 충직한 하녀가 있습니다. 엘리즈라고 하는데, 엘리즈는 만일 주인에게 무슨 일이 생기면 금고를 열고, 그 안에 든 것을 모두 태워 버리라는 지시를 받았답니다. 그녀는 금고 번호를 알고 있었거든요."

"뭐요? 그거 정말 놀라운 소식이오!"

재프는 눈을 휘둥그레 떴다.

"아시다시피 마담 지젤은 자기만의 규칙을 가지고 있었습니다. 그녀는 신의를 지키는 사람에게는 신의로 보답했어요. 마담 지젤은 고객들에게 양심적이고 공정하게 대하겠다고 약속했습니다. 무자비하긴 했지만 약속은 지킬 줄 아는 사람이었지요."

푸르니에가 말했다.

재프는 묵묵히 고개를 저었다. 네 명의 남자들은 아무 말 없이 죽은 여인의 이상한 성격을 곱씹으며 생각에 잠겼다.

티보 변호사가 자리에서 일어났다.

"전 그만 가 봐야겠습니다. 약속이 있거든요. 뭔가 더 알게 되면 다시 연락 드리겠습니다. 제 연락처는 알고 계시겠지요?"

그는 사람들과 정중하게 악수를 나눈 다음 푸아로의 아파트를 떠났다.

가망성

티보 변호사가 자리를 뜬 뒤, 세 남자는 의자를 끌어당겨 탁자 가까이 둘러앉았다.

"자, 그럼 본론으로 들어갑시다."

재프가 말하며 만년필 뚜껑을 열었다.

"비행기 안에는 승객 열한 명이 탑승해 있었습니다. 그러니까 뒤쪽 객실에 말입니다. 비행 내내 그곳을 오간 사람이 없다고 했으니까 승객 열한 명과 승무원 두 명…… 모두 열세 명입니다. 죽은 여자를 빼고 열두 명 중 한 명이 범인인 겁니다. 승객 중에는 영국인도 있었고, 프랑스 인도 있었습니다. 프랑스 인은 무슈 푸르니에가 조사해 주시고, 영국인은 내가 맡겠습니다. 그리고 파리에서 조사할 내용도 있는데…… 그것도 무슈 푸르니에가 맡아 주십시오."

"파리뿐만이 아닙니다. 여름철에 마담 지젤은 도빌, 르피네, 위메로 등 프랑스 해변 도시에서 사업을 벌였습니다. 앙티브나 니스 같은 남부 휴양지에서도요."

푸르니에가 말했다.

"좋은 지적입니다. 프로메테우스호 승객 중 몇 명이 르피네를 언급한 게 기억나는군. 그쪽도 살펴봐야겠습니다. 이번에는 살인 행위 자체에 대해 생각해 봅시다. 실제로 누가 대롱을 사용할 수 있는 위치에 있었는가 말입니다."

재프가 여객기 객실이 그려진 커다란 평면도를 탁자 한가운데 펼치고 계속 말했다.

"그럼 예비 작업을 해 봅시다. 먼저 한 사람씩 살펴보면서 누가 살인을 했을 법한지 가망성을 따져 가려내고, 그보다 더 중요한…… 그게 실제로 가능한 사람이 누군지, 가능성을 검토하는 겁니다. 우선 여기 있는 무슈 푸아로를 제외하겠소. 그러면 용의자는 열한 명이 되는군."

푸아로가 슬픈 표정으로 고개를 저었다.

"자네는 사람을 너무 믿는구만, 친구. 아무도 믿어서는 안 돼. 절대로, 절대로 말일세."

"뭐. 자네가 원한다면 용의선상에 그대로 올려놓겠네."

재프가 아무렇지도 않다는 듯 말했다.

"그리고 승무원은 있지, 참. 가망성을 따져 볼 때 둘 다 범인일 것 같지는 않습니다. 큰 액수의 돈을 빌릴 일도 없고 근무 기록도 좋더이다. 둘 다 성실하고 근면하다는 평가를 받고 있습니다. 혹시 이 두 사람 중 한 명이 이번 사건과 관계가 있다면 놀라 자빠질 일입니다. 하지만 가능성을 보면 절대로 배제할 수 없습니다. 승무원은 비행기 안을 계속 돌아다니기 때문에 실제로 대통을 사용할 수 있는 위치, 그러니까 죽은 여인의 오른쪽에 있었으니까. 물론 승무원이 승객들로 가득 찬 기내에서 아무에게도 들키지 않고 독침을 쐈다고는 도저히 믿을 수가 없지만 말입니다. 경험상 대부분의 사람들이 장님이나 마찬가지라는 건 알지만, 그래도 그 정도는 아닐 거요. 물론 다른 모든 이들에게도 같은 상황이 적용된다고 할 수 있습니다. 이런 식으로 범죄를 저지르다니 미친 짓입니다. 미친 짓이고말고. 그런 짓을 하고도 들키지 않을 확률은 백에 하나 있을까 말까인데, 이 빌어먹을 자식은 악마의 은총이라도 받았나 봅니다. 세상에 하고많은 멍청한 살인 수법 중에서도 하필이면……."

눈을 내리깔고 조용히 담배를 피우던 푸아로가 갑자기 질문을 던졌다.

"멍청하다고 했나?"

"물론이지. 이게 미친 짓이 아니고 뭔가?"

"그렇지만 성공했지. 여기 우리 세 사람이 둘러앉아 열심히 머리를 맞대고 있는데도 누가 그런 짓을 저질렀는지 알아내지 못하고 있지 않나. 그러니 완벽하게 성공한 게 아닌가?"

"그저 더럽게 운이 좋았을 뿐이야. 평소라면 적어도 목격자가 대여섯 명은 나와야 한다고."

재프가 우겼다.

푸아로가 불만이라는 듯 고개를 저었다.

푸르니에는 궁금하다는 눈길로 그를 바라보았다.

"무슨 말을 하고 싶으신 겁니까, 무슈 푸아로?"

"몬 아미.(친구.) 어떤 일은 결과를 가지고 판단해야 합니다. 그런 의미에서 이번 사건은 성공했습니다. 그게 바로 내가 하고 싶은 말입니다."

"하지만 그렇다 하더라도 이건 거의 기적에 가까워 보입니다."

프랑스 인이 신중하게 말했다.

"기적이든 기적이 아니든, 어쨌든 사건은 실제로 일어났습니다. 우리에겐 의학적 증거가 있고 살인에 쓰인 도구도 있소. 만약 일주일 전에 누군가가 내게 뱀독이 묻은 독침으로 여자가 살해된 사건을 수사하게 될 거라고 말했다면 난 그 인간 면전에 대고 큰 소리로 웃어 주었을 거요. 모욕을 당한 셈이니까! 그런데 바로 이 사건이 그렇단 말입니다. 이건 모욕적인 사건입니다."

재프는 숨을 거칠게 몰아쉬었다. 푸아로가 싱긋 웃었다.

"어쩌면 조금 비틀린 유머 감각을 가진 자의 소행일지도 모릅니다. 살인 사건을 수사할 때는 범인의 심리를 파악하는 게 필수죠."

푸르니에가 곰곰이 생각하며 말했다.

재프가 '심리'라는 단어에 살짝 코웃음을 쳤다. 그는 그 말을 싫어했으며 믿지도 않았다.

"무슈 푸아로가 좋아할 만한 말이로군."

재프가 말했다.

"난 두 사람 말에 모두 흥미가 있다네."

"희생자가 다른 방식으로 살해당했다고 의심하는 건 아니겠지? 자네의 복잡한 심리를 알기에 하는 말이네."

재프가 수상하다는 듯 푸아로를 바라보며 물었다.

"아니 아니네, 친구. 그 점에 있어서 내 의견은 아주 확고하다네. 내가 바닥에서 주운 독침이 바로 살해 흉기야. 그건 틀림없네. 하지만 이 사건에는 뭔가 수상쩍은 부분이 있단 말이야……."

푸아로는 잠시 말을 멈추고 곤혹스러운 듯 고개를 저었다.

재프가 말을 이었다.

"그럼 아까 하던 이야기로 돌아가서, 두 승무원을 완전히 제외할 수는 없지만 그중 한 사람이 범행을 저질렀을 것 같지는 않습니다. 동의하나, 무슈 푸아로?"

"아, 이런. 아까 내가 그랬잖나. 나라면 어떤 일이 있어도…… 몽디외!(제기랄!) 아무도 제외하지 않겠네!"

"자네 좋을 대로 하게. 이제 승객들을 살펴봅시다. 식료품실과 화장실 옆쪽부터 봅시다. 먼저 16번 좌석."

재프가 펜으로 도면을 가리켰다.

"여기에는 미용사인 제인 그레이가 앉아 있었습니다. 경마 복권에 당첨되어 르피네에 다녀오는 길이었다고 하오. 그건 즉 이 아가씨가 도박을 즐긴다는 걸 의미합니다. 어쩌면 돈이 궁해져서 마담 지젤에게 돈을 빌렸을지도 모르오. 물론 거액을 빌렸다거나 마담 지젤이 그녀를 '협박'했을 것 같지는 않지만. 그리고 우리가 찾는 물고기치고는 너무 작습니다. 견습 미용사가 독사의 독을 구할 기회가 있었는지도 의문이고. 뱀독으로 머리를 염색하거나 얼굴을 마사지할 리도 없잖습니까. 어떻게 보면 뱀독을 사용한 건 치명적인 실수입니다. 수사 범위를 좁혀 주니까. 그런 지식을 가지고 있는 건 백 명 가운데 기껏해야 두 명 정도밖에 안 될 테고, 그런 물건은 손에 넣기도 힘들고."

"따라서 한 가지 사실만은 분명하지."

푸아로가 말했다.

푸르니에가 재빨리 그에게 뭔가를 묻는 듯한 눈길을 보냈다.

재프는 다른 생각에 골몰해 말했다.

"내 생각은 이렇네. 범인은 두 부류 중 하나야. 전 세계 각지의 이상한 미개 지역에 가 본 사람, 즉 뱀이나 치명적인 다른 물건들, 그리고 적에게 뱀독을 사용하는 원주민들의 습성을 잘 알고 있는 사람. 그게 첫 번째 부류일세."

"그리고 다른 하나는?"

"다른 하나는 과학자라는 거지. 연구원 말일세. 이 붐슬랭 독은 전문적인 연구실에서 사용하는 거야. 윈터스푼과 이야기해 봤는데 독사의 독, 예를 들어 코브라 독 같은 건 때로 의학적 용도로 사용되기도 한다는군. 특히 간질병 치료에 꽤 효과적이라는 거야. 그리고 독사에 물린 상처에 대해서도 상당한 연구가 진행 중이고."

"흥미로운 사실이군요. 시사하는 것도 많고."

푸르니에가 말했다.

"그렇습니다. 그럼 계속해 보십시다. 이 두 가지 모두 그레이 양에게는 해당되지 않습니다. 즉, 동기도 불충분하고 독을 얻을 기회도 부족합니다. 그리고 실제로 대통을 사용했는지도 의심스럽습니다. 거의 불가능하다고 할 수 있소. 이걸 보십시오."

세 사람은 평면도 위로 몸을 구부렸다.

"여기가 16번 좌석입니다. 그리고 여기가 2번 좌석이고. 마담 지젤의 좌석과는 거리도 멀고, 중간에 다른 사람들도 많습니다. 자리에서 일어서지 않는 한 마담 지젤의 목덜미에 독침을 맞출 수 없습니다. 그리고 모두들 이 여자가 자리에서 일어나지 않았다고 증언했소이다. 그러니 그레이 양은 용의선상에서 제외해도 될 것 같습니다. 12번 좌석의 맞은편에는 치과 의사인 노먼 게일이 앉아 있었습니다. 이 사람 또한 상황이 거의 비슷합니다. 특별한 것이 없소. 물론 치과 의사이니만큼 뱀독을 얻을 기회가 그녀보다는 조금 많겠지만……."

"치과 의사는 주사기를 별로 사용하지 않아. 그것도 죽이기보다는 주로 치료하는 데 쓰지."

푸아로가 부드럽게 중얼거렸다.

"치과 의사는 환자에게 장난을 많이 치잖나."

재프가 히죽 웃으며 말했다.

"약물을 다루는 사람들과 교류할 수도 있고, 어쩌면 과학자 친구가 있을지도 모르네. 하지만 어쨌든 가능성의 측면에서는 그를 제외해도 될 것 같아. 화장실에 간 걸 빼면 자기 자리를 뜬 적이 없으니까. 화장실은 희생자의 자리 반대쪽에 있네. 화장실에서 자리로 돌아올 때도 겨우 통로 여기까지밖에 오지 못했을 테고, 지젤의 목에 대통으로 독침을 날리려면 직각으로 휘어지는 마법 독침이어야 해. 그러니 이 사람도 제외할 수 있네."

"동의합니다. 다음 사람으로 넘어갈까요."

푸르니에가 말했다.

"이번에는 통로 건너편 17번 좌석을 봅시다."

"거기는 원래 내 자리였네. 그런데 어떤 여자가 친구와 함께 앉고 싶다고 해서 양보해 주었지."

푸아로가 말했다.

"베네샤 커 양이로군. 자, 그럼 그녀는 어떨까? 커 양은 거물입니다. 마담 지젤에게 돈을 빌렸을 가능성이 충분합니다. 남에게 숨기고 싶은 어두운 비밀 같은 걸 가지고 있을 것 같지는 않지만, 어쩌면 말 때문에 돈을 다 날려 버렸는지도 모르지. 아무튼 이 여자는 주목해 보아야 합니다. 위치상으로 가능하기 때문이오. 만일 마담 지젤이 창문 쪽으로 고개를 약간 돌린 상태였다면, 커 양은 한 방에…… 아니, 단숨에라고 해야 하나? 독침을 날릴 수 있었을 겁니다. 그렇지만 역시 요행수를 노려야 했을 겁니다. 더구나 자리에서 일어서야 하고. 이 여자는 가을이 되면 손에 총을 쥐고 들판으로 사냥을 하러 나가는 부류라오. 총을 잘 다룬다고 해서 대통까지 잘 불수 있을지는 의심스럽지만 어차피 양쪽 다 눈이 날카로워야 하고 연습도 필요할 거요. 공범이 있는지도 모릅니다. 전 세계 이상한 지역들을 돌아다니며 사냥을 즐기는 남자 친구 말입니다. 그래서 원주민이 사용하는 해괴한 물건들을 손에 넣을 수 있었던 겁니다. 젠장, 하지만 아무리 해도 허튼소리로밖에 들리지 않는군! 도무지 말이 안 돼!"

"솔직히 말해 그녀가 범인일 것 같지는 않습니다. 커 양은 오늘 심리에서 처음 봤지만……."

푸르니에는 고개를 한 번 젓고는 말을 이었다.

"살인을 저지를 사람으로는 보이지 않더군요."

"13번 좌석에는 레이디 호버리가 앉아 있었습니다. 이 여자도 유력한 용의자입니다. 몇 가지 아는 게 있어서 하는 말인데, 이 여자가 어두운 비밀을 한두 개쯤 갖고 있다고 해도 난 전혀 놀라지 않을 겁니다."

재프가 말했다.

"제가 알아낸 바로 이 부인은 얼마 전 르피네의 바카라 테이블에서 돈을 꽤 많이 잃었습니다."

푸르니에가 말했다.

"훌륭합니다! 그렇소. 레이디 호버리는 마담 지젤과 엮일 만한 부류입니다."

"제 생각도 그렇습니다."

"좋소. 여기까지는 순조롭군. 하지만 문제가 있습니다. 도대체 어떻게 범행을 저질렀는가 하는 것이오. 그녀는 자리를 뜬 적도 없고, 독침을 쏘려면 의자 등받이 위로 몸을 내밀어야 합니다. 게다가 열 명이

나 그녀를 지켜보고 있었고. 제기랄, 다음 사람으로 넘어갑시다."

"9번과 10번 좌석이군요."

푸르니에가 손가락으로 평면도를 훑으며 말했다.

"무슈 에르퀼 푸아로와 브라이언트 박사입니다. 푸아로, 뭐 할 말이라도 있나?"

재프가 말했다.

푸아로는 애처로운 표정으로 고개를 저었다.

"몽 에스토막.(내 위장.) 애석하게도 정신은 육체의 시종이라."

그는 우울한 목소리로 말했다.

"저도 그렇습니다. 저도 비행기 멀미를 하거든요."

푸르니에가 동감한다는 듯 말했다. 그는 눈을 감고 진저리가 난다는 듯 고개를 저었다.

"그럼 브라이언트 박사 차례군. 그는 어떤 사람인가? 할리 가*의 거물입니다. 프랑스 인 사채업자한테 돈을 빌릴 것 같진 않지만 그래도 모를 일이오. 한 번이라도 이상한 소문이 돌면 의사 인생은 끝장이니까. 그리고 바로 여기서 아까 내가 말한 과학자 이론이 적용됩니다. 브라이언트같이 저명한 의사라면 의학 연구실 사람들과 친분이 있을 겁니다. 연구실에 들렀을 때 뱀독이 들어 있는 시험관을 빼돌리는 것쯤이야 식은 죽 먹기일 거요."

"하지만 그런 물건들은 철저하게 관리된다네, 친구. 풀밭에서 잡

---

* 전문의들이 모여 있는 런던 거리.

초를 뽑는 것과는 전혀 다른 이야기라고."

푸아로가 의문을 제기했다.

"아무리 철저하게 관리된다고 해도 어느 정도 머리가 있다면 다른 무해한 물질로 바꿔치기 하는 것도 가능하지 않겠나? 게다가 브라이언트라면 의심받을 일도 없을 테고 말이야."

"일리 있는 의견이군요."

푸르니에가 맞장구를 치며 말을 이었다.

"한 가지 문제는 이 사람이 왜 그런 식으로 사람들의 관심을 끌었느냐는 겁니다. 여자가 그냥 심장마비로 자연사했다고 말하면 간단했을 것을."

푸아로가 헛기침을 했다. 두 사람이 그를 돌아보며 의아한 시선을 보냈다.

"내 생각엔 그게 바로 그 의사의 첫 번째 소견…… 음, 그러니까 인상이라고 해야 할까? 결국 그 여자는 자연사한 것처럼 보였으니까 말일세. 벌에 찔려서 말이야. 알다시피 비행기 안에는 말벌이 있었지……."

"또 벌이군. 포기할 줄을 모르는구만."

재프가 말했다.

푸아로가 말을 이었다.

"그렇지만 말일세. 내가 바닥에 떨어져 있는 독침을 발견하고 주워 들었지. 일단 침을 발견하고 나니 모든 게 살인을 가리키더라는 거야."

"어차피 침은 발견되게 되어 있었지 않나."

푸아로는 고개를 저었다.

"살인자가 아무도 모르게 주워서 없애 버릴 수도 있었지."

"브라이언트가?"

"브라이언트든 아니든, 누구라도."

"흠, 위험 부담이 너무 큰데."

재프가 말했다.

푸르니에의 생각은 달랐다.

"지금이니 그런 생각이 드는 건지도 모릅니다. 우린 그게 살인 사건이었다는 걸 이미 알고 있으니까요. 하지만 중년 여인이 심장마비로 급작스럽게 사망했을 때, 어떤 사람이 손수건을 떨어뜨렸다가 몸을 구부려 줍는다면 누가 그걸 수상하게 생각하겠습니까?"

"그것도 그렇긴 하오. 여하튼 브라이언트는 상당히 의심스럽습니다. 자리에 앉은 채로 고개를 돌리기만 해도 대롱을 불 수 있거든. 물론 이 경우에도 독침이 객실을 가로질러야 하긴 합니다만. 그런데 왜 아무도 그것을 보지 못했을까. 이 문제는 접어 두기로 합시다. 어차피 무언가를 본 사람은 아무도 없으니까."

재프가 말했다.

"거기에는 분명 합당한 이유가 있을 겁니다. 제가 들은 대로라면……."

푸르니에는 말을 하다 말고 미소를 지었다.

"무슈 푸아로는 제 말에 흥미를 느끼실 겁니다. 바로 심리적인 이유죠."

"계속하십시오, 친구. 그것 참 흥미롭군요."

푸아로가 말했다.

푸르니에가 다시 말을 이었다.

"예를 들어 기차를 타고 여행을 하고 있는데 불타는 집 옆을 지나치게 되었다고 합시다. 모든 사람들의 눈이 창가로 쏠리겠지요. 기차 안에 있던 모든 사람들이 한 곳에 주의를 집중하는 절호의 순간이 생기는 겁니다. 그때는 누군가가 단도를 꺼내 다른 사람을 찌른다고 해도 아무도 그것을 목격하지 못할 겁니다."

"그건 사실입니다. 제가 예전에 해결한 사건 하나가 떠오르는군요. 독살 사건이었는데 말씀하신 바로 그런 일이 벌어졌습니다. 당신이 말한 심리적 순간이라는 것 말입니다. 만일 프로메테우스호가 비행하는 동안에도 그런 상황이 발생했다면……."

푸아로가 말했다.

"승무원과 승객들을 심문해 봐야겠군."

재프가 말했다.

"그래야지. 하지만 그런 심리적 순간이 실제로 존재했다면, 논리적으로 생각해 볼 때 그것은 반드시 살인범이 만들어 낸 것이어야 하네. 그 순간을 유발하기 위해 어떤 상황을 조장한 거야."

"바로 그겁니다."

프랑스 인이 말했다.

"질문할 때 잊어버리지 않도록 적어 둬야겠군. 다음은 8번 좌석입니다. 다니엘 마이클 클랜시."

재프는 이 이름을 특히 힘주어 말했다.

"내 생각으로는 이 사람이 가장 유력한 용의자입니다. 추리소설 작가라면 뱀독에 흥미 있는 척 가장하고 화학자를 찾아가 독약을 조금 얻어 와도 아무런 의심을 받지 않을 테니까. 그리고 승객 중 유일하게 지젤의 좌석을 지나갔습니다."

"나도 기억하고 있네."

푸아로가 힘주어 말했다.

재프가 계속했다.

"그는 소위 '심리적 순간'이라는 게 없었다 해도 꽤 가까운 곳에서 독침을 날릴 수 있었습니다. 의심받지 않고 빠져나갈 확률도 컸고. 그리고 대통에 대해 잘 알고 있다고 자기 입으로 말했고."

"덕분에 의심을 받게 되었지."

"그것도 간교한 술수인 게 틀림없어. 오늘 법정에 가져온 대통만 해도 그래. 그게 이 사람이 2년 전에 산 건지 어떻게 알겠나? 내가 보기엔 모든 게 수상쩍네. 범죄나 추리소설 따위에 묻혀 사는 사람이 정상일 리가 없어. 그런 걸 읽다 보니 머릿속에 이상한 생각만 들어차게 된 거야."

"작가라면 그런 생각만 하는 게 당연하지."

푸아로가 말했다.

재프는 평면도로 주의를 돌렸다.

"4번 좌석에는 라이더가 앉아 있었습니다. 죽은 여인의 바로 앞 좌석이죠. 이 사람이 범인일 것 같지는 않지만, 그렇다고 완전히 배제할 수도 없습니다. 화장실에 다녀왔고, 돌아오는 길에 가까이에서 독침을 불어 날렸을 수도 있습니다. 한 가지 걸리는 게 있다면 이 고고학자 부자인데, 만일 라이더가 그런 짓을 했다면 이 사람들이 당장 알아차렸을 겁니다."

푸아로가 생각에 잠겨 고개를 저었다.

"자네는 고고학자들을 잘 모르는군. 만약 그 두 사람이 어떤 주제를 가지고 열렬히 토론하고 있었다면…… 에 비엥(그러면) 거기 푹 빠져서 거의 장님이나 귀머거리와 마찬가지였을 걸세. 몸은 여기 있으면서도 정신은 기원전 5000년으로 날아가 있었을 거야. 그 사람들에게 1935년이란 존재하지도 않았을걸."

재프는 믿을 수 없다는 표정을 지었다.

"그럼 이번엔 그 두 사람을 살펴보도록 하지. 무슈 푸르니에, 이 뒤퐁 부자에 관해 아는 게 있습니까?"

"무슈 아르망 뒤퐁은 프랑스에서 가장 저명한 고고학자 중 한 명입니다."

"그건 우리 수사에 별로 도움이 안 됩니다. 내가 보기에 그들의 좌석은 범행을 저지르기에 상당히 유리한 위치에 있으니까. 사이에 통로가 있긴 하지만 지젤보다 약간 앞쪽에 앉아 있었습니다. 그리고 이 사람들은 세계 각지의 이상한 곳을 죄다 돌아다니며 유물을 파내고 있지 않습니까. 원주민이 사용하는 뱀독을 구할 가능성이 충분합니다."

"네, 가능하지요."

푸르니에가 말했다.

"하지만 범인이라고는 생각되지 않는 모양이오?"

푸르니에가 의심스럽다는 듯이 고개를 저었다.

"무슈 뒤퐁은 일을 위해 사는 사람입니다. 열정적이죠. 전에는 골동품상이었는데, 유적 발굴에 전념하기 위해 번창하던 사업까지 접었습니다. 그 사람이나 아들이나, 일에 몸과 마음을 바치는 사람들입니다. 저는 이 부자가 범인이라고는 도저히 생각할 수 없습니다. 물론 불가능하다고는 말하지 않겠습니다. 스타비스키 사건* 이후로는 무슨 일이든 가능하다고 믿으니까요. 그래도 이 두 사람이 이번 사건에 연루되었을 것 같지는 않습니다."

"알겠소."

재프는 기록하고 있던 종이를 집어 들고 목청을 가다듬었다.

"지금까지 결론은 이렇습니다. 제인 그레이, 가망성 희박, 가능성 거의 없음. 게일, 가망성 희박, 가능성 역시 거의 없음. 커 양, 가망성 거의 없음, 가능성 의심스러움. 레이디 호버리, 가망성 많음, 가능성 전혀 없음. 무슈 푸아로, 범인이 거의 분명함, 탑승객들 가운데 유일하게 심리적 순간을 조장할 수 있는 인물."

재프는 자기가 한 농담에 큰 소리로 웃었고, 푸아로도 관대한 미소를 지었으며, 푸르니에는 약간 쭈뼛거리며 어색하게 웃었다. 재프

---

* 프랑스 제3공화정을 위기에 빠트린 정치적 사건으로 1934년 파리에서 극우 집단의 일부가 사망하는 폭력 사태가 일어나기도 했다.

가 말을 이었다.

"브라이언트, 가망성과 가능성 모두 높음. 클랜시, 동기가 의심스러움, 가망성과 가능성 모두 높음. 라이더, 가망성은 확실하지 않으나 가능성은 꽤 높음. 뒤퐁 부자, 동기를 비롯하여 가망성이 희박하고, 독약을 손에 넣을 기회가 충분하므로 가능성 높음."

재프가 계속 말을 이었다.

"이 정도면 우리가 할 수 있는 한 꽤 정리가 잘된 것 같습니다. 이제 통상적인 조사를 해 봐야겠소. 내가 클랜시와 브라이언트를 맡겠습니다. 먼저 그들이 어떻게 지내 왔으며, 과거에 경제적으로 곤궁하게 지낸 적은 없는지, 우울증이나 근심이 있지는 않은지, 작년에 어떤 활동을 했는지 등등 말입니다. 라이더에게도 똑같은 것을 물어볼 겁니다. 물론 다른 사람들도 제외하지는 않을 겁니다. 나머지는 윌슨에게 맡기도록 하겠습니다. 무슈 푸르니에는 뒤퐁 부자를 조사해 주십시오."

프랑스 인은 고개를 끄덕였다.

"알겠습니다. 그렇게 하도록 하지요. 저는 오늘 밤에 파리로 돌아갈 겁니다. 이제 사건에 대해 어느 정도 파악하게 되었으니, 마담 지젤의 하녀인 엘리즈로부터 더 많은 것을 알아낼 수 있을지도 모릅니다. 그리고 마담 지젤의 행적도 더욱 자세히 조사해 보겠습니다. 그녀가 이번 여름에 어디에 다녀왔는지 알아내면 도움이 되겠지요. 적어도 르피네에 한두 번 갔다는 건 알고 있으니까요. 이 사건과 관련된 영국인들 중에 그녀의 고객이 있는지도 알아낼 수 있을 것 같습니다. 아, 정말 할 일이 많군요."

두 사람은 아직도 생각에 잠겨 있는 푸아로를 바라보았다.

"자네도 동참하겠나, 푸아로?"

재프가 물었다.

푸아로는 자리에서 일어났다.

"물론이지. 무슈 푸르니에와 함께 파리에 가겠네."

"앙샹테!(기쁜 일입니다!)"

푸르니에가 말했다.

재프는 호기심 어린 눈으로 푸아로를 바라보았다.

"무슨 꿍꿍이인지 궁금하군. 조금 전까지만 해도 조용히 앉아 있기만 하더니. 어디 우리한테 자네 생각을 좀 털어놔 보라고, 응?"

"그저 작은 아이디어가 몇 개 떠올랐을 뿐이야. 하지만 이번 사건은 정말 어렵구만."

"어디 한번 들어 보세."

"내가 고민하는 것 중 하나는…… 대통이 발견된 곳이라네."

푸아로가 천천히 말했다.

"그럴 만도 하지! 하마터면 자네가 범인으로 몰릴 뻔했으니까."

푸아로는 고개를 저었다.

"그런 의미가 아닐세. 내 좌석에서 발견되었다는 게 아니라, 어느 좌석에서든 그게 발견되었다는 것 자체가 고민인 거야."

"왜 그 문제로 골치를 썩이는지 모르겠군. 범인이 누구든 흉기를 숨기는 건 당연하지 않나. 가지고 있다가 발각되면 안 되니까."

"에비드멍.(그거야 당연하지.) 하지만 자네도 비행기를 수색했을 때 알아차렸는지 모르겠네만 친구, 보통 비행기는 창문을 열 수 없는 대신 창문에 환기구, 그러니까 작고 둥근 구멍이 뚫려 있다네. 유리 팬을 돌리면 구멍을 여닫을 수 있지. 대통을 버리기에 충분한 크기야. 그런데 어째서 거기로 대통을 버리지 않았을까? 대통을 비행기 밖으로 던져 버리면 살해 도구가 발견되지도 않았을 텐데."

"내가 이유를 말해 주지. 들킬까 봐 두려웠기 때문이야. 그 구멍으로 대통을 버리는 모습이 누군가의 눈에 띄기라도 하면 어떻게 하겠나."

"그렇군. 하지만 입술에 대통을 대고 독침을 부는 것은 전혀 두려워하지 않는 범인이, 그걸 창문 밖으로 버리는 건 겁이 나서 못 했다는 말인가?"

"하긴 그것도 말이 안 되는군. 그렇지만 실제로 그런 일이 일어나지 않았나. 범인은 좌석의 쿠션 뒤에 대통을 숨겼네. 그건 엄연한 사실이야."

푸아로는 대답하지 않았다.

"뭐 짚이는 거라도 있습니까?"

푸르니에가 궁금한 듯 물었다.

푸아로가 고개를 끄덕였다.

"가설이 하나 떠오르는군요."

그는 재프가 초조한 손길로 건드려 흐트러뜨린 잉크스탠드를 무심결에 반듯이 바로잡았다.

그러더니 갑자기 고개를 들고 물었다.

"아 프로포(그런데), 내가 부탁한 승객들의 소지품 목록은 어떻게 되었나?"

목록

"난 약속을 지키는 사람이지."

재프는 씩 웃더니 호주머니에서 빽빽하게 타이핑된 종이 뭉치를 꺼냈다.

"여기 있네. 하나도 빠트리지 않고 사소한 것까지 모조리 적어 놓았어. 아주 흥미로운 물건도 하나 들어 있더군. 자네가 다 읽고 나면 말해 주겠네."

푸아로는 탁자 위에 종이를 펼쳐 놓고 읽기 시작했다. 푸르니에가 다가와 푸아로의 어깨 너머로 목록을 내려다보았다.

제임스 라이더

주머니: 'J'자가 새겨진 리넨 손수건. 1파운드짜리 지폐 일곱 장과 명함 세 장이 들어 있는 돼지 가죽 지갑. 파트너 조지 에버만이 보낸

편지. "대출 문제가 성공적으로 협상되길 바람……. 실패한다면 우리는 재정적으로 곤경에 처하게 됨." 내일 저녁에 트로카데로에서 만나자는, 모디라는 서명이 들어간 편지(싸구려 편지지, 읽기 힘든 필체). 은제 담뱃갑. 종이 성냥. 만년필. 열쇠 뭉치. 원통 자물쇠용 열쇠. 영국과 프랑스 동전 몇 개.

서류 가방: 시멘트 사업 관련 서류 뭉치. 『쓸모없는 컵』이라는 책한 권(영국에서는 판매 금지된 서적). '즉효 감기약' 한 통.

브라이언트 박사

주머니: 리넨 손수건 두 장. 30파운드와 500프랑이 들어 있는 지갑. 프랑스와 영국 동전. 스케줄 수첩. 담뱃갑. 라이터. 만년필. 원통 자물쇠용 열쇠. 열쇠 뭉치.

플루트가 들어 있는 케이스.

『벤베누토 첼리니 평전』과 『레 모 드 로레유*』 등 책 두 권.

노먼 게일

주머니: 실크 손수건. 1파운드와 600프랑이 들어 있는 지갑. 잔돈. 프랑스 치과 기구 제조 회사 명함 두 장. 브라이언트 앤드 메이 성냥갑(비어 있음). 은제 라이터. 브라이어 파이프. 고무 담배 쌈지. 원통 자물쇠용 열쇠.

---

* '귓병'이라는 뜻.

서류 가방: 흰색 리넨 가운. 치과용 소형 거울 두 개. 치과용 솜. 《라 비 파리지엔》, 《스트랜드 매거진》, 《오토카》

아르망 뒤퐁

주머니: 1000프랑과 10파운드가 들어 있는 지갑. 안경이 들어 있는 안경집. 프랑스 동전. 면 손수건. 종이 담뱃갑. 종이 성냥. 명함이 담긴 명함집. 이쑤시개.

서류 가방: 왕립 아시아 협회에서 발표할 원고. 고고학 관련 독일 간행물 두 권. 토기를 스케치한 그림 두 장. 장식이 새겨진, 속이 비어 있는 관 몇 개(쿠르드 인이 만든 파이프 부리라고 함). 작은 바구니 세 공품. 앨범에 붙어 있지 않은 사진 아홉 장(모두 토기를 찍은 것임).

장 뒤퐁

주머니: 5파운드와 300프랑이 들어 있는 지갑. 담뱃갑. 상아 물부리. 라이터. 만년필. 연필 두 자루. 휘갈겨 쓴 메모로 가득한 작은 공책. 토트넘 코트 가 근처의 레스토랑에서 함께 점심 식사를 하자고 L. 마리너가 보낸 영문 편지. 프랑스 잔돈.

다니엘 클랜시

주머니: 잉크 얼룩이 있는 손수건. 잉크가 새는 만년필. 4파운드와 100프랑이 들어 있는 지갑. 최근 발생한 범죄 사건에 관한 신문 기사 오린 것(하나는 비소에 의한 독살 사건, 두 개는 횡령 사건). 시골 부지

와 관련하여 부동산 중개업자가 보낸 편지 두 장. 스케줄 수첩. 연필 네 자루. 주머니칼. 영수증 세 장과 미불 계산서 네 장. 'S.S. 미너토'로 시작되는, '고든'이라는 사람에게서 온 편지.《타임스》에서 오려낸 반쯤 풀다 만 낱말풀이. 소설의 플롯을 적어 놓은 공책. 이탈리아, 프랑스, 스위스, 영국 동전. 나폴리에 있는 호텔 영수증. 커다란 열쇠 뭉치.

코트 주머니: '베수비오 살인 사건' 원고 메모. 유럽 열차 여행 안내 책자. 골프공. 양말 한 켤레. 칫솔. 파리의 호텔 영수증.

베네샤 커

화장품 가방: 립스틱. 담배물부리 두 개(하나는 상아, 다른 하나는 비취). 콤팩트. 담뱃갑. 종이 성냥. 손수건. 2파운드짜리 지폐. 동전. 신용장 반 장. 열쇠.

옷 가방: 섀그린 가죽 제품. 화장품 병, 브러시, 빗 등등. 매니큐어 도구. 칫솔과 목욕용 스펀지, 치약, 비누가 들어 있는 세면도구 가방. 가위 두 개. 영국에 있는 가족과 친구들이 보낸 편지 다섯 통. 독일 타우흐니츠 출판사의 소설 두 권. 스패니얼 개 두 마리의 사진.《보그》와《굿 하우스키핑》

제인 그레이

핸드백: 립스틱, 볼연지, 콤팩트. 원통 자물쇠용 현관 열쇠와 트렁크 열쇠. 연필. 담뱃갑. 담배물부리. 종이 성냥. 손수건 두 장. 르피네의 호텔 영수증. '프랑스 어 회화' 소책자. 100프랑과 10실링이 들어 있는

지갑. 영국과 프랑스 잔돈. 5프랑짜리 카지노 칩.

코트 주머니: 파리 풍경이 담긴 엽서 여섯 장. 손수건 두 장과 실크 스카프. '글래디스'라고 서명된 편지. 아스피린 통.

레이디 호버리

화장품 가방: 립스틱 두 개. 볼연지. 콤팩트. 손수건. 1000파운드짜리 지폐 세 장. 6파운드. 프랑스 동전. 다이아몬드 반지. 프랑스 우표 다섯 장. 담물물부리 두 개. 라이터가 들어 있는 케이스.

옷 가방: 화장품 도구 세트. 정교한 금제 매니큐어 세트. 붕산 가루라는 라벨이 붙어 있는 작은 병.

푸아로가 목록을 끝까지 읽자, 재프가 손가락으로 마지막 항목을 가리켰다.

"내 부하도 상당히 똑똑해서 말이야. 이게 다른 물건들과는 왠지 안 어울린다고 생각했다는군. 붕산 가루라고, 하! 병에 든 흰 가루는 코카인이었다네."

푸아로의 눈이 살짝 커졌다. 그는 천천히 고개를 끄덕였다.

"이번 사건과는 무관해 보이네. 그렇지만 코카인에 중독된 여자가 도덕심이라든가 자제심이 있을 리가 없잖아. 어쨌든 이 귀부인께서는 자기가 원하는 것을 얻기 위해서라면 뭐든 주저하지 않을 것 같아. 그런 능력이 있는지는 차치하고 말일세. 하지만 이런 일을 저지를 만한 배짱이 있는지는 의심스럽군. 솔직히 말해 레이디 호버리가 범행을 저지르기란 불가능하지. 이번 사건은 골칫거리투성 이로군."

재프가 말했다.

푸아로는 흐트러진 종이들을 그러모아 다시 한 번 꼼꼼히 읽어 보고는 한숨을 쉬며 내려놓았다.

"모든 증거가 한 사람을 가리키고 있군. 하지만 그 이유도, 심지 어 그 수법도 아직은 알 수가 없어."

푸아로가 말했다.

재프가 그를 뚫어지게 쳐다보았다.

"지금 그 목록만 읽고서 범인이 누군지 알겠다고?"

"그렇다네."

재프는 종이를 와락 움켜쥐고 처음부터 찬찬히 읽으며 다 읽은 종이를 한 장씩 푸르니에에게 넘겨주었다. 그러더니 탁자 위에 종 이를 탕 하고 내려놓고 푸아로를 노려보았다.

"지금 날 놀리는 건가, 무슈 푸아로?"

"아니, 아닐세. 퀠 이데!(그럴 리가 있나!)"

프랑스 인이 종이 뭉치를 내려놓았다.

"뭔가 알아냈소, 푸르니에?"

프랑스 인은 고개를 저었다.

"제가 미련해서 그런지 저는 이 목록만으로는 아무것도 모르겠는 데요."

"이것만 보면 그럴 겁니다. 하지만 사건의 다른 특징들과 연관시

켜 본다면, 흠, 그래도 모르겠습니까? 어쩌면 제가 잘못 생각하고 있는지도 모르지요. 그래, 틀린 건지도 몰라요."

푸아로가 말했다.

"어디 자네 이론을 말해 보게. 꼭 듣고 싶으니까 말이야."

재프가 말했다.

푸아로는 고개를 저었다.

"아니, 이건 자네 말대로 이론일 뿐이야. 이론 말고는 아직 아무 것도 없어. 난 이 목록에서 뭔가를 발견하길 바랐는데, 에 비엥(그래), 그게 정말로 있네! 내가 원하던 게 바로 여기에 있어. 하지만 불행히도 잘못된 방향을 가리키고 있네. 엉뚱한 사람에게서 올바른 실마리가 나타났단 말이야. 그렇다는 건 앞으로 할 일이 많다는 의미지. 솔직히 아직 애매한 부분이 많아서 어떻게 해야 할지 잘 모르겠네. 단지 어떤 특정한 사실들이 드러나 의미심장한 패턴을 만들고 있다고나 할까. 자네 눈에는 그게 안 보이나? 아, 안 그런가 보구만. 그렇다면 각자 자기 생각대로 조사해 보세. 나도 아직 확신이 안 서네. 단지 의심스러운 부분이 있을 뿐이라 ⋯⋯."

"허풍을 떨고 있군."

재프가 말했다. 그는 자리에서 일어섰다.

"그럼 오늘은 여기까지 하기로 합시다. 나는 런던에서 일을 진행할 테니, 당신은 파리로 돌아가는 게 좋겠습니다, 무슈 푸르니에. 그리고 자네는 어떻게 하겠나, 푸아로?"

"나는 무슈 푸르니에와 함께 파리로 갈까 하네. 아까보다 더 간절히 가고 싶군."

"아까보다 더? 그놈의 변덕하고는."

"변덕이라니? 스 네 파 졸리, 사!(그거 듣기 좋은 소리는 아니구만!)"

푸르니에는 정중하게 악수를 나누었다.

"좋은 밤 되십시오. 호의를 베풀어 주신 것에 진심으로 감사합니다. 내일 아침 크로이든 공항에서 뵐까요?"

"그러지요. 아 드맹.(그럼 내일 봅시다.)"

"비행기 안에서 우리가 살해되지 않기를 빌어야겠군요."

푸르니에가 말했다.

그리고 두 사람은 떠났다.

푸아로는 공상에 잠긴 듯 잠시 그대로 앉아 있었다. 그러더니 의자에서 일어나 흐트러진 물건들을 정돈하고, 재떨이를 비우고, 의자를 제자리에 반듯이 정리했다.

그는 벽 쪽에 놓인 사이드 테이블로 다가가 《스케치》를 집어 들었다. 페이지를 주르륵 넘기자 그가 찾던 기사가 나타났다.

'두 명의 태양 숭배자.' 표제는 이렇게 시작하고 있었다. '르피네에서 시간을 보내고 있는 호버리 백작 부인과 레이먼드 배러클로.' 푸아로는 수영복을 입고 서로 팔짱을 낀 채 활짝 웃고 있는 두 남녀의 사진을 들여다보았다.

"흐음……. 그걸 따라가면 뭔가 나오겠지……. 그래, 나올 거야."

에르퀼 푸아로는 중얼거렸다.

엘리즈 그랑디에

다음 날은 날씨가 어찌나 화창한지 심지어 에르퀼 푸아로마저도 그의 뱃속이 흠잡을 데 없이 편안하다는 사실을 인정할 수밖에 없었다.

그들은 8시 45분 여객기를 타고 파리로 향했다.

객실에는 푸아로와 푸르니에를 제외하고 승객 일고여덟 명이 앉아 있었다. 프랑스 인은 비행 도중 몇 가지 실험을 했다. 그는 세 차례, 주머니에서 작은 대나무 막대를 꺼내 입술에 대고 특정한 방향을 겨누는 시늉을 했다. 한 번은 자기 좌석의 구석 쪽으로 몸을 구부리며, 또 한 번은 머리만 약간 통로 쪽으로 돌려서, 그리고 다른 한 번은 화장실에 갔다 오면서였다. 그때마다 승객 몇 명이 깜짝 놀란 표정으로 그를 쳐다보았다. 마지막 실험에서는 말 그대로 객실 내에 있는 모든 사람들의 시선이 그에게 집중되었다.

푸르니에는 낙담하여 자리에 털썩 주저앉았는데, 즐거운 듯한 푸아로의 표정에 더욱 기가 꺾이고 말았다.

"마음에 드셨습니까? 하지만 직접 실험해 봐야 할 것 같아서요."

"에비드멍!(당연합니다!) 솔직히 당신의 철저함에 탄복했습니다. 자기 눈으로 직접 확인해 보는 것만큼 확실한 방법도 없죠. 당신은 대통으로 범죄를 저지른 살인자의 역할을 연기했습니다. 결과는 명백하군요. 승객 모두 당신을 봤어요."

"모두는 아닙니다."

"물론 정확하게 말하면 모두는 아니지요. 어떤 경우든 당신을 쳐다보지 않은 사람도 있었으니까. 하지만 살인을 하려면 그 정도로는 충분하지 않습니다. 그 누구에게도 들켜서는 안 되니까요."

"일반적인 상황에서 범행을 저지르기란 불가능합니다. 뭔가 특별한 일이 있었을 거라는 제 이론이 맞는 것 같군요. 심리적 순간 말입니다. 모든 사람들의 관심을 다른 곳에 집중시킨 심리적 순간이 있었을 겁니다."

푸르니에가 말했다.

"우리의 친구 재프 경감이 그 점을 중점적으로 조사할 모양이더군요."

"당신은 그 점에 동의하지 않으십니까, 무슈 푸아로?"

푸아로는 잠시 망설이다가 천천히 대답했다.

"왜 아무도 그 살인자를 보지 못했는지, 거기에 심리적 이유가 있으리라는 점에는 동의합니다. 하지만 제 생각은 당신들과는 조금 다른 방향으로 나아가고 있어요. 이번 사건의 경우, 저는 겉으로 드러난 것을 그대로 믿어서는 안 된다고 생각합니다. 가만히 눈을 감아 보세요, 친구. 그리고 육체의 눈이 아니라 마음의 눈으로 사건을 바라보세요. 자그마한 뇌 세포를 작동시키는 겁니다. 그러면 실제로 어떤 일이 벌어졌는지 알게 될 겁니다."

푸르니에는 궁금하다는 표정으로 그를 물끄러미 바라보았다.

"무슨 말씀이신지 전혀 모르겠습니다, 무슈 푸아로."

"그건 당신이 눈으로 본 것만으로 추리를 하려고 하기 때문입니다. 눈만큼 사람을 현혹시키는 것도 없지요."

푸르니에는 다시 고개를 흔들고는 두 손을 쳐들었다.

"전 포기하겠습니다. 무슨 뜻인지 감도 안 잡히는데요."

"우리 친구 지로가 괴상한 제 행동에 신경 쓰지 말라고 하지 않던가요? '박차고 일어나 행동하라.' 그 친구라면 이렇게 말하겠죠. '안락의자에 가만히 앉아 생각만 하는 것은 전성기가 지난 노친네나 쓰는 방법일 뿐'이라고 말입니다. 하지만 저라면 젊은 사냥개는 냄새에 너무 흥분한 나머지 사냥감을 그냥 지나쳐 버린다고 하겠습니다. 훈제 청어를 쫓는 격이지요. 자, 이 정도면 좋은 힌트가 됐지요?"

이렇게 말한 다음 푸아로는 좌석에 기대 앉아 눈을 감았다. 얼핏 보기에는 생각에 잠긴 듯 보였지만 5분 뒤 그는 잠에 빠져들었다.

파리에 도착하자 두 사람은 곧장 졸리에트 가 3번지로 향했다.

졸리에트 가는 센 강의 남쪽에 위치해 있었다. 3번지는 주변의 다른 집들과 별 다를 게 없었다. 나이 많은 관리인이 퉁명스러운 태도로 푸르니에를 맞이했다.

"또 경찰이로군. 여하튼 골칫거리라니까. 이러다 건물에 나쁜 소문이 붙겠수."

그는 투덜거리며 집 안으로 사라졌다.

"지젤의 사무실로 가지요. 2층에 있습니다."

푸르니에가 말했다.

푸르니에는 주머니에서 열쇠를 꺼내며 프랑스 경찰이 영국 경찰의 심리 결과가 나올 때까지 문을 자물쇠로 잠그고 봉인까지 해 놓았다고 설명했다.

"하지만 그리 도움이 될 만한 건 없을 겁니다."

푸르니에가 말했다.

그가 봉인을 뜯고 열쇠로 문을 열자, 두 사람은 방 안으로 들어갔다. 마담 지젤의 사무실은 숨이 막힐 정도로 비좁은 아파트였다. 한쪽 구석에는 구식 금고 하나가 놓여 있었고, 사무용 책상과 구질구질한 덮개가 씌워진 의자 몇 개가 자리를 차지하고 있었다. 하나뿐인 창문은 더러웠으며, 이제까지 한 번도 열린 적이 없는 것 같았다.

푸르니에는 주위를 둘러보며 어깨를 으쓱했다.

"보셨죠? 아무것도 없습니다. 아무것도요."

푸르니에가 말했다.

푸아로는 책상 뒤쪽으로 돌아갔다. 그는 의자에 앉아 책상 너머로 푸르니에를 바라보더니 나무 표면을 부드럽게 쓸어 본 다음 책상 아래쪽을 손으로 더듬어 보았다.

"여기 벨이 있군요."

푸아로가 말했다.

"네, 관리인을 부르는 벨입니다."

"아하, 현명한 생각이군요. 고객이 난동을 부리는 경우도 있을 테니까요."

그는 서랍을 몇 개 열어 보았다. 안에는 문방구와 달력, 펜과 연필이 들어 있었지만, 서류나 개인적인 물건은 하나도 없었다.

푸아로는 그것들을 대충 뒤적여 보았다.

"자세히 조사하지는 않겠습니다. 당신을 모독하는 일이 될 테니까. 만약 중요한 게 있다면 당신이 이미 발견했겠지요."

그는 금고를 바라보며 말했다.

"딱히 성능이 좋아 보이지는 않는군요."

"좀 구식이죠."

푸르니에가 맞장구를 쳤다.

"안은 비어 있었습니까?"

"네, 그 빌어먹을 하녀가 안에 든 것을 모조리 태워 버렸거든요."

"아, 그렇지. 하녀가 있었지요. 충직한 하녀라. 그녀를 만나 봐야겠습니다. 당신 말대로 이 방에는 건질 만한 게 아무것도 없군요. 하지만 바로 그 점이 의미심장하다고나 할까요."

"의미심장하다니 무슨 뜻입니까, 무슈 푸아로?"

"이 방에 개인적인 물건이 하나도 없다는 것 말입니다……. 무척 흥미로운 사실입니다."

"지젤은 감상적인 여자가 아니었으니까요."

푸르니에가 딱딱한 투로 말했다.

푸아로가 자리에서 일어서며 말했다.

"갑시다. 충직한 하녀를 만나 봐야겠군요."

엘리즈 그랑디에는 불그스름한 얼굴을 지닌 키가 작고 통통한 중년 여자였다. 그녀는 작고 약삭빠른 눈으로 푸르니에와 푸아로의 얼굴을 재빠르게 번갈아 훑어보았다.

"앉으세요, 마드무아젤 그랑디에."

푸르니에가 말했다.

"감사합니다, 무슈."

그녀는 침착하게 의자에 앉았다.

"무슈 푸아로와 나는 오늘 런던에서 돌아오는 길입니다. 어제 마담 지젤 사건에 관한 심리가 있었어요. 의심할 여지 없이 마담은 독살된 겁니다."

프랑스 여자는 서글프게 고개를 저었다.

"너무나도 끔찍한 일이에요. 마님이 독살당했다고요? 도무지 믿을 수가 없네요."

"우리를 좀 도와줘야겠습니다, 마드무아젤."

"네, 물론이죠. 제가 할 수 있는 일이라면 뭐든 하겠어요. 하지만 전 아무것도 몰라요. 아는 게 하나도 없는걸요."

"마담에게 원한을 가진 사람이 있습니까?"

푸르니에가 날카롭게 물었다.

"말도 안 돼요. 누가 왜 마님에게 원한을 품겠어요?"

"마드무아젤 그랑디에, 사채업이라는 걸 하다 보면 불쾌한 일이 생기게 마련이잖습니까."

푸르니에가 차갑게 말했다.

"물론 마님의 고객들이 늘 분별 있게 굴지는 않았어요."

엘리즈는 인정했다.

"그렇다면 난동을 부린 사람은 없었습니까? 협박을 한다거나?"

하녀는 고개를 저었다.

"아뇨, 그런 게 아니에요. 협박 같은 건 하지 않았어요. 그 사람들은 울먹이거나, 싹싹 빌거나, 돈을 못 갚겠다고 떼를 썼죠."

그녀의 목소리에는 경멸이 섞여 있었다.

"그리고 아주 가끔은 돈을 갚지 못하는 일도 생겼겠지요?"

푸아로가 말했다.

엘리즈 그랑디에는 어깨를 으쓱했다.

"네, 그랬을 거예요. 하지만 어쨌든 그건 그 사람들 사정이잖아요. 대개는 결국 돈을 갚았어요."

그녀의 목소리에 만족감이 묻어 나왔다.

"마담 지젤은 냉혹한 사람이었습니다."

푸르니에가 말했다.

"그럴 수밖에 없었어요."

"피해자들이 불쌍하다는 생각은 안 드나요?"

"피해자…… 피해자라고요……?"

엘리즈는 폭발하듯 말했다.

"뭔가 잘못 알고 계신 것 같은데, 분수에도 안 맞는 생활을 하다가 결국 빚을 지게 돼서 돈을 빌린 주제에 그걸 거저먹으려고 드는 게 가당키나 한 소린가요? 그거야말로 도리에 맞지 않는 일이죠! 마님은 늘 공정하고 정당하셨어요. 남한테 돈을 빌려 주고 그걸 돌려받은 것뿐이니까요. 그게 공정한 게 아니면 뭐예요? 마님은 빚 같은 건 한 번도 진 적이 없었어요. 지불할 돈이 있으면 언제나 꼬박꼬박 지불했고, 청구서가 밀린 적도 단 한 번도 없었다고요. 그리고 우리 마님이 냉혹한 사람이었다고요? 그건 거짓말이에요. 마님은 정말 친절한 분이었어요. 빈민 구제 자매회가 방문할 때마다 꼬박꼬박 기부금을 내셨고, 여러 자선 단체에도 돈을 기부했어요. 관리인인 조르주의 아내가 병을 앓았을 때도 시내에 있는 병원에 가라고 마님이 돈을 주셨죠."

엘리즈는 말을 멈췄다. 화가 나서 얼굴이 벌개졌다.

그녀는 같은 말을 되풀이했다.

"정말 아무것도 모르시는군요. 우리 마님을 전혀 모르세요."

푸르니에는 엘리즈의 흥분이 가라앉을 때까지 기다렸다.

"방금 마담의 고객들이 결국에는 돈을 갚았다고 했는데, 마담이 그 돈을 받아 내기 위해 어떤 방법을 사용했는지 알고 있습니까?"

엘리즈는 어깨를 으쓱했다.

"전 모릅니다, 무슈. 아무것도 몰라요."

"하지만 뭔가를 알고 있었기에 마담의 서류를 태워 버린 거 아닙니까."

"전 마님의 지시를 따랐을 뿐이에요. 혹시 사고가 나거나 병에 걸려 집이 아닌 다른 곳에서 숨을 거두게 된다면 저더러 사업과 관련된 서류들을 모두 없애 버리라고 하셨거든요."

"아래층 금고에 있던 서류 말입니까?"

푸아로가 물었다.

"네, 사업과 관련된 서류들이요."

"그 서류가 아래층 금고에 들어 있었다고요?"

푸아로가 끈질기게 캐묻자 엘리즈의 뺨이 달아올랐다.

"저는 마님의 지시에 따랐을 뿐이에요!"

"나도 압니다."

푸아로가 미소를 지으며 말했다.

"하지만 서류는 금고에 들어 있지 않았어요. 그렇죠? 저 금고는 너무 옛날 것이라 풋내기 도둑이라도 쉽게 열 수 있을 겁니다. 따라서 서류는 다른 곳에 보관되어 있었던 게 틀림없어요. 흐음, 마담의 침실이라든가……. 아닌가요?"

엘리즈는 잠시 아무 말 없이 앉아 있다가 마침내 입을 열었다.

"맞아요. 하지만 마님은 언제나 고객들에게 서류가 저 금고 안에 들어 있다고 말씀하시곤 했어요. 하지만 사실 금고는 속임수에 불과했죠. 모든 건 마님의 침실에 있었으니까요."

"그곳을 보여 주겠습니까?"

엘리즈는 자리에서 일어났다. 두 남자는 그녀의 뒤를 따라갔다.

마담 지젤의 침실은 상당히 넓었지만 화려하고 커다란 가구들로 가득 차 있어서 움직이기가 불편할 정도였다. 한쪽 구석에 유행이 지난 커다란 트렁크가 놓여 있었다. 엘리즈는 트렁크를 열고 실크 속치마가 달린 낡은 알파카 드레스를 꺼냈다. 드레스 안쪽에 깊은 주머니가 달려 있었다.

"서류는 여기 들어 있었어요, 무슈. 커다란 봉투인데, 봉인되어 있었고요."

엘리즈가 말했다.

"사흘 전 내가 왔을 때는 이런 말을 하지 않았잖습니까!"

푸르니에가 날카롭게 따졌다.

"죄송합니다, 무슈. 하지만 그때 선생님께선 금고에 있어야 할 서류들이 어디 있느냐고만 물으셨잖아요. 그래서 전 태워 버렸다고 했죠. 그게 사실이니까요. 서류가 정확하게 어디 있었는지는 중요하지 않을 것 같았어요."

"그건 그렇습니다. 하지만 마드무아젤 그랑디에, 그 서류를 태워서는 안 되었단 말입니다."

푸르니에가 말했다.

"전 마님의 지시에 따른 것뿐이라니까요."

엘리즈가 샐쭉하게 대답했다.

"물론 당신으로서는 최선의 방법을 택한 거겠지요."

푸르니에가 달래듯 말했다.

"이제 내 말을 잘 들으세요. 마드무아젤, 마담 지젤은 살해되었습니다. 그리고 그건 마담에게 치명적인 약점을 잡힌 사람, 혹은 사람들의 짓일 가능성이 높아요. 범인을 찾는 데 도움이 될 만한 정보는 당신이 태워 버린 서류 속에 들어 있었고. 자, 이제 마드무아젤에게 한 가지 물어보고 싶은 게 있는데, 잘 생각해 보고 대답해 주세요. 혹시 서류를 불 속에 집어넣기 전에 그것을 훑어보지는 않았습니까? 만약 그랬다 하더라도 당신을 비난하지는 않겠습니다. 오히려 그 반대로 당신이 알고 있는 정보가 우리에게 엄청난 도움이 될 수 있어요. 살인범을 정의의 심판대에 세울 수 있을지도 모릅니다. 그러니 마드무아젤, 겁내지 말고 정직하게 말해 주세요. 혹시 서류를 태우기 전에 그 내용을 살펴보지 않았나요?"

엘리즈는 숨을 크게 들이쉬었다. 그녀는 앞으로 몸을 기울이고 힘주어 말했다.

"아니요, 무슈. 저는 아무것도 보지 않았고 아무것도 읽지 않았어요. 저는 봉인한 봉투를 뜯지도 않고 그대로 태워 버렸으니까요."

작은 검은색 수첩

푸르니에는 잠시 엘리즈를 지그시 바라보다가 그녀가 사실을 말하고 있다는 데 만족하고 실망한 기색으로 돌아섰다.

"애석한 일입니다. 당신의 행동은 나무랄 데 없었습니다, 마드무아젤. 하지만 정말 안타깝군요."

그가 말했다.

"어쩔 수 없었어요. 죄송합니다, 무슈."

푸르니에는 의자에 앉아 주머니에서 수첩을 꺼냈다.

"지난번 내가 물었을 때, 마드무아젤은 고객들의 이름을 모른다고 대답했습니다. 그런데 방금 당신은 마담의 손님들이 자비를 베풀어 달라고 울먹였다고 했지요. 그렇다는 건 마담 지젤의 고객에 대해 어느 정도 알고 있다는 뜻 아닙니까?"

"그건 설명할 수 있습니다, 무슈. 마님은 한 번도 이름을 언급하신 적이 없어요. 제게 사업에 관한 이야기는 일절 안 하셨거든요. 하지만 마님도 사람인지라 가끔씩 말을 흘리곤 하셨죠. 가끔은 혼잣말을 하듯 제게 말씀하시기도 했고요."

푸아로가 몸을 앞으로 기울였다.

"예를 들어 어떤 이야기 말입니까?"

"그러니까…… 아, 맞아요……. 편지가 한 통 왔다고 쳐요. 그러면 마님은 편지를 뜯어 보고 차갑게 웃으며 이렇게 말씀하시죠. '아무리 매달리고 애원해 봤자 소용없어, 아가씨. 갚을 건 갚아야지.' 또 제게 이런 말도 하셨어요. '어리석기는! 정말 어리석어! 내가 담보도 없이 그런 거액을 빌려 줬을 거라고 생각하는 거야? 아는 게 바로 담보야, 엘리즈. 아는 게 힘이라고.' 그런 비슷한 말이었어요."

"마담을 방문한 고객들을 본 적이 있습니까?"

"아뇨, 무슈. 거의 없었어요. 그 사람들은 보통 1층에만 있는 데다 대개는 어두워진 후에 찾아오거든요."

"마담 지젤은 영국으로 떠나기 전 파리에 계속 머무르고 있었습니까?"

"아니요, 바로 전날 오후에 파리에 돌아오셨어요."

"그렇다면 그 전에는 어디 있었습니까?"

"2주 동안 도빌과 르피네, 파리 플라주와 위메로에 계셨어요. 9월이면 늘 그쪽에 들르시죠."

"잘 생각해 보세요, 마드무아젤. 혹시 마담이 한 말 중에 이번 사건에 도움이 될 만한 건 없었습니까?"

엘리즈는 잠시 생각해 보는 듯싶더니 고개를 저었다.

"아니요. 생각나는 게 없네요. 마님은 기분이 좋으셨어요. 사업이 잘되고 있다고 말씀하셨거든요. 이번 여행에서는 수익이 꽤 좋았나 보더라고요. 그러고는 유니버설 항공사에 전화를 걸어 다음 날 영국행 비행기를 예약해 놓으라고 하셨어요. 하지만 아침 비행기는 좌석이 남아 있지 않아서 결국 12시 여객기를 예약해야 했죠."

"영국에 가는 이유에 대해서는 아무 말도 하지 않았습니까? 혹시 무슨 다급한 일이 있었던 겁니까?"

"오, 아니에요. 마님은 영국에 꽤 자주 가셨어요. 그리고 언제나 그 전날에야 말씀해 주셨고요."

"그날 저녁에 마담을 만나러 온 사람은 없었나요?"

"아, 한 명 있었던 것 같은데, 확실히는 잘 모르겠네요. 조르주라면 알지도 몰라요. 마님은 제게 아무 말씀도 안 하셨거든요."

푸르니에는 주머니에서 사진을 여러 장 꺼냈다. 대부분 기자들이 찍은 것으로, 법정을 떠나는 증인들을 찍은 스냅 사진이었다.

"혹시 이들 중에 아는 사람이 있습니까?"

엘리즈는 사진을 받아 들고 한 장씩 넘기며 자세히 살펴보았다. 그녀는 고개를 저었다.

"없어요."

"그렇다면 조르주를 만나 봐야겠군."

"그러세요, 무슈. 하지만 불행히도 조르주는 시력이 별로 안 좋답니다. 불쌍하게도."

푸르니에는 의자에서 일어났다.

"우린 이만 가 보겠습니다, 마드무아젤. 더 이상 할 말이 없다면…… 빠트린 건 아무것도 없겠죠?"

"제가요? 뭘요?"

엘리즈는 어딘지 걱정스러운 눈치였다.

"알겠습니다. 자, 그럼 가시죠, 무슈 푸아로. 저런, 혹시 뭘 찾고 계십니까?"

실제로 푸아로는 무언가를 찾고 있는 듯 방 안 이곳저곳을 막연히 돌아다니고 있었다.

"그렇습니다. 찾는 게 있는데 보이지 않는군요."

"그게 뭡니까?"

"사진입니다. 마담 지젤의 친척이나 가족 사진."

엘리즈가 고개를 내저었다.

"마님에게는 가족이 없어요. 일가친척 없이 혈혈단신이셨죠."

"딸이 있다고 하던데."

푸아로가 날카롭게 대꾸했다.

"네, 맞아요. 따님이 한 분 계시긴 하죠."

엘리즈가 한숨을 내쉬었다.

"그런데 왜 딸 사진이 없는 겁니까?"

푸아로가 물었다.

"오 무슈, 잘 모르시는군요. 마님께 딸이 있는 건 사실이에요. 하지만 그건 정말 오래전 일이랍니다. 마님은 아마 따님을 갓난아기 때 보고 그 뒤로는 한 번도 만난 적이 없을 거예요."

"어떻게 그럴 수가 있죠?"

푸르니에가 날카롭게 물었다.

엘리즈가 크게 손을 휘저었다.

"저도 몰라요. 마님이 젊었을 때 있었던 일이거든요. 그 때는 우리 마님도 무척 고왔다고 들었어요. 미인이지만 가난했다고요. 결혼을 했었는지는 잘 모르겠어요. 제 생각에는 안 하셨던 것 같아요. 아이를 놓고 뭔가 합의를 했겠죠. 그러다가 마님은 천연두에 걸려서 심하게 앓으셨어요. 거의 돌아가실 뻔했다더군요. 병석에서 일어났을 때는 미모도 사라져 있었고요. 젊은 시절의 허영심도 사랑도 그때 다 사라져 버렸어요. 그때부터 사업에만 매달리게 된 거예요."

"하지만 왜 그런 딸에게 전 재산을 물려주었을까요?"

"당연하잖아요. 그래도 자기 핏줄인데. 그럼 누구한테 물려주겠어요? 피는 물보다 진해요. 그리고 마님한테는 친구도 없었어요. 언제나 혼자였죠. 마님은 돈에 모든 열정을 쏟아 부으셨어요. 언제나 더 많이 벌고 싶어 하셨고요. 그런데도 돈을 거의 쓰지 않으셨고, 사치를 부릴 줄도 모르셨어요."

"마담 지젤은 당신에게도 유산을 조금 남겼습니다. 알고 있었습니까?"

"네, 마님이 말씀해 주셨어요. 마님은 늘 관대하셨어요. 해마다 제 급료 말고도 꽤 많은 돈을 얹어 주시곤 했거든요. 전 마님께 정말 감사하고 있답니다."

"알겠습니다. 그럼 이만 가죠. 나가는 길에 조르주 영감과 이야기를 해봐야겠습니다."

푸르니에가 말했다.

"나는 조금 더 있다 나가겠습니다."

푸아로가 말했다.

"좋으실 대로 하십시오."

푸르니에가 방을 떠났다.

푸아로는 방을 한 바퀴 더 돌아본 다음, 의자에 앉아 엘리즈를 빤히 응시했다.

푸아로의 시선에 엘리즈는 약간 불안해하는 기색을 보이기 시작했다.

"더 물어보실 게 있나요?"

"마드무아젤 그랑디에, 당신은 누가 마님을 살해했는지 압니까?"

"아니요, 무슈. 하느님께 맹세코 전 몰라요."

그녀의 목소리에는 진심이 담겨 있었다. 푸아로는 조사라도 하듯 엘리즈의 얼굴을 살펴보다가 고개를 숙였다.

"비엥.(좋습니다.) 그 말을 믿겠습니다. 하지만 아는 것과 의심하는 것은 완전히 다른 문제지요. 누가 그런 짓을 저질렀는지 짐작이 가는 사람도 없나요?"

"전혀 모르겠어요. 경찰한테도 벌써 그렇게 말했는걸요."

"하지만 나한테는 경찰에게 한 것과 다른 말을 해줄 수도 있지 않겠습니까."

"왜 그런 말씀을 하시죠, 무슈? 제가 왜 그러겠어요?"

"왜냐하면 경찰에게 정보를 제공하는 것과 개인적으로 대화를 나누는 것은 다르기 때문이지요."

"그건 그래요. 그건 사실이죠."

엘리즈는 인정했다.

그녀의 얼굴에 주저하는 기색이 비쳤다. 푸아로는 생각에 잠긴 듯한 엘리즈의 얼굴을 지그시 관찰하며 몸을 바짝 기울였다.

"내가 한마디 할까요, 마드무아젤 그랑디에? 직업상 나는 사람들의 말을 믿지 않습니다. 적어도 아직 증명되지 않은 것은 절대 믿지 않지요. 나는 먼저 이 사람을 의심했다가 다음에는 저 사람을 의심하는 식으로 일하지 않아요. 난 모든 사람을 의심합니다. 범죄와 연관된 사람이라면 결백하다는 게 밝혀질 때까지 모든 사람을 용의자로 간주하지요."

엘리즈 그랑디에는 화난 얼굴로 푸아로를 노려보았다.

"지금 제가 마님을 살해했다고 의심하는 건가요? 정말 너무하시는군요. 어떻게 그렇게 끔찍하고 터무니없는 생각을 할 수가 있으시죠?"

그녀의 커다란 가슴이 거세게 출렁거렸다.

"그게 아닙니다, 엘리즈. 난 당신이 마담 지젤을 살해했다고 생각하지 않아요. 마담을 살해한 건 비행기에 타고 있던 승객 중 한 사람이지요. 그러니 당신이 범인일 리는 없어요. 하지만 사전 공모를 했을 가능성은 충분히 있지요. 어쩌면 누군가에게 마담의 영국 여행에 대해 상세하게 가르쳐 줬을 수도 있고요."

"아뇨, 전 그러지 않았어요. 맹세코 그러지 않았어요."

푸아로는 다시금 아무 말 없이 그녀를 물끄러미 응시했다. 잠시 후 그는 고개를 끄덕였다.

"당신 말을 믿습니다. 하지만 당신은 숨기고 있는 게 있어요. 오, 그렇고말고! 자, 내 말 잘 들어요, 마드무아젤. 범죄 사건에서 증인들을 심문하다 보면 늘 똑같은 상황에 부딪히게 됩니다. 바로 모든 사람들이 뭔가를 숨기고 있다는 거지요. 사실 그중 대부분은 아무런 해도 끼치지 않고, 범죄와 무관한 것들입니다. 하지만, 다시 말하지만 사람들은 언제나 뭔가를 숨기게 마련입니다. 그건 당신도 마찬가지예요. 부정하지 말아요! 나 에르퀼 푸아로는 알고 있거든. 내 친구 무슈 푸르니에가 아까 빠트린 게 없냐고 물었을 때 당신은 망설였어요. 무의식적으로 어물쩍 넘어가려고 했지요. 조금 전 경찰에게는 말하지 않은 것을 내게만 살짝 말해 줄 수 있지 않느냐고 했을 때도 몹시 망설이는 것 같았습니다. 그렇다는 건 분명 뭔가가 있다는 뜻이지요. 난 그게 뭔지 알고 싶어요."

"중요한 건 아니에요."

"그렇지 않을지도 모르지요. 그러니 그게 뭔지 말해 주지 않겠습니까? 잊지 말아요. 나는 경찰이 아닙니다."

푸아로는 엘리즈가 머뭇거리는 동안 말을 이었다.

"맞아요."

엘리즈 그랑디에가 말했다. 그녀는 잠시 주저하더니 입을 열었다.

"무슈, 전 지금 곤경에 처해 있어요. 마님이라면 이럴 때 제가 어떻게 하길 바라실까요?"

"백지장도 맞들면 낫다고 하지 않아. 내게 털어놓는 게 어때요? 함께 해결해 봅시다."

여자는 그를 여전히 의심스러운 눈초리로 바라보았다. 푸아로는 미소를 지으며 말했다.

"당신은 정말 충직한 사람입니다, 엘리즈. 혹시 마님의 신뢰를 저버릴까 봐 그러는 건가요?"

"그래요, 무슈. 마님은 저를 신뢰하셨어요. 전 마님을 섬긴 이후로 줄곧 그분의 지시를 충실하게 따랐고요."

"마님이 당신에게 베푼 은혜 때문에 더욱 그렇겠지요?"

"날카로우시네요. 네, 사실이에요, 무슈. 전 예전에 사기를 당하고 모아 놓은 돈도 모두 빼앗겼어요. 그리고 아이까지 가지게 되었죠. 마님은 제게 잘해 주셨어요. 그분은 제 아이를 어떤 농가에 보내 주셨죠. 정말 선량하고 정직한 사람들한테요. 그리고 그때 자기에게도 아이가 있다고 말씀하셨어요."

"아이가 몇 살이나 되었는지, 어디에 살고 있는지 상세하게 말해 주던가요?"

"아니요. 그냥 이미 지나간 일이라고만 하셨어요. 그게 최선의 길이었다고요. 딸아이는 좋은 집안에서 자라 괜찮은 직업을 갖게 될 거라고 하셨어요. 그리고 돌아가시면 재산을 그 아이에게 물려주고 싶다고 말씀하셨죠."

"아이나 그 아이의 아버지에 대해 더 자세한 얘기를 하지는 않던
가요?"

"아뇨. 하지만 제 생각에는……."

"말해 봐요, 마드무아젤 엘리즈."

"그냥 제 생각일 뿐인데요."

"압니다. 괜찮아요."

"제 생각에 아이 아버지는 영국 사람 같았어요."

"어째서 그런 생각을 하게 되었지요?"

"확실한 건 아니에요. 단지 마님이 영국에 관해 말씀하실 때면
조금 비꼬는 말투가 섞여 있었거든요. 그리고 일 관계에서도 영국
인들을 특히 심하게 대하셨고요. 그냥 그런 인상을 받았을 뿐이에
요……."

"네, 압니다. 하지만 중요한 정보군요. 가능성이 보이는데……. 당
신의 아이는 어떻게 됐나요, 마드무아젤? 아들입니까, 딸입니까?"

"딸이에요, 무슈. 하지만 그 애는 죽었어요. 5년 전에요."

"오, 저런. 정말 유감입니다."

잠시 침묵이 흘렀다.

"그럼, 마드무아젤 엘리즈. 당신이 아까 말하지 않은 것은 대체
뭡니까?"

엘리즈는 방을 나갔다가 잠시 후 작은 검은색 수첩을 들고 들어
왔다.

"이건 마님의 수첩이에요. 어딜 가든 몸에 지니고 다니셨죠. 그런

데 요전에 영국으로 떠나던 날은 아무리 찾아도 보이지 않는 거예
요. 어디에 잘못 놓아둔 모양이었어요. 마님이 떠나신 뒤에야 제가
발견했어요. 침대 머리판 뒤에 떨어져 있더라고요. 마님이 돌아오
시면 드리려고 제 방에 놓아두었는데, 마님이 돌아가셨다는 소식을
듣고 서류는 태워 버렸지만 이건 태우지 않았어요. 수첩에 대해서
는 아무 말씀도 안 하셨거든요."

"마님이 돌아가셨다는 소식을 들은 게 언제죠?"

엘리즈는 잠시 망설였다.

"경찰에게 들었지요? 경찰은 마담 지젤의 방을 뒤졌지만 금고는
텅 비어 있었습니다. 그리고 당신은 경찰에게 서류를 태워 버렸다
고 했지요. 하지만 실제로 서류를 태운 것은 그 후의 일이지요?"

"네, 그래요, 무슈. 경찰이 금고를 뒤지는 사이에 전 트렁크에서
서류를 빼냈어요. 그리고 경찰에게는 태워 버렸다고 했죠. 하지만
어차피 사실이나 다름없어요. 기회가 생기자마자 태워 버렸거든요.
전 마님의 지시를 따라야만 했어요. 이제 제 고민을 아시겠죠, 무
슈? 경찰에게는 말씀 안 하실 거죠? 어쩌면 심각한 일인지도 모르
잖아요."

"마드무아젤 엘리즈. 당신으로서는 최선의 방법을 택했다고 믿습
니다. 하지만 정말 애석하군요……. 애석한 일이에요. 그렇지만 이
미 저지른 일을 후회해 봤자 아무런 소용이 없는 법이니, 무슈 푸르
니에에게는 서류를 태운 정확한 시점에 대해 이야기할 필요가 없을
것 같습니다. 자, 그럼 이 수첩이 우리에게 얼마나 도움이 될지 한번

살펴볼까요."

"별 도움은 안 될 거예요, 무슈."

엘리즈는 고개를 저었다.

"그건 마님의 비밀 메모거든요. 온통 숫자들뿐이에요. 서류나 다른 기록이 없으면 알 수가 없어요."

엘리즈는 내키지 않은 몸짓으로 푸아로에게 수첩을 내밀었다. 푸아로는 수첩을 받아 들고 페이지를 넘겼다. 비스듬히 기울어진 필체로 알 수 없는 문장들이 적혀 있었다. 메모는 모두 비슷했는데, 숫자와 함께 짧은 단어들이 덧붙여져 있었다.

CX 256. 대령 부인. 시리아 주재. 연대 자금.

GF 342. 프랑스 하원의원. 스타비스키와 관련.

이어지는 항목들 역시 비슷비슷했다. 전부 스무 개 정도가 적혀 있는 듯했다. 수첩 마지막 장에는 날짜나 장소 등이 다음과 같은 형식에 따라 연필로 쓰여 있었다.

르피네, 월요일. 카지노, 10시 30분. 사보이 호텔, 5시.

ABC. 플리트 가, 11시.

어느 것 하나 완전한 문장을 이루는 것은 없었으며, 실제 약속이라기보다는 마담 지젤의 기억을 돕기 위한 간략한 메모에 불과했다.

엘리즈는 간절한 눈빛으로 푸아로를 바라보고 있었다.

"아무런 의미도 없죠, 무슈? 적어도 제가 보기엔 그래요. 이건 마님만 알아볼 수 있는 거라서 다른 사람들은 이해 못 할 거예요."

푸아로는 수첩을 덮고 주머니 속에 챙겨 넣었다.

"아니, 이건 매우 중요한 것인지도 모릅니다, 마드무아젤. 나한테 보여 주다니 아주 잘한 일입니다. 그리고 걱정하지 말아요. 마담이 이걸 태우라는 말은 하지 않았지요?"

"네."

엘리즈의 얼굴이 조금 밝아졌다.

"아무 지시도 없었으니 이것은 경찰에 넘기는 게 당연한 겁니다. 무슈 푸르니에게 잘 말해서 당신이 이 수첩에 관해 진즉에 말하지 않은 일에 대해서는 책망하지 않도록 하지요."

"감사합니다. 참 친절하시네요."

푸아로는 자리에서 일어났다.

"이만 무슈 푸르니에에게 가 봐야겠군요. 아, 마지막으로 하나만 더 묻지요. 마담 지젤이 비행기 좌석을 예약하라고 했을 때, 르부르제 공항에 전화했나요, 아니면 항공사 사무실에 전화를 했나요?"

"유니버설 항공사에 전화했어요."

"카퓌신 대로에 있는 것 말이지요?"

"네, 무슈. 카퓌신 대로 254번지예요."

푸아로는 자신의 수첩에 주소를 적은 다음, 친근하게 고개를 끄덕이고는 방을 나갔다.

미국인

푸르니에는 조르주 영감과 한창 이야기를 나누고 있었다. 그는 화가 나고 짜증스러운 듯 보였다.

"경찰이란 똑같은 질문을 몇 번씩이나 하는 건지 원. 대체 원하는 게 뭐요? 사실대로 말하지 말고 거짓말이라도 늘어놓을깝쇼? 나리들 마음에 들 만한, 수첩에 어울릴 만한 거짓말이나 말이오?"

"내가 원하는 건 거짓말이 아니라 진실입니다."

"아, 그러니까 이제껏 진실을 말하고 있다니까 그러네. 그래요, 마담이 영국으로 떠나기 전날 밤 한 여자가 찾아왔수다. 사진을 보여주면서 그중에 그 여자가 있냐고 물었소? 대답은 똑같아. 요즘 눈이 잘 안 보이는 데다 워낙 어두워서 자세히 못 봤다니까. 그 여자가 어떻게 생겼는지 전혀 모르오. 아마 그 여자랑 얼굴을 맞대고 있어도 못 알아볼 거요. 그런데도 형사 나리는 네댓 번이나 똑같은 것만

묻고 있지 않소."

"그 여자가 키가 큰지 작은지, 금발인지 검은 머리인지, 젊은 여자인지 아니면 나이가 조금 있는지도 기억이 안 난단 말입니까? 그것 참 믿기 힘든 일이군요."

푸르니에가 빈정거리는 투로 말했다.

"그럼 믿지 마쇼. 난 상관없으니까. 자고로 경찰이랑 엮여서 좋을 게 없지! 한심한 일이야! 만약에 마담이 비행기 안에서 살해당하지 않았더라면, 아마 경찰은 이 늙은 조르주가 마담을 독살했다고 우길 거요. 암, 그렇고말고. 경찰 놈들은 다 그렇거든."

화가 난 푸르니에가 노인에게 뭐라고 거칠게 쏘아붙이려 하자 푸아로가 재빨리 그의 팔을 붙들었다.

"그만 갑시다, 몽 뷔(친구). 배가 고프군요. 간단하게 맛 좋은 식사라도 하지요. 오믈렛 오 샴피뇽(버섯을 곁들인 오믈렛), 솔 아 라 노르망드(노르망디산 혀넙치), 포르 살뤼 치즈와 레드 와인 어떻습니까. 어떤 와인을 좋아하십니까?"

푸르니에는 시계를 힐끗 쳐다보았다.

"벌써 1시군요. 이 무식한 작자와 이야기하다 보니……."

그는 조르주를 노려보았다.

푸아로는 노인에게 다독이는 듯한 미소를 지어 보이며 말했다.

"알겠습니다. 그 이름 없는 여인은 크지도 작지도 않았고, 금발도 검은 머리도 아니었으며, 늘씬하지도 뚱뚱하지도 않았군요. 하지만 이것 하나는 말해 줄 수 있겠지요? 그 여자가 옷은 잘 차려입었던

가요?"

"옷?"

조르주가 오히려 당황하며 물었다.

"그렇군요. 멋지게 차려입었군요. 내 생각인데 친구, 아마 그녀는 수영복만 입고 있어도 아주 예쁠 겁니다."

조르주는 푸아로를 빤히 쳐다보았다.

"수영복이라니? 도대체 수영복은 또 무슨 상관이오?"

"그냥 내 생각일 뿐입니다. 매력적인 여자는 수영복을 입으면 더 매력적으로 보이게 마련이죠. 안 그렇습니까? 이걸 한번 보십시오."

그는 조르주에게 《스케치》에서 찢은 사진을 보여 주었다.

잠시 정적이 흘렀다. 노인은 흠칫 놀라는 듯 보였다.

"그렇죠?"

푸아로가 물었다.

"확실히 이 두 사람은 보기 좋구려. 아무것도 안 입은 것 같은데."

노인이 사진을 돌려주며 말했다.

"왜냐하면 최근에 햇빛이 피부에 아주 좋다는 게 밝혀졌거든요. 참 편리한 이론이죠."

푸아로의 말에 조르주는 쑥스러운 듯 쉰 목소리로 킬킬거리더니 건물 안으로 사라졌다. 푸아로와 푸르니에는 햇빛이 쏟아지는 거리로 나왔다.

푸아로가 제안한 점심 식사를 하는 동안, 몸집이 작은 벨기에 인이 검은색 수첩을 꺼냈다.

푸르니에는 새로운 소식에 흥분했지만, 엘리즈의 행동에 화를 냈다. 푸아로가 말했다.

"그건 아주 당연한 거예요. 당연한 일이에요. 그런 사람들에게 경찰은 언제나 두려운 존재니 말입니다. 경찰과 이야기하다 보면 자신도 모르는 일에 휘말리게 되거든. 그건 어디나 다 똑같아요. 어느 나라든 간에."

"그래서 당신이 이득을 보는 거겠죠. 사립탐정은 공식 절차를 거칠 때보다 더 많은 것들을 증인에게서 얻어 내지 않습니까. 하지만 일장일단이 있는 겁니다. 우리에게는 공식 기록과, 명령 체계에 따르는 크고 체계적인 조직이 있으니까요."

"그러니 우리가 힘을 합쳐 일하는 거죠."

푸아로가 미소를 띠며 말했다.

"이 오믈렛 정말 맛있군요."

오믈렛을 먹고 혀넙치 요리를 기다리는 동안, 푸르니에는 검은 수첩을 훑어보며 자신의 수첩에 연필로 써 넣었다.

그는 테이블 너머에 앉아 있는 푸아로를 바라보았다.

"벌써 다 읽어 보셨나요?"

"아니, 그냥 대충 훑어봤을 뿐입니다. 내가 읽어 봐도 되겠습니까?"

푸아로는 푸르니에에게서 수첩을 받아 들었다.

치즈가 나올 즈음, 푸아로는 테이블 위에 검은 수첩을 올려놓았다. 두 사람의 눈길이 마주쳤다.

"신경 쓰이는 항목이 있습니다."

푸르니에가 말했다.

"그것도 다섯 개나."

푸아로가 말했다.

"그렇소. 다섯 개나 되지요."

푸르니에가 자신의 수첩을 소리 내어 읽었다.

CL 52. 영국인 귀족 부인. 남편.

RT 362. 의사, 할리 가.

MR 24. 위조 골동품.

XVB 724. 영국인. 횡령.

GF 45. 살인 미수. 영국인.

"훌륭합니다! 우리 두 사람 생각이 놀랍도록 일치하는군요. 수첩의 내용 가운데 이 다섯 개 항목을 비행기 승객과 관련 지을 수 있을 것 같습니다. 그럼 하나씩 천천히 살펴볼까요."

푸아로가 말했다.

"영국인 귀족 부인, 남편."

푸르니에가 말했다.

"이건 레이디 호버리와 맞아떨어집니다. 제가 알기로 그녀는 상습 도박꾼입니다. 마담 지젤로부터 돈을 빌렸을 가능성이 충분하지요. 마담 지젤의 고객은 대개 이런 유형의 사람들이었으니까요. 남편이라는 단어는 두 가지로 해석할 수 있습니다. 마담 지젤이 레이디 호버리의 빚을 그 남편으로부터 받아 내려고 했거나, 아니면 레이디 호버리가 남편에게 알리고 싶지 않은 비밀을 가지고 있다는 거지요."

"제 생각도 그렇습니다. 분명히 두 가지 중 하나일 겁니다. 제 생각에는 두 번째일 것 같아요. 특히 여행 전날 마담 지젤을 찾아온 여자가 레이디 호버리라는 데 내기를 걸 수도 있겠어요."

푸아로가 말했다.

"오, 정말 그렇게 생각하십니까?"

"그래요. 그리고 당신도 똑같은 생각을 했을 것 같은데요. 아마 우리 관리인은 기사도 정신을 발휘한 걸 겁니다. 그날 찾아온 방문객에 대해 아무것도 기억나지 않는다고 지나치게 고집을 부리는 게 좀 이상하지 않나요? 레이디 호버리는 굉장히 아름다운 여성이지요. 더구나 제가 《스케치》에서 찢어 낸 수영복 사진을 보여 주자 아주 조금이긴 하지만 놀라는 기색을 보였단 말입니다. 그래요. 그날 밤 지젤을 찾아온 건 레이디 호버리가 틀림없습니다."

"르피네에서 파리까지 쫓아온 거군요. 그 정도로 절박했던 모양입니다."

푸르니에가 느릿느릿 말했다.

"맞아요. 아마 그랬을 겁니다."

푸르니에는 호기심 어린 눈길로 푸아로를 바라보았다.

"하지만 그건 당신의 작은 생각과는 맞아떨어지지 않나 보죠?"

"친구, 지난번에도 말했듯이 올바른 단서가 잘못된 사람을 가리키고 있습니다. 전 아주 막막합니다. 내 단서가 빗나갈 리는 없지만 혹시나……."

"그게 뭔지 말씀해 주시지 않을 겁니까?"

푸르니에가 넌지시 물었다.

"아니, 안 됩니다. 아시다시피 제가 완전히, 정말 터무니없이 틀렸을 수도 있거든요. 만약 그렇다면 당신을 엉뚱한 길로 이끌지도 모르잖아요. 그러니 각자 자기 생각대로 움직이도록 합시다. 다음 항목을 살펴보지요."

"RT 362. 의사, 할리 가."

푸르니에가 수첩을 읽었다.

"이건 브라이언트 박사를 가리키는 것인지도 모릅니다. 그 이상 자세한 실마리는 없지만, 그렇다고 수사선상에서 제외하면 안 되겠지요."

"이건 재프 경감이 할 일이군요."

"그리고 제 일이기도 합니다. 저 역시 이 일에 관여하고 있으니까요."

푸르니에가 읽었다.

"MR 24. 위조 골동품. 굳이 따지자면 뒤퐁 부자에게 적용될 수 있는 항목입니다. 하지만 믿기 힘들군요. 무슈 뒤퐁은 세계적인 명성을 지닌 고고학자입니다. 인품도 훌륭하고요."

"그렇기에 그를 의심해 봐야 합니다. 생각해 보세요, 무슈 푸르니에. 천하에 지독한 사기꾼도 체포되기 전까지는 인품이 훌륭하고 고상하며 존경받는 사람이랍니다."

"그건 그렇지요."

프랑스 인이 한숨을 내쉬며 말했다.

"훌륭한 평판이야말로 사기꾼에게 필수적인 덕목입니다. 정말 흥미로운 일이 아닐 수 없지요. 목록으로 다시 돌아가 봅시다."

푸아로가 말했다.

"XVB 724는 좀 애매합니다. 영국인, 횡령."

"별로 도움이 안 되는군요. 횡령은 보통 누가 하죠? 변호사? 은행원? 회사에서 신용을 얻고 있는 위치에 있는 사람이라면 누구라도 가능하겠군요. 소설가나 치과 의사, 의사는 힘들 테고. 사업 분야에 종사하고 있는 사람은 제임스 라이더뿐인데, 회사 돈을 횡령하고 그걸 메우기 위해 마담 지젤에게 돈을 빌렸을 수도 있어요. 마지막 항목인 GF 45, 살인 미수, 영국인……. 이 경우에는 범위가 너무넓어요. 소설가, 치과 의사, 의사, 사업가, 승무원, 견습 미용사, 귀족영애와 귀족 부인……. 누구라도 GF 45가 될 수 있습니다. 국적 때문에 뒤퐁 부자만 제외된다고 할까요."

그렇게 말하고 나서 푸아로는 손짓으로 웨이터를 불러 계산서를 요청했다.

"이제 어디로 갈 겁니까?"

푸아로가 물었다.

"경시청입니다. 새로운 소식이 있다는군요."

"잘됐군요. 저도 같이 가도 되겠습니까? 나중에 개인적으로 조사해 볼 작정인데 좀 도와주면 고맙겠습니다."

파리 경시청에서 푸아로는 예전에 알고 지내던 강력반 반장과 마주쳤다. 두 사람은 몇 년 전 사건을 수사하다 만난 적이 있었다. 질 반장은 붙임성 있고 예의 바른 사람이었다.

"이 사건에 관심이 있다니 정말 기쁩니다, 무슈 푸아로."

"무슈 질, 이번 사건은 바로 내 코밑에서 일어났습니다. 이건 모욕이나 다름없지요. 이 에르퀼 푸아로가 범죄가 일어나는 동안 쿨쿨 자고 있었다니!"

질 반장은 넉살 좋게 고개를 저었다.

"그놈의 비행기란! 날씨가 조금만 안 좋아도 이리저리 요동을 치잖습니까. 나도 한두 번 지독하게 당한 적이 있어서 잘 알지요."

"군대도 위장 상태에 따라 행진을 한다고 하지 않습니까. 하지만 그뿐이 아니랍니다. 위장은 뇌의 섬세한 활동에 엄청난 영향을 미치지요! 말 드 메(뱃멀미)에 사로잡힐 때마다, 나 에르퀼 푸아로는 논리적인 회색 뇌세포도 없고, 질서도 체계도 없는 그런 평범하고 멍청한 인간들 중 하나가 되어 버리지요! 참으로 통탄스러운 일이지만 그래도 어쩌겠습니까! 아 참, 그러고 보니 그 점에 있어서 내 친구 지로는 어떻습니까?"

질 반장은 푸아로가 강조한 '그 점에 있어서'를 무시한 채 지로가 출세 가도를 달리고 있다고 대답했다.

"아주 열성적으로 일하고 있지요. 전혀 지칠 줄도 모르고요."

"늘 그렇지요. 그 친구는 늘 여기저기 뛰어다니느라 바쁘지 않습니까. 동서남북 가리지 않고 돌아다니며 여기서 번쩍 저기서 번쩍, 얼굴을 안 내비치는 곳이 없지요. 잠시도 가만히 앉아 생각하는 법이 없다니까요."

푸아로가 말했다.

"오, 무슈 푸아로, 당신의 작은 결점이 또 나왔군요. 당신이라면 푸르니에 같은 사람을 더 마음에 들어할 겁니다. 그 친구는 최신 학문을 연구하는 학자 타입이죠. 언제나 '심리학'을 들먹인다니까요. 당신도 그 점이 마음에 들지 않습니까?"

"그렇소. 정말 그래요."

"게다가 영어도 아주 잘하고요. 그래서 이번 사건에 푸르니에를 파견한 겁니다. 정말 흥미로운 사건이더군요, 무슈 푸아로. 마담 지젤은 파리에서 아주 잘 알려진 인물이거든요. 그리고 살해 수법 자체가…… 정말 놀랍더군요! 공중을 나는 비행기 안에서 대통으로 독침을 불다니! 그런 일이 실제로 일어날 수 있는 겁니까?"

"바로 그겁니다. 바로 그거예요. 당신 말대로입니다. 정곡을 찌르셨군요. 아, 저기 푸르니에가 오는군요. 새로운 소식이라도 있나 보지요?"

푸아로가 말했다.

평소 우울한 인상의 푸르니에가 상당히 흥분한 얼굴을 하고 있었다. 그는 상관에게 깍듯이 고개를 숙였다.

"예, 그렇습니다. 그리스 인 골동품상인 제로폴로스가 사건이 일어나기 사흘 전 대통과 침을 팔았답니다. 당장 그 사람을 만나 봐야겠습니다, 반장님."

"그러게. 무슈 푸아로도 함께 가나?"

질이 말했다.

"괜찮다면 저도 같이 가고 싶군요. 그것 참 흥미롭습니다. 아주 흥미로워요."

제로폴로스의 상점은 생 오노레 가에 있었는데, 고급 골동품을 다루는 곳과는 조금 거리가 멀었다. 가게 안에는 레이지스 세공품과 페르시아 도자기들이 널려 있었다. 루리스탄 청동기 한두 점과 질이 떨어지는 인도산 장신구, 세계 각국의 실크와 자수품, 그리고 아무런 가치도 없어 보이는 비즈 장신구와 싸구려 이집트 물건들도 쌓여 있었다. 그곳은 50만 프랑도 안 되는 물건에 100만 프랑의 가격을 매기거나, 50상팀도 안 되는 물건을 10프랑에 판매하는, 미국인 관광객이나 풋내기 골동품 애호가들이 드나드는 곳이었다.

제로폴로스는 땅딸막하고 통통한 남자로, 구슬처럼 새까만 눈동자를 가지고 있었다. 그는 쉴 새 없이 길게 수다를 늘어놓았다.

"경찰에서 나오셨나요? 아이고, 반갑습니다. 사무실로 들어가시죠. 네, 대통과 침을 팔았습니다. 남아메리카의 진귀한 골동품인데…… 보다시피 난 온갖 물품들을 다 취급한답니다! 물론 전문 분야도 갖추고 있죠. 내 전문 분야는 바로 페르시아랍니다. 무슈 뒤퐁 아시죠? 그 저명한 무슈 뒤퐁한테 물어보시면 내 말을 확인해 주실 겁니다. 그분도 늘 물건을 살펴보러 우리 가게에 들르시거든요. 내가 어떤 걸 새로 들여놨나 보고, 의심스러운 물건이 있으면 감정도해 주시고요. 정말 훌륭한 분이시라니까요! 학식도 높고, 안목도 훌륭하고, 감도 좋으시죠. 아, 이야기가 엇나갔군요. 난 많은 물건들을 보유하고 있습니다. 전문가들도 모두 인정하는 아주 값나가는 물건들이죠. 그리고 또…… 음, 솔직하게 말해서 잡동사니 같은 물건들도 있긴 합니다. 외국산 잡동사니라고나 할까요. 남태평양, 인도, 일본, 보르네오에서 가져온 각양각색의 물건들이죠. 어디서 왔든 상관없어요. 이런 물건들에는 가격표를 안 붙이지요. 흥미를 보이는 사람이 있으면 적당히 가격을 부르는 겁니다. 그런데 손님들이 어찌나 값을 깎으려 드는지 결국 반값밖에 받지 못한답니다. 뭐, 하지만 그래도 수익이 꽤 짭짤하지요. 그런 물건들은 대개 선원들한테서 싼값에 구해 오거든요."

제로풀로스는 숨을 깊게 들이쉬더니 자기 말에 심취해 계속해서 이야기를 늘어놓았다.

"대통과 침은 아주 오래전에 구입한 겁니다. 한 2년쯤 될까요. 저기 저 쟁반 위에 조개 목걸이와 아메리카 인디언의 머리 장신구, 그리고 조잡한 나무 조각 한두 개, 또 값싼 옥구슬이랑 같이 놓여 있었죠. 원래 아무도 신경 안 쓰던 물건인데 어느 날 한 미국인이 들어와서 그게 뭐냐고 묻더라고요."

"미국인이라고요?"

푸르니에가 날카로운 목소리로 물었다.

"네네, 미국인요. 틀림없이 미국인이었습니다. 그것도 상류층은 아닌 것 같더군요……. 척 봐도 골동품에는 문외한인 주제에 고향에 가져갈 기념품이나 몇 개 고르러 들른 것 같았습니다. 이집트 구슬상한테 속아서 체코슬로바키아에서 만든 형편없는 갑충석 따위를 비싼 값에 사들일 그런 유형이었죠. 그래서 재빨리 그를 붙들고는 일부 원시 부족들의 관습이랑, 그 사람들이 사용하는 치명적인 독에 대해 설명해 주었지요. 그리고 가격을 묻길래 말해 줬어요. 내가 '미국인 가격'이라고 부르는 건데, 그래도 많이 비싼 건 아니었어요. 요즘 미국 경기가 안 좋잖습니까. 당연히 난 그 사람이 값을 깎으려 들 줄 알았는데 내가 부른 가격대로 고스란히 다 지불하더군요. 정말 깜짝 놀랐습니다. 어찌나 후회되던지! 그럴 줄 알았으면 더 비싸게 부르는 건데 말이죠. 여하튼 그 남자한테 대통과 침을 포장해 줬더니 가지고 나가더군요. 그게 다예요. 그런데 나중에 신문에서 이 끔찍한 살인 사건 기사를 읽고 깜짝 놀랐죠. 그래서 경찰에 연락한 겁니다."

"협조해 주셔서 감사합니다, 무슈 제로풀로스. 당신이 판매한 대통과 독침을 보면 알아볼 수 있겠습니까? 지금은 런던에 있지만 언젠가 기회가 되면 보여 드리겠습니다."

푸르니에가 정중하게 말했다.

"대통 길이는 이 정도쯤 됩니다."

제로풀로스가 책상 위에 팔을 벌려 길이를 보여 주었다.

"그리고 굵기는…… 맞아요. 이 펜 정도고요. 색깔은 밝은 편입니다. 침은 네 개 들어 있었는데 끝에 길고 뾰족한 가시가 달려 있고 끝이 약간 변색됐습니다. 붉은 실크 보풀이 달려 있지요."

"붉은색 실크라고요?"

푸아로가 날카롭게 물었다.

"네, 무슈. 선홍색이었습니다. 좀 바래긴 했지만."

"그거 이상하군요. 노란색과 검은색 실크 보풀이 달린 침은 없었나요?"

푸르니에가 말했다.

"검은색과 노란색요? 아뇨, 없었습니다."

골동품상은 고개를 저었다.

푸르니에는 푸아로를 바라보았다. 자그마한 사내의 얼굴에 호기심과 만족감이 뒤섞인 미소가 떠올라 있었다.

푸르니에는 궁금증이 일었다. 제로풀로스가 거짓말을 하고 있기 때문일까, 아니면 다른 이유가 있어서일까?

푸르니에는 미심쩍다는 듯 말했다.

"그렇다면 무슈가 판매한 대통과 독침은 이 사건과 아무런 관련이 없을지도 모르겠군요. 확률은 반반입니다. 어쨌든 그 미국인에 대해 더 자세히 말씀해 주시죠."

제로풀로스가 동양인다운 몸짓으로 팔을 넓게 펼쳤다.

"평범한 미국인이었는데, 콧소리가 심하고, 프랑스 어를 할 줄 몰랐어요. 껌을 씹고 있었고요. 거북 껍질로 만든 안경을 썼는데, 키가 큰 편이었습니다. 내 생각엔 나이가 별로 많지 않은 것 같았어요."

"금발이었습니까, 아니면 검은 머리였습니까?"

"그건 모르겠군요. 모자를 썼거든요."

"다시 보면 알아볼 수 있습니까?"

제로폴로스는 확신이 없는 듯했다.

"잘 모르겠습니다. 미국인들이 워낙 많이 드나들곤 해서. 어쨌든 그다지 눈에 띄는 사람은 아니었어요."

상점을 나서며 푸르니에가 말했다.

"우리가 잘못 짚은 것 같군요."

"그럴 수도 있지만…… 제 생각은 다릅니다. 가격표 모양이 똑같은 데다 무슈 제로폴로스의 이야기에는 흥미로운 데가 몇 군데 있거든요. 그건 그렇고 또 잘못 짚게 될지도 모르지만, 이번에는 저와 함께 다른 곳에 들르지 않겠습니까?"

"어디로요?"

"카퓌신 대로요."

"가만 있자, 거기라면……."

"유니버설 항공사가 있는 곳이죠."

"아, 그렇군요. 그렇지만 거긴 이미 조사를 끝냈는데요. 관심을 끌 만한 정보는 아무것도 없었습니다."

푸아로는 친근한 태도로 그의 어깨를 두드렸다.

"하지만 대답은 질문을 어떻게 하느냐에 달려 있습니다. 당신은 어떤 질문을 해야 하는지 몰랐던 거죠."

"그렇다면 당신은 알고 계십니까?"

"글쎄, 몇 가지 생각해 둔 게 있습니다."

푸아로는 더 이상 말하지 않았다.

마침내 두 사람은 카퓌신 대로에 도착했다.

유니버설 항공사 사무실은 꽤 작은 편이었다. 반짝반짝하게 닦인 높은 목재 카운터 뒤에는 똑똑해 보이는 가무잡잡한 사내가 서 있었고, 열다섯 살쯤 되어 보이는 소년이 타자기 앞에 앉아 있었다.

푸르니에가 남자에게 신분증을 보여 주자, 쥘 페로라는 이름의 그 남자는 기꺼이 경찰을 돕겠다고 말했다.

푸아로의 부탁으로 타자를 치던 소년은 구석으로 물러났다.

"이제부터 우리가 하는 이야기는 비밀입니다."

푸아로가 설명했다.

쥘 페로가 흥미진진하다는 표정을 지었다.

"그렇습니까?"

"마담 지젤의 살인 사건에 관한 겁니다."

"아 예, 기억납니다. 그 사건에 관한 거라면 이미 경찰한테 몇 가지 질문을 받고 말해 준 적이 있습니다."

"그랬을 겁니다. 하지만 더 정확하게 확인해야 할 것이 있어서 말이오. 마담 지젤이 비행기 좌석을 예약한 게 정확하게 언제지요?"

"그 점은 이미 확실하게 밝혀지지 않았나요? 그녀는 17일에 전화로 좌석을 예약했습니다."

"다음 날 정오 비행기였나요?"

"네, 무슈."

"하지만 지젤의 하녀는 오전 8시 45분 여객기를 예약했다고 하던데요."

"아, 아닙니다. 그게 어떻게 된 거냐 하면, 마담의 하녀가 처음에 원한 건 8시 45분 여객기였는데, 좌석이 매진되었거든요. 그래서 대신 12시 여객기를 예약해 주었습니다."

"흐음, 그렇군요."

"네, 무슈."

"알겠습니다……, 그렇게 된 거군요……. 그런데 이상하군요, 정말 이상해요."

직원은 무언가를 묻는 눈길로 푸아로를 바라보았다.

"내 친구 하나가 급하게 영국에 갈 일이 생겨서 그날 아침 8시 45분 비행기를 탔는데, 자리가 반쯤 텅 비어 있었다고 했거든요."

페로는 서류를 뒤적이면서 코를 풀었다.

"아마 그분이 날짜를 착각하셨나 봅니다. 그 전날이나 아니면 다음 날……."

"그럴 리가 없습니다. 살인 사건이 일어난 날이었어요. 왜냐하면 그 친구가 그 비행기를 놓쳤더라면, 사실 정말로 그럴 뻔했지만, 프로메테우스호에 탔을 거라고 말했으니까."

"아, 그렇습니까? 그거 정말 이상한 일이군요. 물론 가끔 비행기 시간에 맞추지 못하는 사람들이 있게 마련이라……. 그렇게 되면 빈 좌석이 생기는 법이거든요……. 어쩌면 무슨 실수가 있었는지도 모릅니다. 르부르제 공항에 연락해 봐야겠군요. 그 사람들도 늘 정확한 건 아니라서……."

뚫어져라 바라보는 에르퀼 푸아로의 시선에 쥘 페로가 당황하고 있는 게 틀림없었다. 페로는 말을 멈췄다. 그의 눈동자가 불안하게 흔들렸고, 이마에서 작은 땀방울이 흘러내렸다.

"두 가지 다 그럴듯한 변명이군요. 하지만 둘 다 사실이 아닌 것 같습니다. 그냥 솔직하게 털어놓는 게 낫지 않겠습니까?"

푸아로가 말했다.

"뭘 솔직히 털어놓으라는 겁니까? 무슨 말씀인지 도통 모르겠는데요."

"자 자, 그러지 말고, 내 말이 무슨 뜻인지 잘 알고 있지 않습니까. 이건 살인 사건입니다, 무슈 페로. 진짜 살인 사건이란 말이죠. 이 점을 제발 명심하세요. 만약 당신이 귀중한 정보를 감추고 있다면 아주 심각한 곤경에 처하게 될 겁니다. 경찰이 날카로운 눈으로 당신을 주시할 테고, 공무방해죄가 적용되겠지요."

쥘 페로는 푸아로를 물끄러미 바라보았다. 입술이 벌어지면서 손이 부들거렸다.

"어서 털어놓으시지요. 우리는 자세한 정보가 필요합니다. 얼마나 받았습니까? 누가 돈을 줬지요?"

푸아로의 목소리에는 권위와 위협이 깃들어 있었다.

"저, 전 나쁜 일인지 몰랐습니다……. 전혀, 아무것도 몰랐어요……. 그런 건 꿈에도……."

"누구에게서 얼마나 받았습니까?"

"5000프랑입니다. 처음 보는 사람이었어요. 난 이제 끝장이야……."

"우리에게 말하지 않으면 정말 끝장나게 될 겁니다. 우린 이미 최악의 경우를 알고 있으니까, 무슨 일이 있었는지 그대로 털어놓으시지요."

쥘 페로는 이마에서 구슬땀을 줄줄 흘리며 떨리는 목소리로 대답했다.

"전 정말 나쁜 일인지 몰랐습니다……. 맹세컨대 전혀 몰랐어요. 어떤 남자가 들어오더니 다음 날 영국에 갈 예정이라고 했어요. 그리고 마담 지젤로부터 돈을 빌릴 생각인데 그녀와 자연스럽게 만나고 싶다면서 이번 여행이 완벽한 기회라고 하더군요. 마담 지젤이 다음 날 영국으로 갈 거라면서요. 저는 단지 그녀에게 다른 비행기 좌석이 매진되었다고 하고 프로메테우스호의 2번 좌석을 주기만 하면 되는 거였습니다. 정말 맹세합니다, 무슈. 전 그게 나쁜 일이라고는 상상도 못했어요. 별 큰일도 아니라고 생각했죠. 미국인들은 언제나 그런 식이니까요……. 늘 괴상한 방식으로 일을 하지 않습니까……."

"미국인이라고요?"

푸르니에가 날카롭게 물었다.

"예, 미국인이었습니다."

"생김새를 자세히 묘사해 보시죠."

"키가 크고 등은 구부정하고, 회색 머리에 뿔테 안경을 쓰고 작은 염소 수염을 기르고 있었습니다."

"그 사람도 좌석을 예약했습니까?"

"네, 무슈. 1번 좌석요. 마담 지젤의 옆 좌석이에요."

"예약한 이름은요?"

"사일러스, 사일러스 하퍼입니다."

"그런 이름의 승객은 없었습니다. 1번 좌석에 앉은 사람도 없었고."

푸아로는 고개를 가볍게 저었다.

"저도 신문을 보고 승객 명단에 그 사람이 없는 걸 알았습니다. 그래서 그 일에 대해서는 입을 다물기로 한 겁니다. 어차피 그 사람은 비행기에 타지 않았으니까요……."

푸르니에가 차가운 눈길로 그를 쏘아보았다.

"당신은 귀중한 정보를 경찰에게 숨겼습니다. 이건 매우 심각한 문제예요."

푸르니에와 푸아로는 항공사 사무실을 떠났다. 쥘 페로는 겁먹은 얼굴로 그들의 뒷모습을 바라보았다. 밖으로 나오자 푸르니에는 모자를 벗고 푸아로에게 고개를 숙였다.

"경의를 표합니다, 무슈 푸아로. 도대체 어떻게 그런 생각을 하셨습니까?"

"서로 다른 곳에서 들은 문장 두 개 때문입니다. 오늘 아침 비행기 안에서 어떤 남자가 살인이 일어난 날 아침 거의 텅 빈 비행기를 탔다는 말을 들었지요. 그리고 두 번째는 엘리즈가 유니버설 항공사에 전화를 걸었는데 오전 여객기에 자리가 없었다고 말한 거였습니다. 그런데 두 개의 문장이 서로 일치하지 않더란 말입니다. 게다가 프로메테우스호의 승무원이 오전 여객기에서 마담 지젤을 본 적이 있다고 한 말이 기억났지요. 그러니 그녀는 평소에는 8시 45분 비행기를 타곤 했던 겁니다. 그런데 누군가는 그녀가 12시 비행기를 타길 바랐습니다. 이미 프로메테우스호에 타기로 결정한 누군가가요. 어째서 그 직원은 아침 여객기에 좌석이 남지 않았다고 했을까? 실수일까, 아니면 의도적인 것일까? 나는 후자일 거라고 생각했습니다. 그리고 내 생각이 맞았지요.”

“사건이 점점 더 미궁 속으로 빠져드는군요.”

푸르니에가 소리쳤다.

“처음엔 여자인가 했더니 이번엔 남자가 등장하고 말입니다. 게다가 미국인이라…….”

그는 문득 말을 멈추고 푸아로를 바라보았다.

푸아로는 고개를 끄덕였다.

“그렇습니다, 친구. 미국인 행세를 하는 건 누워서 떡 먹기죠. 특히 여기 파리에서라면 말입니다! 콧소리가 섞인 목소리에 추잉껌, 염소 수염. 뿔테 안경……. 전형적인 미국인의 모습이지요.”

푸아로는 《스케치》에서 찢어 낸 사진을 주머니에서 꺼냈다.

“그게 뭡니까?”

“수영복 차림의 백작 부인입니다.”

“그렇다면 혹시……? 아니, 그럴 리가 없습니다. 그녀는 작고 아름다운 데다 몸매도 가녀립니다. 키가 크고 등이 구부정한 미국인으로 변장하는 건 불가능해요. 아무리 결혼 전에 연극 활동을 했더라도 그렇게 변장하기는 힘듭니다. 그녀는 아닐 겁니다.”

"난 이 여자라고 말한 적 없습니다."

에르퀼 푸아로가 말했다.

하지만 그는 여전히 잡지 속의 사진을 뚫어지게 바라보고 있었다.

호버리 영지에서

호버리 경은 찬장 옆에 서서 멍하니 강낭콩을 집어먹고 있었다.

스티븐 호버리는 좁은 이마에 긴 턱을 지닌, 스물일곱 살의 청년이었다. 한눈에 봐도 머리가 좋다기보다는 야외에서 스포츠를 즐기는 타입이라는 것을 알 수 있었다. 그는 따스한 마음씨를 지녔지만 약간 까다로운 데가 있었고, 무척 성실하지만 더할 나위 없이 완고한 사람이기도 했다.

호버리 경은 콩이 담긴 접시를 식탁으로 가져와 먹기 시작했다. 신문을 펼쳤지만 곧 이맛살을 찌푸리고 옆으로 내던져 버렸다. 그는 콩이 아직 남아 있는 접시를 밀쳐 놓고 커피를 몇 모금 마신 뒤 의자에서 일어났다. 그러고는 잠시 그 자리에서 머뭇거리다가 고개를 살짝 끄덕이고 식당을 나가 넓은 홀을 가로질러 층계를 오르기 시작했다. 그는 방문을 두드리고 기다렸다. 안에서 높고 맑은 목소리가 흘러나왔다.

"들어와요."

호버리 경은 방 안으로 들어갔다.

그곳은 아름답게 치장된, 남향의 널찍한 침실이었다. 시실리 호버리는 웅장한 조각이 새겨진 엘리자베스 왕조풍의 참나무 침대에 누워 있었다. 장밋빛 시폰 잠옷 위에서 곱슬거리는 금빛 머리칼이 그녀의 미모를 더욱 돋보이게 해 주었다. 침대 옆 탁자에는 오렌지 주스와 커피가 남아 있는 아침 식사 쟁반이 놓여 있었다. 그녀는 편지를 뜯고 있는 중이었으며, 하녀는 방 안을 이리저리 오가고 있었다.

이렇게 아름다운 여자 앞에서 숨소리가 거칠어지지 않을 남자는 아마 이 세상에 없을 것이다. 그러나 이토록 매력적인 아내의 모습도 호버리 경에게도 아무런 영향을 미치지 못했다.

한때는 그도 그랬다. 3년 전만 해도 그는 시실리의 숨 막힐 듯한 아름다움에 넋을 잃고 현기증을 느끼기도 했다. 그는 격렬하고 정열적으로, 거의 미친 듯이 그녀를 사랑했다. 하지만 그것도 모두 지난 일이었다. 그는 그때 제정신이 아니었다. 하지만 지금은 이성을 되찾았다.

레이디 호버리가 놀란 목소리로 말했다.

"무슨 일이에요, 스티븐?"

그는 불쑥 말을 내뱉었다.

"당신과 조용히 할 이야기가 있소."

"마들렌. 그만 나가 있어."

레이디 호버리가 하녀에게 말했다.

프랑스 인 하녀는 "트레 비엥(네, 알겠습니다), 레이디."라고 중얼거리고 호버리 경에게 재빨리 호기심 어린 눈초리를 보내더니 곧 방을 나갔다.

호버리 경은 하녀가 문을 닫을 때까지 기다렸다가 말했다.

"시실리, 도대체 무슨 생각으로 여기 온 건지 알고 싶소."

레이디 호버리는 늘씬하고 아름다운 어깨를 으쓱했다.

"안 될 이유라도 있나요?"

"안 될 이유라도 있냐고? 내가 보기엔 아주 많은 것 같은데."

"오, 이유라……."

그의 아내가 중얼거렸다.

"그래, 이유 말이오. 기억나는지 모르겠지만, 우리는 이렇게 우스꽝스럽게 함께 사느니 차라리 떨어져 있는 편이 낫겠다고 합의했잖소. 당신은 런던에 있는 집과, 지나칠 정도로 풍족한 생활비를 받고 있소. 일정 선만 지켜준다면 뭐든지 마음대로 해도 상관없고. 그런데 왜 이렇게 갑자기 돌아온 거요?"

시실리는 다시 한 번 어깨를 으쓱했다.

"그냥…… 돌아오는 편이 나을 것 같아서요."

"그러니까, 돈 때문인가?"

"하느님 맙소사, 난 당신이 정말 싫어요. 세상에서 제일 비열한 남자 같으니."

"비열? 비열하다고? 당신과 당신의 그 대책 없는 낭비벽 때문에 호버리 영지를 저당 잡혀야 했는 데도?"

"호버리…… 호버리……! 당신 머릿속엔 그것뿐이죠! 말, 사냥, 총과 곡식과 따분한 늙은 농부들. 여자들한텐 그런 게 얼마나 지겨운지 알아요?"

"그런 걸 좋아하는 여자들도 있어."

"맞아요, 베네샤 커 같은 여자 말이죠. 그 여잔 거의 말이나 다름 없으니까. 당신은 그 여자랑 결혼할 걸 그랬어요."

호버리 경은 창가로 걸어갔다.

"그런 말을 하기엔 이미 늦었지. 난 당신과 결혼했으니까."

"그리고 평생 벗어날 수 없을걸요."

시실리가 말했다. 그녀의 웃음소리는 악의와 승리감에 도취되어 있었다.

"당신은 날 버리고 싶겠지만 그렇게는 못할 거예요."

호버리 경이 말했다.

"또다시 그런 이야기를 해야 하오?"

"고지식하고 보수로 똘똘 뭉친 인간 같으니라고! 내가 당신이 입에 달고 다니는 말들을 내 친구들에게 이야기해 주면 대부분 배꼽이 빠지도록 웃어 댄다고요."

"그러고 싶으면 그러라고 해. 아까 하던 이야기나 하자고. 왜 여기 온 거요?"

그러나 그의 아내는 그의 말에 순순히 따르지 않았다.

"신문에 광고를 냈더군요. 내가 진 빚은 당신 책임이 아니라고.

그게 신사가 할 짓이에요?"

"나도 그런 방법을 쓸 수밖에 없어서 매우 유감이오. 기억할지 모
르겠지만 시실리, 난 경고했었소. 벌써 두 번이나 빚을 갚아 줬고.
하지만 그것도 한계가 있는 법이야. 당신은 도박에 미쳐 있어! 맙소
사, 왜 지금 이런 이야기를 하고 있지? 어쨌든 난 당신이 왜 호버리
까지 내려왔는지 궁금할 뿐이야. 언제나 여길 싫어했잖아. 지루해
죽을 것 같다면서?"

시실리 호버리는 자그마한 얼굴을 찡그리며 말했다.

"아까 말했잖아요. 그게 나을 것 같아서라고."

"아까 말했다, 그게 나을 것 같아서라고?"

그는 또박또박 아내의 말을 되풀이했다. 그런 다음 날카로운 투
로 물었다.

"시실리, 당신 혹시 그 늙은 프랑스 사채업자한테 돈을 빌린 건
아니겠지?"

"누구요? 무슨 소린지 모르겠네."

"잘 알고 있을 텐데. 파리에서 오는 비행기에서 살해당한 그 여자
말이야. 당신도 그 비행기를 타고 왔잖아. 혹시 그 여자한테 돈을 빌
린 거요?"

"그럴 리가 없잖아요. 어쩜 그렇게 터무니없는 생각을 해요?"

"날 속일 생각 말아, 시실리. 만약 그 여자한테 돈을 빌렸다면 나
한테 다 털어놓는 게 좋을 거야. 사건이 아직 끝나지 않았으니까. 심
리 결과는 그 사악한 범죄를 저지른 범인이 누군지 아직 확실하지

않다고 했지만, 두 나라 경찰들이 한창 수사 중이니 진실이 밝혀지는 것도 시간 문제야. 어딘가에 거래 기록이 남아 있을 테니까. 당신이 그 여자와 무슨 관계가 있다는 게 밝혀지기 전에 대비해 놓아야해. 풀크스와 의논해 봐야겠군."('풀크스, 풀크스, 월브레이엄 앤드 풀크스'는 대대로 호버리 영지를 관리하고 있는 가문 법률 사무소였다.)

"내가 그 바보 같은 법정에서 증언했잖아요. 난 그 여자 이름을 들어 본 적도 없다니까."

남편이 냉담하게 잘라 말했다.

"그건 아무런 증거도 못 돼. 당신이 그 지젤이라는 여자한테 돈을 빌렸다면 경찰이 곧 알아낼 거야."

시실리가 화를 내며 침대에서 몸을 일으켰다.

"내가 그 여자를 죽였다고 생각하나 보죠? 내가 자리에서 일어나 대통으로 그 여자한테 독침을 쐈다고요? 그런 미친 짓을?"

스티븐이 신중한 표정으로 동의했다.

"모든 게 다 미친 짓 같긴 하더군. 난 당신이 자기 입장을 좀 알았으면 좋겠소."

"입장? 무슨 입장? 나한테 그런 건 없어요. 내 말은 한마디도 안 믿는 주제에! 정말 지긋지긋해. 그리고 갑자기 왜 나한테 그렇게 관심이 많죠? 나한테 무슨 일이 생길까 봐 걱정을 다 해 주고. 당신은 날 싫어하잖아요. 증오하죠. 내일 당장 내가 죽으면 기뻐서 춤이라도 출 거야. 그런데 왜 안 하던 짓을 하고 그래요?"

"너무 과장하지 마. 당신 말대로 난 구식이라 그런지 내 가문의

명예를 생각해야 하니까 그러는 것뿐이오. 그래, 당신은 그게 고리타분한 사고방식이라고 경멸하겠지. 하지만 내게는 중요하오."

그는 갑자기 몸을 획 돌려 방을 나갔다.

호버리 경은 머리가 지끈거렸다. 갖가지 생각들이 머릿속을 빠르게 스치고 지나갔다.

'싫어해? 증오? 그래, 그 말도 맞지. 내일 죽으면 기뻐서 춤이라도 출 거라고? 하느님 맙소사, 물론이지! 아마 방금 감옥에서 빠져나온 사람처럼 해방감을 느낄걸. 인생이란 정말 묘하고 잔인한 거야! 처음 「지금 당장 해라」에서 봤을 때, 그녀는 어린아이 같았어. 정말 귀엽고 순수해 보였지. 얼마나 아름답고 사랑스럽던지……. 내가 멍청했던 거야. 그땐 그녀에게 미쳐 있었어. 말 그대로 미쳐서…… 그녀의 모든 게 그저 달콤하고 사랑스럽게만 보였어. 하지만 그때도 알맹이는 똑같았지. 상스럽고, 심술궂고, 저속하고, 머리도 텅 비어서…… 이젠 얼굴이 예쁜지도 모르겠어.'

호버리 경은 휘파람을 불었다. 스패니얼 한 마리가 달려와 충성심을 담은 물기 어린 눈으로 그를 올려다보았다.

"우리 벳시."

그는 털이 길고 덥수룩한 개의 귀를 쓰다듬으며 생각했다.

'못된 여자를 암캐라고 부르다니 참으로 웃기는 일이야. 내가 만난 모든 여자들을 다 합쳐도 너한테는 못 미칠 텐데 말이야, 벳시.'

호버리 경은 머리에 낡은 낚시 모자를 눌러 쓰고, 개를 데리고 집 밖으로 나갔다.

아무 생각 없이 영지를 거닐다 보면 날카로워진 신경도 가라앉곤 했다. 그는 자신이 귀여워하는 사냥개의 목을 쓰다듬고 마부와 이야기를 나눈 다음, 농장에 가서 농부의 아내와 잡담을 나누었다. 그러고는 벳시를 데리고 오솔길을 따라 내려오던 중 밤색 암말을 타고 있는 베네샤 커와 마주쳤다.

베네샤는 승마를 하고 있을 때 가장 멋져 보였다. 호버리 경은 존중과 애정, 향수가 뒤섞인 묘한 기분으로 그녀를 올려다보았다.

"안녕, 베네샤."

"안녕, 스티븐."

"어디 갔다 오는 길이야? 농장인가?"

"응. 이 말 멋지게 자라지 않았어?"

"최고인걸. 내가 지난번에 채티슬리에서 사 온 두 살짜리 망아지 봤어?"

잠시 말에 대해 이야기를 나눈 뒤, 호버리 경이 말했다.

"그건 그렇고 시실리가 여기 와 있어."

"여기라니, 호버리에?"

베네샤는 놀란 기색을 감추려고 했지만 목소리에 묻어나는 것만은 어쩔 도리가 없었다.

"응, 어젯밤에 갑자기."

두 사람 사이에 정적이 흘렀다.

"베네샤, 너도 심리에 갔었지? 어…… 어떻게 진행되었어?"

그녀는 잠시 생각했다.

"글쎄, 모두 말을 많이 안 하려 들던데. 무슨 뜻인지 알지?"

"경찰에서도 아무 말 없었고?"

"응."

"흠, 상당히 불쾌했겠군."

"뭐, 즐겁지는 않았지만 그렇다고 끔찍할 정도는 아니었어. 검시관이 꽤 친절했거든."

스티븐은 무심결에 울타리를 향해 채찍을 휘둘렀다.

"베네샤, 저…… 혹시 누가 범인인지 짐작 가는 데라도 있어?"

베네샤 커는 천천히 고개를 가로저었다.

"아니."

그녀는 말을 멈추고 하고 싶은 말을 어떻게 하면 적절히 표현할수 있을지 곰곰이 생각했다. 마침내 그녀는 작게 웃음을 터트리며 말했다.

"아무튼 시실리나 나는 아니야. 그건 확실해. 시실리는 날 감시하고 있었고, 난 시실리를 감시하고 있었거든."

그 말에 스티븐도 웃음을 터트렸다.

"다행이군."

그는 즐겁게 말했다.

농담처럼 넘기긴 했지만 베네샤는 그의 목소리에서 안도의 기색을 느꼈다. 그러니까 스티븐도 그런 생각을 하고 있었던 거였다.

베네샤는 서둘러 생각을 떨쳐 버렸다.

"베네샤, 우린 정말 오랫동안 알고 지낸 사이지?"

"그렇지. 어렸을 때 같이 다니던 그 이상한 댄스 교실 생각나?"

"그럼 생각나고말고. 그래서 말인데 너한테라면 뭐든지 이야기할 수 있을 것 같아."

"물론이지."

그녀는 잠시 주저하다가 이내 침착하고 진지한 목소리로 말했다.

"시실리 때문이야?"

"그래. 시실리가 그 지젤이라는 여자와 무슨 관계라도 있는 게 아닐까?"

베네샤는 느릿느릿하게 대답했다.

"나도 모르겠어. 난 남프랑스에 있었거든. 르피네 쪽 소문은 아직 못 들었어."

"어떻게 생각해?"

"글쎄. 굳이 말하면 설사 그렇다 하더라도 나는 별로 놀라지는 않을 거야."

스티븐은 생각에 잠긴 채 고개를 끄덕였다. 베네샤가 부드럽게 말했다.

"왜 그런 걱정을 해? 어차피 너희 둘은 별거 중이잖아. 그건 그 여자 일이지 너하고는 아무런 상관도 없어."

"하지만 시실리가 내 아내인 이상 내 일이나 마찬가지야."

"두 사람…… 그러니까…… 이혼할 수는 없어?"

"허위로 말이야? 과연 시실리가 받아들일지 모르겠군."

"기회만 된다면 그녀와 이혼할 거야?"

"그럴 만한 충분한 사유만 있다면야 당연하지."

스티븐이 우울한 목소리로 말했다.

"내 생각인데…… 시실리도 그걸 알고 있는 것 같아."

베네샤가 말했다.

"그래."

두 사람은 입을 다물었다. 베네샤는 속으로 생각했다.

'발정 난 고양이 같은 계집애! 내가 모를 줄 알고? 하지만 꽤나 신 중하게 행동한단 말이야. 교활한 여자 같으니.'

그녀는 소리 내어 말했다.

"그럼 어쩔 도리가 없다는 거야?"

스티븐은 고개를 저었다. 그러더니 불쑥 말했다.

"만약 내가 자유롭게 되면 베네샤, 나와 결혼해 주겠어?"

말의 귀 사이를 뚫어져라 쳐다보며, 베네샤는 감정을 억누른 목 소리로 조심스럽게 대답했다.

"응, 그럴 거 같아."

스티븐! 그녀는 언제나 스티븐을 사랑했다. 댄스 교실에 다니고, 여우 사냥을 다니고, 새 둥지를 뒤지던 어린 시절부터 줄곧 그를 사 랑했다. 그리고 스티븐 역시 그녀를 좋아했다. 하지만 영리하고 계 산이 빠른, 고양이 같은 코러스 걸과 미친 듯이 격렬한 사랑에 빠져 허우적거리는 것을 막을 정도는 아니었다.

스티븐이 말했다.

"우리 둘이라면 행복하게 살 수 있을 거야……."

그의 눈앞에 장면들이 떠올랐다. 사냥, 홍차와 머핀, 젖은 흙과 나뭇잎 냄새, 아이들……, 이 모두가 시실리와는 함께 나누지 못하는 것들이었다. 시실리는 그에게 아무것도 주지 않았다. 눈앞이 부옇게 흐려졌다. 베네샤의 단조롭고 차분한 목소리가 들려왔다.

"스티븐, 그렇게 걱정되면…… 이런 건 어때? 우리 둘이 함께 도망가 버리는 거야. 그러면 시실리도 이혼을 해 주지 않을까?"

스티븐은 거칠게 그녀의 말을 잘랐다.

"맙소사. 내가 너한테 그런 짓을 시킬 것 같아?"

"난 상관없어."

"난 있어."

그는 딱 잘라 말했다.

베네샤는 속으로 중얼거렸다.

'그럼 그렇지. 정말 안타까워. 스티븐은 한심할 정도로 편견 덩어리니까. 하지만 그래도 좋아. 이런 게 바로 스티븐인걸.'

그녀가 말했다.

"스티븐, 난 이만 가 봐야겠어."

그녀는 발꿈치로 부드럽게 말의 옆구리를 건드렸다. 스티븐에게 손을 흔드는 순간 두 사람의 시선이 마주쳤다. 그 눈빛에는 말로 하지 못했던 수많은 감정이 담겨 있었다.

모퉁이를 돌다가 베네샤는 채찍을 떨어뜨렸다. 지나가던 남자가 채찍을 주워 과장된 몸짓으로 그녀에게 건네주었다.

'외국인이군. 어디선가 본 적이 있는 것 같은데.'

그녀는 고맙다고 말하며 속으로 생각했다.

베네샤는 마음속 한편으로 주앙르팽에서 보낸 여름 휴가를 더듬으면서 다른 한편으로는 스티븐을 생각했다.

반쯤 꿈에 취한 듯한 그녀의 머릿속에 그 얼굴의 정체가 떠오른 것은 집에 막 도착했을 때였다.

"비행기에서 나한테 자리를 양보한 사람이잖아. 그러고 보니 심리에서 저 사람이 탐정이라고 했지."

이어 다음 생각이 꼬리를 물고 떠올랐다.

"저 사람이 여기서 뭘 하는 거지?"

앙투안 미용실에서

심리가 있은 다음 날 아침, 제인은 약간 불안한 마음으로 앙투안 미용실에 출근했다.

미용실 주인인 무슈 앙투안이 잔뜩 찌푸린 얼굴로 그녀를 맞이했다. 사실 그의 진짜 이름은 앤드루 리치인데, 그는 어머니가 유대인이라는 이유로 자신이 외국인이라고 고집하는 사람이었다. 그래서 브루턴 가에만 들어서면 서툰 영어를 더듬거리는 일이 완전히 몸에 배어 있었다.

앙투안은 제인에게 대책 없는 앙베실(바보)이라며 화를 냈다.

"왜 하필 그 비행기를 탄 거야? 정말 한심하기는! 너 때문에 우리 미용실이 얼마나 손해를 입었는지 알아?"

제인은 한참 동안 화풀이를 당한 뒤에야 비로소 그 자리를 빠져나올 수 있었다. 친구 글래디스가 커다랗게 윙크를 해 보였다.

약간 건방진 듯한 성격에 옅은 금발을 가진 글래디스는 전문가다운 희미하고 몽롱한 목소리를 지닌 아가씨였다. 하지만 개인적인 이야기를 할 때면 금세 거칠고 장난기 섞인 목소리로 돌변하고는 했다.

"걱정하지 마. 늙다리 심술꾸러기가 울타리에 앉아 고양이를 감시하는 꼴이니까. 하지만 고양이는 절대로 그 영감탱이가 생각하는 대로 하지 않을걸. 어머, 저것 봐. 늙은 악마 등장이다. 저 끔찍한 눈좀 보라지. 오늘도 열일곱 살짜리 계집애처럼 짜증을 부리겠지? 제발 오늘은 그 빌어먹을 강아지를 안 데리고 왔으면 좋겠는데."

글래디스가 제인에게 말했다.

잠시 후, 글래디스의 목소리는 다시금 몽롱하고 희미하게 변해 있었다.

"어서 오세요, 마담. 어머, 오늘은 그 귀여운 페키니즈를 안 데리고 오셨네요. 샴푸 먼저 해 드릴까요? 무슈 앙리를 불러올게요."

제인은 옆에 붙어 있는 방으로 들어갔다. 적갈색 머리의 여자가 거울 앞에 앉아 자기 얼굴을 들여다보며 친구에게 이야기하고 있었다.

"오늘 내 얼굴 너무 엉망이지? 어쩜 이렇게 보기 싫담……."

지루한 표정으로 앉아 3주일 전 《스케치》를 뒤적이고 있던 친구가 무심한 말투로 대꾸했다.

"그래? 내가 보기엔 평소랑 별반 다를 것도 없는데, 뭘."

제인이 들어가자 그 친구는 무심하게 페이지를 넘기던 손을 멈추고 날카로운 눈으로 제인의 얼굴을 뜯어보았다.

잠시 후, 그녀가 말했다.

"확실해. 그 아가씨 맞아."

"안녕하세요, 마담."

제인은 밝은 목소리로 말했다. 이제 그녀는 애써 노력하지 않고도 이런 접대용 인사를 기계적으로 할 수 있었다.

"꽤 오랜만에 뵙는 것 같네요. 외국에 가신 줄 알았어요."

"앙티브에 갔었어요."

적갈색 머리의 여자가 말했다. 그녀는 노골적으로 관심을 드러내며 제인을 쳐다봤다.

제인은 흥미로운 척하며 말했다.

"참 좋으셨겠네요. 어디 보자. 샴푸와 세팅을 하시겠어요, 아니면 염색을 하시겠어요?"

적갈색 머리의 여자는 잠시 제인에게서 눈길을 떼고는 몸을 앞으로 기울여 자신의 머리카락을 주의 깊게 살펴보았다.

"아직 일주일쯤 더 있어도 될 것 같은데. 세상에, 내 꼴 좀 봐."

"넌 아침 이맘때면 늘 이렇잖아."

친구가 말했다.

"무슈 조르주가 곧 손봐 주실 거예요."

제인이 말했다. 여자가 다시 제인에게 관심을 돌렸다.

"그건 그렇고. 아가씨가 어제 심리에서 증언한 그 사람이죠? 그 비행기를 탔다면서?"

"네, 마담."

"얼마나 무서웠을까! 그 이야기 좀 해 봐요."

제인은 최선을 다해 고객들을 즐겁게 해 주었다.

"정말 끔찍했어요. 그게 말이죠……."

제인은 그들의 질문에 일일이 대답하며 이야기를 끌어 나갔다. '죽은 여자는 어떻게 생겼죠? 프랑스 탐정 둘이 그 비행기에 타고 있었던 게 사실인가요? 사건이 프랑스 정부와 관련이 있다는 건 진짜예요? 레이디 호버리가 그 비행기에 탔다면서요? 소문대로 정말 예쁜가요? 당신 생각에는 누가 진짜 범인인 것 같아요? 사람들이 그러는데 정부가 진실을 감추고 있대요.' 등등.

이 첫 번째 시련은 그 후로 수없이 되풀이될 일들의 전조에 지나지 않았다. 모든 손님들이 '그 비행기에 탔다는 아가씨'한테 머리를 손질받고 싶어 했다. 그들은 다시 친구들에게 소문을 냈다. '너무너무 신기해. 내가 다니는 미용실에서 일하는 여자가 바로 그 사람이라지 뭐니. 그래, 나라면 거기 가겠어. 머리도 꽤 잘해. 이름이 진이었나……. 키가 작고 눈이 큰 아가씬데, 잘만 물어 보면 너한테 다 말해 줄 거야…….'

그 주가 끝나 갈 무렵, 제인은 팽팽한 긴장감 때문에 신경이 날카로워져 있었다. 가끔은 한 명만 더 사건에 관해 묻는다면 비명을 지르거나 그 사람을 드라이어로 한 대 후려칠지도 모른다는 생각이 들기도 했다.

하지만 결국 그녀는 마음을 가라앉힐 더 좋은 방법을 생각해 냈다. 그녀는 대담하게도 무슈 앙투안에게 월급을 올려 달라고 요구했다.

"뭐라고? 뻔뻔해도 유분수지! 살인 사건에 휘말려 놓고도 네가 아직도 여기 다닐 수 있는 건 순전히 내가 너그럽기 때문이야. 다른 사람이었다면 진즉에 해고했을 거다."

제인이 차갑게 대꾸했다.

"말도 안 되는 소리 마세요. 요즘 손님들이 여기 오는 건 다 나 때문이라고요. 그건 사장님도 잘 아시잖아요. 그만두라고 하면 당장이라도 그만둘게요. 앙리나 메종 리셰에서 쉽게 일자리를 구할 수 있을 테니까."

"네가 거기로 옮겼는지 손님들이 어떻게 알아? 네가 뭐 그리 대단한 사람이라고!"

"심리 때 알게 된 기자들이 있어요. 내가 미용실을 옮겼다고 기사를 써 줄 거예요."

앙투안은 제인이 정말로 그렇게 할지도 모른다고 생각했는지 투덜거리면서도 그녀의 요구를 들어주었다. 글래디스도 진심으로 기뻐해 주었다.

"잘했어! 네가 유대인 앤드루를 이긴 거야. 자고로 여자라면 자기 몸 하나는 건사할 줄 알아야지, 안 그래? 앞으로 어떻게 될지 모르는데 말이야. 정말 멋있었어. 네가 그렇게 대담한 줄 몰랐다, 얘."

"내 자신을 위해서라면 나도 싸울 수 있어. 이제까지 평생 동안 그렇게 살아왔는걸."

제인이 작은 턱을 호전적으로 추켜올리며 말했다.

"그건 정말 힘든 일이야. 앞으로도 앤드루한테 지면 안 돼. 그래서 그 사람이 널 좋아하는 거니까. 온순하게 굴면 세상 살기 힘든 법이야. 뭐, 우리 둘 다 그건 걱정은 안 해도 되지만."

글래디스가 말했다.

이후로 날마다 반복되는 제인의 이야기는 점차 조금씩 변형되어, 마침내 거의 연극 무대에 가까운 수준으로까지 발전했다.

노먼 게일과의 저녁 식사와 연극 관람은 어김없이 실천했다. 참으로 즐거운 나날들이었다. 진솔한 대화로 속내를 털어놓으며 그들은 공감대를 쌓았고, 서로 비슷한 취향을 가지고 있음을 깨달았다.

노먼과 제인 모두 개를 좋아하고 고양이를 싫어했다. 굴을 싫어하고 훈제 연어를 좋아했으며, 그레타 가르보를 좋아하고 캐서린 헵번을 싫어했다. 그들은 뚱뚱한 여자들을 좋아하지 않았으며 새까만 머리카락을 동경했다. 새빨간 손톱에도 넌더리를 냈다. 두 사람은 목소리가 큰 사람들, 시끄러운 레스토랑과 흑인들을 싫어했다. 또 지하철보다 버스를 선호했다.

두 사람이 그토록 많은 공통점을 지니고 있다는 것은 거의 기적과도 같은 일이었다.

어느 날 제인은 앙투안 미용실에서 가방을 열다가 노먼 게일이 보낸 편지를 떨어뜨렸다. 그녀가 살짝 홍조를 띤 얼굴로 바닥에서 편지를 집어 들었을 때, 글래디스가 불쑥 나타났다.

"남자 친구는 어떤 사람이야?"

"무슨 말이야?"

제인이 얼굴을 더욱 붉히며 쏘아붙였다.

"날 속일 생각 마. 그 편지가 너네 엄마의 큰아버지나 뭐 그런 사람한테 온 것일 리가 없잖아. 난 어린애가 아니라고. 그래서 그 남잔 뭐하는 사람인데?"

"음, 르피네에서 만난 사람이야. 치과 의사."

"치과 의사라고! 새하얀 치아를 드러내며 멋진 미소를 짓겠군."

글래디스가 노골적으로 반감을 드러내며 말했다.

제인은 그 사실을 인정할 수밖에 없었다.

"갈색 피부에 눈은 파란색이야."

"갈색 피부야 아무나 만들 수 있어. 해변에 놀러 가거나 약국에서 2실링 11펜스짜리 약을 사기만 해도 되니까. 미남들은 구릿빛 피부를 가졌다고들 하잖아. 눈 색깔은 괜찮네. 하지만 치과 의사라니, 맙소사! 설마 키스할 때 '입을 조금만 더 크게 벌리세요.'라고 말하는 건 아니겠지?"

"바보 같은 소리 하지 마, 글래디스."

"그렇다고 화내지는 마. 너 심각하구나, 얘. 네? 지금 가요, 헨리 씨. 정말 지독한 작자야. 자기가 무슨 하느님이라도 되는 것처럼 이거 해라 저거 해라 명령한다니까!"

편지는 토요일에 저녁 식사를 함께 하자는 내용이었다. 토요일 점심 때, 제인은 처음으로 오른 급료를 받고 하늘로 날아오를 듯한 기분에 젖었다.

"생각해 봐. 그날 비행기 안에서는 그렇게 불안했는데, 결국엔 모든 게 다 잘됐잖아. 인생이란 정말 놀라워."

제인은 혼잣말로 중얼거렸다.

두툼해진 지갑 덕분에 기분이 좋아진 제인은 코너 하우스에서 음악을 즐기며 값비싼 점심을 즐기기로 했다.

그녀는 4인용 테이블에 앉았다. 그 자리에는 중년 부인과 젊은이가 먼저 앉아 있었는데, 중년 부인은 식사를 마치고 계산서를 요청한 다음 커다란 꾸러미를 들고 나가 버렸다.

제인은 평소 습관대로 책을 읽으며 식사를 했다. 책장을 넘기며 문득 고개를 들자, 맞은편에 앉아 있는 젊은이가 그녀를 지그시 쳐다보고 있는 게 보였다. 그의 얼굴이 묘하게 낯익어 보였다.

바로 그때 젊은이가 그녀의 시선을 깨닫고 고개 숙여 인사했다.

"실례합니다, 마드무아젤. 저를 모르시겠어요?"

제인은 그를 자세히 살펴보았다. 그는 소년처럼 순진한 얼굴을 한 금발의 청년이었는데, 잘생겼다기보다 활기찬 모습 때문에 더욱 매력적으로 느껴졌다.

그는 잠시 머뭇거리다가 말을 이었다.

"정식으로 인사를 나눈 적은 없습니다만…… 같은 살인 사건을 겪었지요. 함께 법정에서 증언을 했는데……."

"어머나, 세상에. 내 정신 좀 봐! 어디서 뵌 것 같다는 생각은 했어요. 성함이……."

"장 뒤퐁입니다."

청년은 이렇게 말하고 우스꽝스럽게, 아니 친근한 고갯짓으로 인사를 했다.

글래디스가 흘리듯 한 말이 제인의 머릿속을 번쩍 스치고 지나갔다. '지금 한 남자가 널 쫓아다니고 있다면 언젠가 한 사람이 더 나타날 거야. 그게 바로 자연의 법칙이거든. 어쩌면 세 명이나 네 명이 될지도 모르지.'

제인은 이제까지 힘들고 고된 삶을 살아왔다. 젊은 아가씨가 행방불명되면 주변 사람들이 흔히 '밝고 명랑하고 남자 친구는 없는 아가씨였어요.'라고 말하듯, 진실로 '밝고 명랑하고 남자 친구는 사귀어 본 적 없는' 아가씨였던 것이다. 그런데 지금은 주위에 남자들이 하나둘씩 모여들고 있었다. 의심할 여지가 없었다. 테이블 건너편에서 몸을 앞으로 기울이고 앉아 있는 장 뒤퐁의 얼굴에는 단순히 예의 바른 관심이라고는 할 수 없는 표정이 떠올라 있었다. 그는 제인과 마주앉아 있는 것만으로도 즐거운 듯 보였다. 아니, 그뿐만 아니라 기뻐 들떠 있는 것 같았다.

제인은 약간 불안해졌다.

'하지만 이 사람은 프랑스 사람이야. 프랑스 사람은 조심해야 한다잖아.'

"아직 영국에 계셨네요."

제인은 자신의 형편없는 말솜씨를 저주하며 말을 걸었다.

"네, 아버지가 강연을 하러 에든버러에 가셨거든요. 지금은 친구 집에 머무르고 있습니다. 하지만 내일 프랑스로 돌아갑니다."

"그렇군요."

"경찰은 아직 범인을 못 잡았다던가요?"

장 뒤퐁이 물었다.

"네. 요즘엔 신문에 기사도 잘 나지 않아요. 어쩌면 포기했나 보더라고요."

장 뒤퐁은 고개를 저었다.

"그럴 리가요. 포기하지는 않았을 겁니다. 단지 일을 비밀리에 진행하고 있는 거겠죠. 어둠 속에서요."

그는 커다랗게 손짓을 하며 말했다.

"그러지 마세요. 소름 끼쳐요."

제인이 불쾌하다는 듯 말했다.

"바로 옆에서 살인 사건이 일어나는 건 그리 유쾌한 일이 아니죠……."

그리고 그는 덧붙였다.

"전 당신보다 더 가까운 자리에 앉아 있었습니다. 사실 딱 붙어 있었죠. 때로는 생각조차 하지 않으려고 합니다……."

"당신 생각엔 누가 그런 것 같아요? 저는 계속 생각해 보고 있거든요."

제인이 물었다.

장 뒤퐁은 어깨를 으쓱했다.

"어쨌든 저는 아닙니다. 그 여잔 너무 못생겼거든요!"

"글쎄요. 아름다운 여자보다는 못생긴 여자를 죽이는 편이 쉽지 않을까요?"

"그렇지 않습니다. 미인이라면 당신은 그녀를 좋아할 겁니다. 그런데 그 여자가 당신을 무시하거나 심하게 대하는 거예요. 그러면 질투심이 생기고, 질투에 정신이 나간 나머지 당신은 이러겠죠. '좋았어. 그 여자를 죽여 버리는 거야. 그럼 만족하게 될 거야.'"

"그러면 정말 만족하게 되는 거예요?"

"그건 저도 모릅니다, 마드무아젤. 한 번도 시도해 본 적이 없거든요. 하지만 누가 마담 지젤처럼 늙고 못생긴 여자를 죽이고 싶어 하겠습니까?"

그는 웃음을 터트리더니 고개를 저었다.

"그렇게 생각할 수도 있겠네요. 그 여자도 한때는 젊고 예뻤을 거라고 생각하니 기분이 좀 이상해요."

제인은 얼굴을 찡그렸다.

"압니다, 알아요. 여자에게 늙어 간다는 건 인생의 비극이죠."

갑자기 그의 말투가 진지해졌다.

"여자와 여자의 외모에 관심이 많으신가 보죠?"

제인이 말했다.

"당연하죠. 그것보다 더 흥미로운 주제도 없으니까요. 그걸 이상하게 느끼는 건 당신이 영국인이기 때문이에요. 영국 남자들은 무엇보다 일을 우선으로 여기죠. 제일 먼저 직업, 그 다음은 스포츠, 그리고 마침내, 가장 마지막에 가서야 자기 아내를 생각하는 거예요. 정말입니다. 그 사람들은 그래요. 하지만 생각해 보세요. 시베리아에 있는 작은 호텔에 영국인 부부가 투숙했는데, 아내가 앓아눕게 되었습니다. 남편은 정해진 날짜까지 이라크에 가야 하고요. 에비엥(그래요), 그런데 그 남자는 시간에 맞춰 '해야 할 일'을 수행하기 위해 아내를 호텔에 두고 혼자 떠나 버립니다. 무서운 건 그 남자나 부인도 그게 당연하다고 생각한다는 겁니다. 남자의 행동이 고귀하고 이타적이라고 말입니다. 하지만 영국인이 아닌 의사는 그 남자를 야만인이라고 여길 겁니다. 자기 아내가 아파 누워 있는데 일을 하러 떠나 버리다니 말이죠. 당연히 일보다는 사람이 먼저 아닌가요?"

"그런가요? 제 생각에는 일이 더 중요한 것 같은데요."

제인이 말했다.

"왜 그렇죠? 보세요, 당신도 똑같은 생각을 하고 있잖아요. 사람들은 열심히 일해서 돈을 번 다음 여자에 빠져 그 돈을 탕진해 버리죠. 그럴 거라면 차라리 여자를 우선으로 생각하는 게 훨씬 합리적이고 고상하지 않나요?"

제인은 웃음을 터트렸다.

"글쎄요. 저라면 책임의 우선순위보다는 그저 즐겁고 만족을 느낄 수 있는 대상이 되었으면 좋겠네요. 남자가 저를 의무감으로 돌봐주기보다는 즐거움을 느꼈으면 좋겠어요."

"마드무아젤, 세상에 당신을 의무감으로 대하는 남자는 아무도 없을 겁니다."

제인은 청년의 진지한 목소리에 살짝 얼굴을 붉혔다. 그는 재빨리 말을 이었다.

"전 영국에 온 게 이번이 겨우 두 번째입니다. 지난번에 그……
심리라고 하던가요? 그때 젊고 매력적인 여인들을 세 명이나 관찰
해 봤는데 아주 흥미롭더군요."

"우리 세 사람이 어땠는데요?"

제인은 호기심을 참지 못하고 물었다.

"레이디 호버리는…… 하아, 전 그런 유형의 여자들을 아주 잘 압
니다. 개성이 강하고 감당하기 힘들 정도로 돈이 많이 들지요. 그 여
자가 바카라 테이블에 앉아 있는 모습이 보이는 듯하군요. 그 예쁜
얼굴에 잔뜩 굳은 표정을 하고……. 15년쯤 뒤에는 어떻게 되어 있
을지 상상이 가죠? 그런 여자는 쾌락을 위해 삽니다. 위험한 불장난
에…… 어쩌면 마약을 할지도 모르죠. 오 퐁(요컨대) 정말 매력 없는
여자예요."

"커 양은요?"

"전형적인 영국인이죠. 리비에라의 상인들이 높이 평가할 만한
그런 여자예요. 아, 우리 프랑스 상인들은 아주 까다롭거든요. 멋진
옷을 입고 다니기는 하지만 좀 남성적인 데가 있어요. 그녀는 이 넓
은 대지가 마치 자기 것인 양 의기양양하게 걸어 다니죠. 그렇다고
해도 자만에 빠지지는 않아요. 정말 전형적인 영국 여자입니다. 그
여자는 누가 영국의 어느 지방 출신인지 한눈에 알아맞힐 겁니다. 정
말이에요. 이집트에서 그런 사람에 대해 들었거든요. '네? 뭐시기 가
문이 여기 있다고요? 요크셔의 뭐시기 가문인가요? 오, 슈롭셔죠?'"

장 뒤퐁이 어찌나 맛깔스럽게 흉내 내는지, 제인은 지나치지 않으려고 조심하며 소리 내어 웃었다.

"마지막은 저네요."

제인이 말했다.

"맞아요, 당신이 있었죠. 당신을 보자마자 전 속으로 이렇게 말했어요. '맙소사, 저 아가씨를 다시 만날 수만 있다면 얼마나 좋을까.' 그런데 지금 이렇게 함께 앉아 있다니! 신께서도 가끔씩 좋은 일을 하신다니까요."

"당신은 고고학자죠? 발굴 작업도 하나요?"

그 뒤로 한참 동안 제인은 장 뒤퐁의 이야기에 귀를 기울였다.

이윽고 그녀는 한숨을 내쉬며 말했다.

"정말 많은 곳에 가 보셨네요. 보고 들은 것도 많고요. 무척 부러워요. 전 아마 평생 그런 곳에 가거나 그런 것들을 보지 못하겠죠."

"외국에 나가 보고 싶으세요? 전 세계 곳곳의 미개척지를 보고 싶습니까? 하지만 그런 곳에 나가면 그렇게 머리카락을 예쁘게 손질하지 못해요."

"전 원래 곱슬머리예요."

제인이 웃으면서 대답했다. 그녀는 시계를 쳐다보고는 서둘러 웨이터에게 계산서를 부탁했다.

장 뒤퐁이 약간 부끄러운 듯 말했다.

"마드무아젤, 전 내일 프랑스로 돌아갑니다. 괜찮으시다면 오늘 함께 저녁 식사라도 하지 않으시겠습니까?"

"죄송해요. 전 오늘 선약이 있어서요."

"오, 저런. 안타깝군요. 하지만 언젠가 파리에 들르시겠죠?"

"아마 그렇지 않을 것 같아요."

"저도 런던에 언제 다시 오게 될지 모르는데, 정말 섭섭하군요."

그는 제인의 손을 잡은 채 한참 동안 서 있었다.

"언젠가 꼭 다시 만나고 싶습니다."

그는 진심에서 우러나오는 목소리로 말했다.

머스웰 힐에서

제인이 앙투안 미용실을 떠날 즈음, 노먼 게일은 전문가다운 부드러운 목소리로 이렇게 말하고 있었다.

"조금만 더 참으세요. 아프면 말씀하세요."

그는 숙련된 솜씨로 전기 드릴을 움직였다.

"자, 끝났습니다. 로스 양?"

그 즉시 로스 양이 옆으로 다가와 석판 위에 미세한 흰색 혼합물을 개기 시작했다.

노먼 게일은 충전재를 채우고 말했다.

"어디 봅시다. 그럼 다음 주 수요일에 다시 뵙도록 하죠."

환자는 열심히 입 안을 헹군 다음 빠른 말투로 설명했다. 너무나도 미안하지만 다음 주에 여행을 가게 되어 예약을 취소해야겠으며, 물론 돌아오면 다시 연락할 것이라는 내용이었다.

그런 다음 그녀는 서둘러 진료실을 빠져나갔다.

"그럼 오늘은 여기서 끝이군."

게일이 말했다.

"레이디 히긴슨이 다음 주 예약을 취소하시겠대요. 그 뒤로 예약을 안 잡으셨고요. 아, 그리고 블런트 대령님도 목요일에 오실 수 없대요."

로스 양이 말했다.

노먼 게일은 딱딱하게 굳은 표정으로 고개를 끄덕였다.

매일매일이 똑같았다. 사람들은 전화를 걸어 예약을 취소했다. 변명은 가지각색이었다. 여행을 간다, 해외에 나간다, 감기에 걸렸다, 그냥 못 갈지도 모른다…….

무슨 변명을 늘어놓든 그건 문제가 되지 않았다. 노먼은 방금 나간 환자에게서 진짜 이유를 똑똑히 볼 수 있었다. 드릴을 들이댄 순간 그녀의 눈 속에 떠오르는 공포심…….

그 여자가 무슨 생각을 했는지 종이에 그대로 옮겨 적을 수도 있을 것 같았다. '오, 맙소사. 살인 사건이 일어난 그 비행기에 탄 사람이 분명해. 혹시……? 갑자기 머리가 획 돌아서 끔찍한 범죄를 저지르는 사람들도 있잖아. 여긴 위험해. 어쩌면 이 의사, 살인광인지도 몰라. 그런 사람들도 겉으로 보기에는 평범해 보인다던데……. 맞아, 평소에도 이 사람 눈빛이 좀 이상하다고 생각했었어…….'

"흠, 다음 주는 한가하겠군."

노먼 게일이 말했다.

"네, 워낙 많은 분들이 예약을 취소하셔서요. 이제 좀 쉬실 수 있을 것 같아요. 초여름에는 정말 바빴으니까요."

"가을까지도 그럴 것 같은데."

로스 양은 대답하지 않았다. 다행히도 옆방에서 울리는 전화벨 소리가 그녀를 구해 주었다. 로스 양은 전화를 받으러 나갔다.

노먼은 치과 기구를 소독기 안에 집어넣으며 생각했다.

'이제 우리 처지를 생각해 봐야겠군. 돌려 생각할 필요도 없어. 간단히 말해 치과 의사로서 내 인생은 완전히 끝났다고. 그거 참 재미있는 일이야. 제인은 오히려 덕을 봤다는데 말이야. 사람들이 일부러 그녀를 찾아와서 입을 떡 벌리고 이야기를 듣는다지. 웃기는 일이야. 입을 벌리는 건 나한테 와서 해야 하는 거 아닌가? 그런데 모두 내 앞에서 입을 벌리길 싫어한단 말이야. 그래, 치과 의자에 앉으면 불안한 기분이 들긴 하지. 만약 치과 의사가 미쳐 날뛰기라도 한다면 ……. 살인이란 정말 이상한 거야. 모두 아주 단순하게 생각하는데, 사실은 그게 아니란 말이지. 전혀 예상하지 못한 일에 영향을 주니까……. 현실을 직시하자. 치과 의사로서 내 생명은 끝났어……. 경찰이 호버리라는 여자를 체포하면 어떻게 될까? 내 환자들이 돌아올까? 알 수 없는 일이지. 한번 이상한 소문이 돌기 시작한 이상……. 아, 젠장, 그게 무슨 상관이야? 난 상관 안 해. 아니, 상관이 있지. 제인 때문이야……. 제인은 정말 사랑스러운 여자야. 난 그녀를 원해. 하지만 안 돼……. 아직은…… 이런 골치 아픈 문제가 있으니.'

그는 미소를 지었다.

'하지만 다 잘될 거야. 제인은 날 좋아하니까……. 날 기다려 줄 거야……. 제기랄, 캐나다에 가야겠군. 그래, 바로 그거야. 그리고 거기서 돈을 버는 거야.'

노먼은 혼자 소리 내어 웃었다.

로스 양이 진료실로 들어왔다.

"로리 부인이었어요. 부인이 그러는데 미안하지만……."

"팀벅투나 뭐 그런 곳에 간다고 했겠지."

노먼이 말을 받았다.

"비브 레 라!(쥐새끼들 만세!) 로스 양도 다른 직장을 알아보는 게 좋겠어. 배가 가라앉고 있는 꼴이니 말이야."

"어머나, 게일 선생님, 전 선생님 곁을 떠날 생각은 추호도……."

"고마워. 로스 양은 쥐가 아니니까. 하지만 난 지금 진지하게 말하고 있는 거야. 이런 골치 아픈 상태가 계속된다면 문을 닫을 수밖에 없거든."

"어떻게든 빨리 해결되어야 해요. 경찰은 창피한 줄 알아야 해요. 아무것도 안 하고 있잖아요."

로스 양이 힘주어 말했다.

노먼은 웃었다.

"아마 애쓰고 있을 거야."

"누군가 나서서 뭔가를 해야 한다고요."

"그래, 맞아. 심지어 내가 나서서 뭐라도 해 볼까 생각했으니. 하지만 뭘 해야 할지 막막해서……."

"오, 선생님. 저라면 해 보겠어요. 선생님은 머리가 좋으시잖아요."

'날 영웅처럼 우러러보고 있군. 이 여자라면 내 일을 기꺼이 도와줄 거야. 하지만 난 이미 다른 사람을 마음에 두고 있는걸.'

노먼 게일은 생각했다.

그날 저녁, 그는 제인과 함께 저녁 식사를 했다. 그는 거의 무의식적으로 유쾌한 척하고 있었지만, 제인은 그런 것을 눈치 채지 못할 정도로 바보가 아니었다. 노먼은 갑자기 아무 말도 없이 멍하게 있거나, 미간을 찌푸리거나 때로는 입술에 힘을 주고 꼭 다물고 있기도 했다.

마침내 참다못해 제인이 물었다.

"노먼, 일이 잘 안 돼요?"

"음, 좋지는 않아요. 원래 해마다 이맘때쯤에는 그렇기는 하지만."

"바보 같은 소리 하지 말아요."

제인이 날카롭게 말했다.

"제인!"

"진심이에요. 당신이 죽을 만큼 힘들어하고 있다는 거 내가 모를 줄 알아요?"

"죽을 만큼 힘든 건 아니에요. 단지 좀 신경이 쓰일 뿐이지."

"사람들이 무서워하나요? 그러니까……."

"살인범일지도 모르는 사람한테 입 속을 보여 주는 것 말입니까? 그래요."

"그건 정말 불공평해요!"

"그래요. 제인, 솔직히 난 상당히 능력 있는 치과 의사예요. 하지만 살인범은 아닙니다."

"이럴 수는 없어요. 누군가 나서서 뭔가 해야 해요."

"재미있군요. 우리 간호사 로스 양도 오늘 아침에 똑같은 말을 했거든요."

"어떤 사람이에요?"

"로스 양 말인가요?"

"네."

"음, 뭐라고 해야 하나. 몸집이 크고…… 아마 커다란, 크고…… 무서울 정도로 유능하죠."

"괜찮은 사람 같네요."

제인이 상냥한 투로 말했다.

노먼은 제인이 자신의 외교적 수완을 칭찬하는 것으로 받아들였다. 사실 로스 양은 몸집이 크지도 않고, 오히려 매력적인 붉은 머리를 가지고 있었다. 하지만 이러한 사실을 제인에게 곧이곧대로 알려 주지 않는 편이 나을 것 같았다.

"나도 뭔가 조치를 취하고 싶습니다. 이럴 때 소설에 나오는 주인공이라면 단서를 찾아보거나 누군가를 미행하겠죠."

노먼이 말했다.

제인이 갑자기 그의 소맷부리를 잡아당겼다.

"저길 봐요. 클랜시 씨예요. 기억나죠? 그 추리소설 작가 말이에요. 저기 벽 옆에 혼자 앉아 있네요. 저 사람을 미행하는 게 어때요?"

"하지만 영화를 보기로 했잖아요."

"영화 따위는 잊어버려요. 뭔가 의미 있을 것 같단 말이에요. 방금 당신 입으로 누군가를 미행하고 싶다고 말했는데, 미행할 사람이 진짜 나타난 거잖아요. 혹시 알아요? 우리가 뭔가 단서를 찾아낼지 말이에요."

제인의 열정은 전염성을 지니고 있었다. 노먼도 그녀의 계획에 찬성하고 말았다.

"당신 말이 맞아요. 혹시 모를 일이죠. 그 사람 식사는 얼마나 했나요? 난 고개를 돌리지 않으면 안 보이거든요. 정면으로 쳐다보고 싶지도 않고."

노먼이 말했다.

"우리하고 비슷해요. 빨리 먹고 계산을 미리 해 두면 저 사람이 떠날 때쯤 같이 일어날 수 있을 것 같아요."

두 사람은 그렇게 하기로 했다. 이윽고 작은 몸집의 클랜시가 식사를 마치고 딘 가로 향했을 때, 노먼과 제인은 그의 뒤에 바싹 붙어 따라갔다.

"택시를 탈지도 모르니까 가까이 붙어 가야 해요."

제인이 말했다.

하지만 클랜시는 택시를 타지 않았다. 그는 코트를 접어 한쪽 팔에 걸치고,(가끔 옷자락이 바닥에 끌리곤 했다.) 런던 거리를 활보했다. 그의 걸음걸이는 어딘가 변덕스러운 데가 있었다. 때로는 씩씩하게 빠른 걸음으로 걷는가 하면, 가끔은 거의 멈춰 설 정도로 느릿느릿 걸었다. 한번은 길을 건너다가 한쪽 발을 보도 가장자리에 올려놓은 채 가만히 서 있어서, 마치 슬로모션으로 영화를 보는 것만 같았다.

걸어가는 방향 또한 기괴했다. 한번은 계속 똑같은 방향으로 모퉁이를 도는 바람에 같은 거리를 두 번씩이나 지나가기도 했다.

제인은 신이 나기 시작했다.

"봤죠? 누가 자기를 미행할까 봐 그러는 거예요. 우리를 따돌리려는 거라고요."

그녀는 흥분해서 말했다.

"정말 그럴까요?"

"오!"

두 사람은 모퉁이를 너무 급히 돌다가 하마터면 클랜시와 부딪힐 뻔했다. 클랜시는 정육점 앞에 서서 멍하니 무언가를 응시하고 있었다. 상점은 닫혀 있었지만 2층 높이에 달려 있는 무언가가 그의 관심을 끈 모양이었다.

클랜시가 갑자기 커다란 목소리로 말했다.

"완벽해. 바로 저거야. 정말 운이 좋은걸!"

그는 작은 수첩을 꺼내 조심스럽게 무언가를 적었다. 그런 다음 콧노래를 흥얼거리며 다시 힘찬 걸음걸이로 걷기 시작했다.

클랜시는 이제 블룸스버리를 향해 가고 있었다. 가끔 그가 머리를 옆으로 돌릴 때마다 두 미행인은 그의 입술이 움직이는 것을 볼 수 있었다.

"무슨 일이 있는 게 틀림없어요. 걱정거리가 있는 거예요. 자기도 모르게 혼잣말을 중얼거리고 있잖아요."

제인이 말했다.

클랜시가 신호등 앞에서 기다리는 동안, 노먼과 제인은 그 옆에 나란히 서게 되었다.

사실이었다. 클랜시는 끊임없이 혼잣말을 중얼거리고 있었다. 얼굴은 새하얗게 질린 채 굳어 있었다. 간간히 그가 중얼거리는 소리가 귓전에 들려왔다.

"왜 그녀는 말하지 않은 거지? 왜? 거기엔 분명히 이유가 있을 텐데······."

초록색 불이 켜졌다. 반대쪽 보도에 도착했을 무렵 클랜시가 말했다.

"아, 이제 알겠군. 그래서 그 여자 입을 막아야 했던 거야!"

제인이 노먼을 세게 꼬집었다.

이제 클랜시는 엄청나게 빠른 속도로 걷고 있었다. 코트 자락이 바닥에 질질 끌렸다. 작가는 뒤쫓아 오는 두 사람을 눈치 채지 못하고 성큼성큼 걸어갔다.

마침내 클랜시가 어느 집 앞에서 발걸음을 뚝 멈추더니 열쇠로 문을 열고 들어갔다.

노먼과 제인은 서로 얼굴을 마주보았다.

"저 사람 집인가 봅니다. 카딩턴 스퀘어 47번지. 심리 때 그 사람이 말한 주소예요."

노먼이 말했다.

"다시 나올지도 몰라요. 아까 저 사람이 하는 말 들었죠? 어떤 여자의 입을 막아야 한다고 했잖아요. 그리고 다른 여자는 말을 안 했다고도 했고요. 오, 맙소사! 꼭 추리소설에 나오는 무시무시한 일이 벌어지고 있는 것 같아요."

그때 어둠 속에서 누군가의 목소리가 들려왔다.

"안녕하십니까."

목소리의 주인이 한 발짝 앞으로 걸어 나오자 가로등 불빛에 멋들어진 콧수염이 모습을 드러냈다.

"에 비엥.(그래요.) 미행하기 참 좋은 밤이죠?"

에르퀼 푸아로가 말했다.

블룸스버리에서

두 젊은이는 깜짝 놀랐다. 먼저 정신을 가다듬은 것은 노먼 게일 이었다.

"안녕하십니까. 무슈……, 무슈 푸아로라고 하셨죠? 아직도 결백 을 밝히기 위해 노력 중이신가요?"

"오, 우리가 나눈 짧은 대화를 기억하고 있군요? 그런데 두 분은 불쌍한 클랜시 씨를 의심하고 있나요?"

"선생님도 마찬가지잖아요. 그래서 여기 계신 거 아닌가요?"

제인이 날카롭게 지적했다.

푸아로는 제인을 지그시 바라보았다.

"살인에 대해 생각해 본 적 있습니까, 마드무아젤? 이론적으로, 그러니까 냉정하고 이성적으로 말입니다."

"얼마 전까지만 해도 생각해 본 적 없었어요."

제인이 말했다.

에르퀼 푸아로는 고개를 끄덕였다.

"그렇습니다. 아가씨는 최근 들어서야 살인에 대해 생각해 보기 시작했지요. 이번 사건이 당신에게 영향을 미쳤기 때문입니다. 하지만 나는 이제까지 아주 오랫동안 범죄를 다뤄 왔고, 그래서 사건을 바라보는 나만의 방식을 가지고 있죠. 살인 사건을 해결할 때 가장 염두에 두어야 할 것이 무엇이라고 생각하십니까?"

"범인을 찾는 거죠."

제인이 말했다.

"정의입니다."

노먼 게일이 말했다.

푸아로는 고개를 저었다.

"범인을 밝히는 것보다 더 중요한 일이 있습니다. 정의는 물론 좋은 말이긴 합니다만, 때로는 무엇이 정의인지 확실히 판단하기가 어려울 때도 있습니다. 나는 결백한 사람들의 무죄를 밝히는 것이야말로 가장 중요한 일이라고 생각합니다."

"오, 그렇군요. 당연한 말씀이에요. 만약 죄 없는 사람이 범인으로 몰린다면……."

제인이 말했다.

"여기까지는 '제인'의 말입니다. 다음부터는 '푸아로'의 대사고요. 그뿐만이 아닙니다. 체포되거나 고발당하지 않는다 해도 진짜 범인이 누구인지 밝혀지기 전까지 범죄와 관련된 사람들은 모두 어느 정도 고통을 받게 마련이죠."

푸아로가 말했다.

"그건 사실입니다."

노먼 게일이 힘주어 말했다.

"그런 건 우리도 알아요."

제인이 말했다.

푸아로는 두 사람의 얼굴을 번갈아 바라보았다.

"그렇군요. 두 분 다 이미 경험을 통해 알고 있군요."

푸아로는 갑자기 쾌활하게 말했다.

"그건 그렇고 나도 확인하고 싶은 것이 있습니다. 우리 세 사람이 같은 목적을 가지고 있는 것 같으니 서로 협력하는 게 어떻습니까? 나는 지금부터 우리의 재주 많은 클랜시 씨를 만나 볼 생각입니다. 마드무아젤이 내 비서인 척 함께 가 주면 좋겠군요. 자, 여기 속기를 할 연필과 공책이 있습니다."

"전 속기를 할 줄 모르는데요."

제인이 깜짝 놀라 말했다.

"아, 그렇지요. 하지만 괜찮습니다. 아가씨는 재치도 있고 머리도 좋으니 뭐든 대충 그럴듯하게 적어 넣기만 하면 됩니다. 할 수 있겠죠? 좋아요. 그럼 게일 씨, 한 시간쯤 뒤에 몽세니외르 2층에서 만날까요? 봉!(좋습니다!) 그때 정보를 교환하도록 하지요."

그러고 나서 푸와로는 대뜸 문 앞으로 걸어가 현관 벨을 눌렀다.

제인은 약간 어리벙벙한 채로 공책을 꽉 쥐고 그의 뒤를 따라갔다. 게일은 항의하려고 했지만, 이내 생각을 바꾸고 말했다.

"좋습니다. 한 시간 뒤에 몽세니외르에서 뵙지요."

새까만 옷에 험악한 인상의 중년 여자가 문을 열었다.

푸아로가 말했다.

"클랜시 씨 계십니까?"

가정부가 한 발짝 뒤로 물러나자 푸아로와 제인은 집 안으로 들어갔다.

"성함이 어떻게 되시죠?"

"에르퀼 푸아로입니다."

여자는 무뚝뚝한 태도로 그들을 2층에 있는 방으로 안내했다.

"에어 퀼 프룻 씨가 오셨습니다."

그녀가 말했다.

푸아로는 크로이든에서 클랜시가 자신은 깔끔한 사람이 아니라고 한 말을 즉각 실감했다. 길쭉한 방의 한쪽 벽에는 창문이 세 개나 있었고 반대쪽 벽에는 선반과 책장이 늘어서 있었는데, 가히 난장판이라고 부를 만했다. 수많은 종잇장들이 흐트러져 있었고, 종이 서류철과 바나나, 맥주병, 펼쳐진 책들, 소파 쿠션, 트롬본 하나, 도자기, 동판, 그리고 만년필 몇 개가 정신없이 굴러다녔다.

그런 혼돈의 소용돌이 한가운데, 클랜시가 카메라와 필름을 들고 끙끙거리고 있었다.

"이런."

클랜시가 방문객을 발견하고 말했다. 그는 카메라를 내려놓다가 필름을 바닥에 떨어뜨리고 말았다. 필름이 데굴데굴 굴러가며 저절로 풀렸다. 클랜시가 다가와 손을 내밀었다.

"만나서 반갑습니다."

"나를 기억할지 모르겠군요. 이쪽은 내 비서인 그레이 양입니다."

푸아로가 말했다.

"안녕하십니까, 그레이 양."

그는 제인과 악수를 나눈 다음 다시 푸아로를 바라보았다.

"물론 기억하고 있습니다. 그러니까…… 음…… 어디서 만났었죠? 크로스본 클럽이었던가요?"

"그 운명적인 사건이 일어난 날, 우리는 파리에서 같은 비행기를 타고 왔지요."

"아, 그렇군요! 기억납니다. 그레이 양도 함께 있었지요? 그레이 양이 당신 비서인 줄은 정말 몰랐군요. 미용실인가 뭐 그런 데서 일한다고 들은 것 같아서요."

클랜시가 말했다.

제인이 걱정스러운 눈길로 푸아로를 쳐다보았다.

하지만 푸아로는 침착하게 상황을 수습했다.

"그 말도 맞습니다. 그레이 양은 유능한 비서로서, 경우에 따라 일시적으로 여러 가지 일을 하곤 합니다. 무슨 의미인지 아시지요?"

"아, 그럼요. 깜박 잊고 있었습니다. 당신은 진짜 탐정이죠. 경찰이 아니라 사립탐정이요. 좀 앉으시죠, 그레이 양. 아니, 거기는 안됩니다. 그 의자에는 오렌지 주스를 쏟았거든요. 이 서류철만 치우면…… 오, 맙소사. 난장판이 되어 버렸군. 아아, 걱정 마세요. 무슈 푸아로는 여기 앉으십시오……. 어, 그러니까, 무슈 푸아로 맞죠? 아, 그 등받이는 걱정 마세요. 부서진 게 아닙니다. 그냥 몸을 기대면 좀 삐걱거리는 것뿐이에요. 하지만 너무 세게 기대지 않는 게 좋을 겁니다. 내 소설에 나오는 윌브레이엄 라이스도 사립탐정이랍니다. 독자들한테 인기가 좋죠. 손톱을 물어뜯는 버릇이 있고, 바나나를 많이 먹는답니다. 내가 왜 그 친구한테 손톱 물어뜯는 버릇을 줬는지 모르겠어요. 별로 안 좋은 버릇이잖습니까. 하지만 어쩔 수 없지요. 처음 등장할 때 손톱을 물어뜯었으니 이제 나오는 책마다 그러는 수밖에요. 사실은 좀 지겨워요. 하지만 바나나는 괜찮아요. 덕분에 재밌어졌달까……. 범죄자들이 종종 바나나 껍질을 밟고 넘어지거든요. 나도 바나나를 좋아합니다. 그래서 주인공한테도 바나나를 먹이게 됐죠. 하지만 손톱을 물어뜯지는 않아요. 맥주 드시겠습니까?"

"아뇨, 괜찮습니다."

클랜시는 한숨을 내쉬더니 의자에 앉아 진지한 눈빛으로 푸아로를 바라보았다.

"마담 지젤 사건 때문에 오신 거겠죠? 나도 이번 사건에 대해 많이 생각해 봤답니다. 정말 놀라운 사건이에요. 비행기 안에서 독침과 대통을 사용하다니! 전에 말했듯이 나도 소설에서 같은 수법을 사용한 적이 있습니다. 장편과 단편 두 개였죠. 충격적인 사건이긴 합니다만, 무슈 푸아로, 솔직히 말해서 난 상당히 가슴이 두근거렸답니다."

"무슨 의미인지 알 것 같습니다. 이번 사건이 직업적인 호기심을 불러일으킨 거로군요."

클랜시가 환한 얼굴로 미소를 지었다.

"그렇습니다. 누구라도…… 심지어 경찰들도 내 심정을 이해할 수 있을 겁니다. 그런데 전혀 그렇지 않더군요. 내게 돌아온 것은 의심뿐이었습니다. 경감은 물론이고 심리에서도 말이에요. 난 나름대로 정의의 편에서 도와주려고 했는데, 그 대가가 터무니없는 혐의뿐이었다니!"

"하지만 그 사실이 당신에게 커다란 영향을 끼치지는 못한 것 같군요."

푸아로가 미소를 지으며 말했다.

"나한테는 나만의 방법이 있거든요, 왓슨. 어, 왓슨이라고 불러도 괜찮겠죠? 기분 상하게 할 생각은 없습니다. 그건 그렇고 정말 흥미롭지 않습니까? 그 멍청한 친구의 방식이 얼마나 효과적이었는지 생각해 보세요. 개인적으로 나는 셜록 홈즈 소설이 엄청나게 과장되었다고 생각합니다. 그런 사건들이 실제로 일어날 리가 없잖아요. 말도 안 되는 헛소리일뿐이라니까요. 그런데 무슨 이야기를 하고 있었죠?"

"당신만의 방법이 있다고 말하던 참이었습니다."

"아, 그랬죠."

클랜시는 몸을 앞쪽으로 기울였다.

"난 그 경감을…… 그 사람 이름이 뭐였죠? 재프……? 맞아요, 그 사람을 내 다음번 책에 등장시킬 생각이랍니다. 월브레이엄 라이스가 그 사람을 어떻게 요리하는지 한번 두고 보세요."

"바나나 사이에 끼워 먹을 건가요?"

"바나나 사이에 끼워…… 그거 좋군요."

클랜시가 키득거렸다.

"작가인 당신은 엄청난 이점을 지니고 있습니다, 무슈. 당신은 글로 감정을 분출할 수 있지요. 적들에게 펜의 위력이라는 엄청난 힘을 발휘할 수 있어요."

푸아로가 말했다.

클랜시는 의자를 앞뒤로 조용히 흔들었다.

"난 이번 살인 사건이 내게 행운을 가져다줄지도 모른다는 생각이 듭니다. 그때 있었던 일을 그대로 소설로 쓰고 있거든요. 물론 가공의 이야기이긴 하지만. 제목은 '항공 우편 미스터리'라고 붙일 생각입니다. 승객들도 그대로 묘사할 거고요. 제때 끝낼 수만 있다면 그야말로 날개 돋친 듯 팔릴 겁니다."

"명예훼손 같은 문제가 발생하지는 않을까요?"

제인이 물었다.

클랜시가 환한 얼굴로 그녀를 바라보았다.

"아니, 그럴 일은 없을 겁니다. 물론 승객 중 한 사람을 살인범으로 만든다면 내가 모든 책임을 져야겠지요. 하지만…… 이게 가장 중요한 부분인데…… 맨 마지막 장에서 아무도 예상하지 못한 의외의 결말이 드러나거든요."

푸아로가 궁금하다는 듯 몸을 앞으로 기울였다.

"그게 뭡니까?"

클랜시는 다시 키득거리며 웃었다.

"진짜 기발합니다. 기발하고 충격적이죠. 어떤 젊은 여자가 조종사로 위장하고 비행기에 타서 마담 지젤의 좌석 아래에 몰래 숨어 있었던 겁니다. 그 여자는 최첨단 가스가 들어 있는 앰플을 가지고 있었는데, 가스를 내보내자 비행기 안에 있던 모든 사람들이 3분간 의식을 잃습니다. 그때 숨어 있던 곳에서 나와 독침을 발사한 다음, 낙하산을 메고 객실 뒤쪽 문으로 뛰어내린 겁니다."

제인과 푸아로는 두 눈을 끔벅거렸다.

제인이 입을 열었다.

"왜 그 여자는 가스를 마시고도 멀쩡한 거죠?"

"방독면이 있잖습니까."

"그럼 영불해협에 떨어진 건가요?"

"딱히 영불해협일 필요는 없지요. 난 프랑스 해변에 떨어지게 만들 생각입니다."

"하지만 비행기 좌석 밑에는 아무도 숨을 수가 없어요. 그럴 만한 공간이 없거든요."

"내 소설에 나오는 비행기에는 있습니다."

클랜시가 단호하게 대답했다.

"에파탕.(놀랍군요.) 그 여자가 범행을 저지른 동기는 대체 무엇인가요?"

푸아로가 말했다.

"아직 결정하지 못했습니다. 마담 지젤이 그녀의 애인을 파멸시켜서 그가 자살해 버렸다든가……."

클랜시가 생각에 잠겨 말했다.

"그 여자는 뱀독을 어디서 얻었지요?"

"그 부분이 기가 막힙니다. 그 여자는 뱀 조련사예요. 자기가 키우는 독사에게서 독을 빼낸 거죠."

"몽 디외!(맙소사!) 그건…… 조금 충격적이군요."

에르퀼 푸아로가 말했다.

"지나치게 충격적인 건 쓸 수 없거든요."

클랜시가 단호하게 말했다.

"특히 남아메리카 인디언의 독화살을 사용한다면 말이지요. 아, 알아요. 실제로 쓰인 것도 뱀독이었죠. 어쨌든 기본적인 건 같습니다. 어차피 추리소설이 현실적일 필요는 없지 않습니까? 신문에 난 기사들을 좀 보세요. 따분하고 진부할 뿐이에요."

"무슈, 이 사건이 따분하고 진부하다고요?"

"그런 뜻이 아닙니다. 가끔은 나도 이런 일이 실제로 일어났다는 게 믿어지지 않을 정도거든요."

클랜시가 마지못해 인정했다.

푸아로는 삐걱거리는 의자를 클랜시 앞으로 바싹 끌어다 앉으며 나지막하게 속삭였다.

"무슈 클랜시, 당신은 지적이고, 상상력이 풍부한 사람입니다. 당신 말대로 경찰은 당신을 의심했고 당신의 조언을 받아들이지도 않았지요. 하지만 나 에르퀼 푸아로는 다릅니다. 나는 당신의 의견을 듣고 싶습니다."

클랜시의 얼굴이 기쁨으로 상기되었다.

"그렇게 생각해 주시니 고맙습니다."

그는 칭찬을 듣고 즐거운 듯 보였다.

"당신은 범죄학을 연구하는 분이니, 당신의 의견은 충분한 가치가 있지요. 당신은 이번 사건의 범인이 누구라고 생각합니까?"

"글쎄요……."

클랜시는 머뭇거리며 자동적으로 바나나를 집어 들고 먹기 시작했다. 그러더니 풀 죽은 표정으로 고개를 저었다.

"무슈 푸아로, 그건 완전히 다른 문제입니다. 소설을 쓸 때는 누구를 범인으로 만들든 상관없습니다. 하지만 실제로 존재하는 사람들은 다릅니다. 그들을 제 마음대로 다룰 수는 없지요. 난 진짜 탐정만큼 능력이 뛰어나지 못하거든요."

그는 슬픈 듯 고개를 내젓더니 바나나 껍질을 쇠창살 밖으로 던졌다.

"하지만 이 사건을 함께 곰곰이 생각해 보는 것도 흥미롭지 않겠습니까?"

푸아로가 말했다.

"물론, 그거야 그렇지요."

"재미로 추리를 해본다면 누구를 범인으로 지목하겠습니까?"

"글쎄요……. 프랑스 인 둘 중 한 명이 아닐까요."

"왜죠?"

"죽은 사람이 프랑스 인이니까요. 왠지 모르게 그럴 것 같은 생각이 드는군요. 그리고 죽은 여자와 가까운 자리에 앉아 있었고요. 하지만 난 역시 모르겠습니다."

"모든 건 동기에 달렸지요."

푸아로가 생각에 잠겨 말했다.

"그야 당연히 그렇지요. 당신이라면 모든 가능한 동기를 분석해 표로 정리해 두었을 것 같은데요."

"난 옛날 방식을 선호하는 사람이라서요. 언제나 오래된 격언을 따르지요. '범죄로 이득을 얻은 사람을 찾아라.'"

"훌륭하군요. 하지만 이번 사건에는 그 말을 적용하기가 어려울 것 같습니다. 죽은 여자의 딸이 유산을 물려받는다면서요. 어쩌면 승객 중에도 이득을 얻은 사람이 있을지도 모르죠. 그 여자에게서 돈을 빌렸는데 그녀가 죽어서 갚을 필요가 없어진 사람들 말이죠."

"맞는 말입니다. 그리고 하나 더 있죠. 만일 마담 지젤이 비행기 승객들 중 한 명에 대해 뭔가를…… 그래요, 예를 들어 살인 미수라고 합시다……. 그런 은밀한 비밀을 알고 있었을 수도 있지요."

"살인 미수요? 갑자기 웬 살인 미수입니까? 그것 참 재미있는 생각이군요."

"이런 사건의 경우에는 모든 가능성을 다 생각해 봐야 하는 법이니까요."

"하지만 생각은 아무런 소용이 없습니다. 정확한 사실을 알아내야죠."

"그럼요. 지당한 말씀입니다."

잠시 후, 푸아로가 말했다.

"죄송합니다만 당신이 산 그 대통 말입니다……."

"빌어먹을 대통. 애초에 그 이야기를 하는 게 아니었는데."

"채링 크로스에 있는 상점에서 구입했다고 하셨죠? 혹시 가게 이름을 기억하십니까?"

"글쎄요. 앱솔롬이었나……, 아니면 미첼 앤드 스미스였던가. 잘 모르겠습니다. 하지만 벌써 그 지긋지긋한 경감 나리한테 다 말했습니다. 지금쯤 확인해 봤을 겁니다."

"아니, 난 다른 이유가 있어서 묻는 겁니다. 나도 하나 사서 작은 실험을 해 보려고요."

푸아로가 말했다.

"그렇군요. 하지만 같은 물건을 구할 수 있을지는 모르겠군요. 아시겠지만 그런 물건은 한꺼번에 많이 갖춰 놓지 않으니까요."

"그래도 시도는 해 봐야지요. 그레이 양, 가게 이름을 기록해 두세요."

제인은 공책을 펼치고 재빨리 전문적으로 보이는 부호들을 휘갈겨 썼다. 그런 다음 푸아로의 지시가 진짜일 경우를 대비해 반대쪽 페이지에 보통 글씨로 가게 이름을 살짝 적어 두었다.

"시간을 너무 오래 빼앗은 것 같군요. 친절하게 대해 주셔서 감사합니다. 그럼 이만 가 보겠습니다."

"별 말씀을 다 하십니다. 바나나를 좀 드셨으면 좋았을 텐데요."

"정말 친절하시군요."

"아닙니다. 사실은 오늘 기분이 무척 좋은 상태라서요. 요즘 쓰고 있는 단편소설이 하나 있는데, 중간에 꽉 막혀서 도무지 풀리지 않는 겁니다. 게다가 범인에게 붙일 적당한 이름도 떠오르지 않고요. 이번에는 좀 독특한 이름을 찾고 있었거든요. 그런데 마침 운 좋게도 정육점 앞에서 딱 맞는 이름을 찾아냈지 뭡니까. 파지터. 바로 그런 이름을 찾고 있었어요. 어감이 정말 그럴싸하지 않습니까? 그리고 5분 뒤에 수확이 하나 더 있었답니다. 소설을 쓸 때면 늘 똑같은 걸림돌에 부딪히게 되죠……. 그 여자는 왜 말하지 않는가? 젊은이는 여자가 모든 걸 말해 주길 바라지만, 그녀는 안 된다고 우깁니다. 물론 모든 걸 털어놓지 않은 특별한 이유 같은 게 처음부터 있는 건 아니에요. 하지만 너무 한심하지 않은 그럴싸한 이유를 만들어 내야 합니다. 가장 불행한 건 그 이유라는 게 매번 달라야 한다는 겁니다!"

그는 제인을 바라보며 부드럽게 미소 지었다.

"작가의 시련이지요!"

클랜시는 제인 옆을 지나 책장으로 다가갔다.

"선물 하나 드려도 될까요?"

그는 책을 한 권 가지고 돌아왔다.

"『주홍 꽃잎의 단서』라는 책입니다. 내 작품 중에 대통과 원주민이 사용하는 독침이 나오는 책이 있다고 크로이든에서 말한 적이 있는데, 이게 그 책입니다."

"감사합니다. 정말 친절하시군요."

"천만에요. 그런데 피트먼 속기법을 사용하지 않는군요."

클랜시가 불쑥 말했다.

제인은 당황해서 얼굴이 새빨개졌다. 푸아로가 서둘러 그녀를 도와주었다.

"그레이 양은 최신 교육을 받았지요. 체코슬로바키아 사람이 개발한 첨단 기법을 사용한답니다."

"오, 체코슬로바키아는 정말 대단한 나라입니다. 온갖 것들을 다 만드니까……. 신발, 안경, 장갑. 그리고 이제는 속기법까지! 굉장해요."

클랜시는 두 사람과 악수를 나누었다.

"뭔가 도움이 되었으면 좋겠군요."

꿈꾸는 듯한 미소를 짓고 있는 클랜시를 뒤로하고, 푸아로와 제인은 어수선한 방을 나왔다.

작전 계획

푸아로와 제인은 클랜시의 집에서 나와 택시를 잡아 타고 몽세니외르로 향했다. 그곳에서 노먼 게일이 그들을 기다리고 있었다.

푸아로는 콩소메와 차가운 닭 요리를 주문했다.

"어떻게 됐습니까?"

노먼이 물었다.

"그레이 양이 비서 역할을 멋지게 해 주었지요."

푸아로가 말했다.

"저는 잘한 것 같지 않은데요. 제 뒤를 지나가면서 공책을 슬쩍 쳐다보더라고요. 클랜시 씨는 관찰력이 뛰어난 사람이에요."

"오, 당신도 알아차렸나요? 클랜시 씨는 사실 다른 사람들이 생각하는 것처럼 정신없는 사람이 아니랍니다."

"정말로 그 가게 이름을 알고 싶으셨던 거예요?"

제인이 물었다.

"필요할지도 모르니까요, 그래요."

"하지만 만약 경찰이……."

"아, 경찰이라! 나는 같은 질문도 경찰과 다른 방식으로 한답니다. 사실 경찰이 그에게 질문을 했는지도 의심스럽지만 말입니다. 경찰은 비행기에서 발견된 대통을 어떤 미국인이 파리에서 구입한 것으로 알고 있습니다."

"파리에서 미국인이라고요? 하지만 승객 중에 미국인은 없었잖아요."

푸아로는 제인에게 따스한 미소를 지어 보였다.

"그렇습니다. 그 미국인 때문에 일이 더 까다롭게 되었지요. 부알 라 투.(그게 다입니다.)"

"그 미국인이 남자였습니까?"

노먼이 물었다.

푸아로가 조금 이상한 표정을 지으며 노먼을 바라보았다.

"그렇습니다. 남자가 대통을 샀다는군요."

노먼은 혼란스러운 표정을 지었다.

"어쨌든 그 사람이 클랜시 씨일 리는 없어요. 이미 대통을 가지고 있으니까 다른 대통을 살 필요가 없잖아요."

제인이 말했다.

푸아로는 고개를 끄덕였다.

"바로 그런 식으로 하는 겁니다. 모든 사람들을 차례대로 의심하며 목록에서 한 명씩 지워 나가는 거지요."

"이제까지 몇 명이나 지우셨어요?"

제인이 물었다.

"당신이 생각하는 것보다 많지 않답니다, 마드무아젤. 동기가 중요하거든요."

푸아로가 눈을 반짝이며 말했다.

"그렇다면 혹시……?"

노먼은 말을 멈췄다가 미안하다는 듯 덧붙였다.

"수사 기밀을 캐려는 건 아닙니다만, 혹시 죽은 여자의 거래 기록이 발견되지는 않았나요?"

푸아로는 고개를 저었다.

"기록은 모두 타 버렸습니다."

"그거 참 불행한 일이군요."

"에비드멍!(물론입니다!) 하지만 마담 지젤은 돈을 빌려 주면서 사람들을 협박하기도 한 모양입니다. 덕분에 수사 범위가 한층 더 넓어졌지요. 예를 들어 마담 지젤이 누군가의 범죄 혐의에 대해 알고 있었다고 생각해 봅시다. 그래요, 살인 미수 같은 거 말입니다."

"하필 그런 가정을 하는 이유가 있나요?"

"오, 물론이지요. 사건에 관한 증거가 몇 개 있거든요."

푸아로가 천천히 말했다.

그는 두 사람의 흥미진진한 얼굴을 번갈아 살펴보더니 작게 한숨을 내쉬었다.

"그건 그렇고 이번엔 다른 이야기를 해 보지요. 가령 이 비극적인 사건이 당신들 두 젊은이의 삶에 어떤 영향을 미쳤는지 하는 것 말입니다."

"좀 끔찍하게 들릴지도 모르겠지만, 전 오히려 잘됐어요."

제인이 말했다.

그녀는 어떻게 월급이 오르게 되었는지 말해 주었다.

"마드무아젤, 정말 잘하셨군요. 하지만 그것도 일시적인 것일 뿐입니다. '남의 말도 사흘이다.'라는 말이 있지 않습니까."

제인은 웃음을 터트렸다.

"맞아요."

"내 경우는 사흘보다 더 오래갈 것 같군요."

노먼이 말했다.

그는 자신의 사정을 설명했다. 푸아로는 안됐다는 표정으로 그의 이야기를 들었다.

그는 신중하게 입을 열었다.

"당신 말대로 사흘, 혹은 3주, 아니 3개월 이상 지속될지도 모르겠군요. 충격은 금세 사라지지만 공포는 오래가지요."

"그래도 계속 이 일에 매달려야 하는 걸까요?"

"다른 계획이라도 있습니까?"

"네, 모조리 접어 버리는 겁니다. 그리고 캐나다나 다른 곳에 가서 새로 시작하는 거죠."

"그건 정말 슬픈 일이에요."

제인이 잘라 말했다.

노먼은 그녀를 빤히 바라보았다.

푸아로는 눈치 빠르게 닭고기에만 전념했다.

"나도 가고 싶지 않아요."

노먼이 말했다.

"내가 마담 지젤을 죽인 범인을 밝혀낸다면 당신도 떠날 필요가 없지요."

푸아로가 쾌활하게 말했다.

"범인을 찾아낼 수 있으시겠어요?"

제인의 질문에 푸아로는 나무라는 듯한 눈길을 보냈다.

"체계적인 순서와 방법을 이용해 문제에 접근한다면, 해결하지 못할 문제는 없지요."

푸아로가 엄숙한 목소리로 선언했다.

"아, 그렇군요."

제인은 말은 이렇게 하면서도 전혀 납득하지 못하는 표정이었다.

"누군가가 도와준다면 더 빨리 해결할 수도 있습니다."

푸아로가 말했다.

"어떤 도움을 말씀하시는 거죠?"

푸아로는 한참 동안 말이 없다가, 이윽고 입을 열었다.

"먼저 게일 씨가 좀 도와줘야 할 것 같습니다. 나중에는 아가씨의 도움이 필요할 수도 있고."

"어떻게 도와드리면 될까요?"

노먼이 말했다.

푸아로는 곁눈질로 슬쩍 그를 바라보았다.

"별로 마음에 들지 않을 텐데요."

그는 경고하듯 말했다.

"뭔데요?"

젊은이는 성급하게 재차 물었다.

영국인의 민감한 감수성에 거슬리지 않도록 푸아로는 아주 조심스럽게 이쑤시개를 사용한 다음, 잠시 후에 말했다.

"솔직히 말하면 협박을 할 사람이 필요합니다."

"협박이라고요?"

노먼이 소리쳤다. 그는 방금 들은 말을 믿을 수 없다는 듯 푸아로를 쏘아보았다.

푸아로는 고개를 끄덕였다.

"네. 협박 말입니다."

"아니, 도대체 왜요?"

"파블뢰(그거야 당연히) 협박을 하기 위해서죠."

"그건 알겠습니다만, 도대체 누구를 왜 협박하려는 겁니까?"

"왜 협박을 하는가는 내 문제입니다. 그리고 누구를 협박할 것인가는……."

푸아로는 잠시 말을 멈추었다가 사무적이고 침착한 목소리로 말을 이었다.

"내 계획을 대강 알려 드리죠. 당신이 호버리 백작 부인에게 편지를 보내는 겁니다. 내용은 내가 알려 줄 테니 당신은 그냥 받아 쓰기만 하면 됩니다. 봉투에는 '친전'이라고 쓰고요. 편지의 요지는 그녀를 만나고 싶다는 건데, 그녀가 무엇 때문에 비행기를 타고 영국으로 돌아왔는지 상기시키고, 마담 지젤과 거래한 내용에 관한 정보가 당신 손에 있다고 하십시오."

"그런 다음에는요?"

"그 다음에는 그녀를 만나야지요. 만나서 할 말도 내가 일러 줄 테니 호버리 부인에게 그대로 전하기만 하면 됩니다. 그러니까 어디 보자…… 만 파운드를 달라고 하십시오."

"당신 미쳤군요!"

"천만에요. 좀 별나긴 하지만 미치진 않았습니다."

"레이디 호버리가 경찰에 신고하면 어떡하죠? 그러면 난 당장 감옥행이에요!"

"그녀는 경찰을 부르지 않을 거요."

"그거야 모를 일이죠."

"몽 셰르(친애하는 친구), 난 모르는 게 없답니다."

"어쨌든 난 싫습니다."

"물론 만 파운드를 진짜로 받지는 않을 겁니다. 혹시 그 점이 마음에 걸려서 그러나요?"

푸아로가 눈을 반짝이며 말했다.

"하지만 무슈 푸아로, 만에 하나 잘못되면 그 길로 내 인생은 끝장입니다. 무모하고 위험한 계획이에요."

"부인은 경찰에 절대 신고하지 않아요……. 내 장담하리다."

"남편에게 말할지도 모르죠."

"남편에게도 말하지 않을 겁니다."

"그래도 싫습니다."

"그렇다면 환자들을 모두 잃고 당신 경력도 망치고 싶습니까?"

"아뇨, 하지만……."

푸아로는 친근한 미소를 지어 보였다.

"당신이 내켜하지 않는 것도 당연합니다. 그럼요, 당연하지요. 당신은 기사도 정신이 투철하니까요. 하지만 레이디 호버리는 그런 호의를 베풀 만한 가치가 없는 사람입니다. 영국인의 표현을 빌리면 천박하고 형편없는 여자거든요."

"하지만 레이디 호버리가 범인일 리는 없어요."

"왜죠?"

"왜냐고요? 우리가 그녀를 계속 보고 있었으니까요. 제인과 내가 바로 통로 건너편에 앉아 있었습니다."

"당신은 선입견에 사로잡혀 있군요. 나야말로 사건을 해결하고 모든 것을 바로잡고 싶습니다. 그러기 위해서는 반드시 모든 걸 알아야 합니다."

"그래도 여자를 협박하다니, 그건 사람이 할 짓이 아닙니다."

"몽 디외!(저런!) 하지만 그건 말뿐입니다. 진짜 협박하는 게 아니에요. 당신은 그저 어떤 효과만 내 주면 됩니다. 그렇게 무대가 마련되고 나면 내가 등장하는 겁니다."

"그러다 내가 감옥이라도 가게 되면……."

노먼이 말했다.

"아니, 아닙니다. 그런 일은 없어요. 난 런던 경시청과 아주 잘 아는 사이랍니다. 혹시 무슨 일이 생긴다면 내가 모든 걸 책임지겠습니다. 하지만 내가 예상하는 것 이외에 어떤 일도 결코 일어나지 않을 거예요."

노먼은 한숨과 함께 푸아로의 말에 항복했다.

"알겠습니다. 시키는 대로 하겠어요. 하지만 역시 내키지는 않는군요."

"좋습니다. 그럼 편지 내용을 불러 주지요. 필기구는 있습니까?"

푸아로는 천천히 불러 주었다.

"부알라(자, 그러면), 그녀를 만났을 때 할 말은 나중에 알려 주겠습니다. 마드무아젤, 극장에는 자주 가십니까?"

"네, 꽤 자주 가요."

제인이 말했다.

"좋습니다. 혹시 「저 밑에」라는 연극 본 적 있나요?"

"네, 한 달 전에 봤어요. 재미있던데요."

"그건 미국 연극이지요?"

"네."

"거기서 해리라는 배역 기억하나요? 레이먼드 배러클로라는 배우가 맡았는데."

"그럼요. 연기가 정말 좋더군요."

"그 사람, 매력적인가요?"

"굉장히 매력적이죠."

"성적인 매력이 있다는 뜻인가요?"

"물론이죠."

제인이 웃으면서 대답했다.

"그냥 그뿐입니까, 아니면 연기력도 좋은 배우인가요?"

"연기력도 좋은 배우예요."

"나도 꼭 가서 봐야겠군요."

제인은 당황해서 그를 바라보며 생각했다.

'정말 이상한 사람이야! 꼭 이 가지에서 저 나뭇가지로 깡충깡충 뛰어다니는 새처럼 자기 맘대로 화제를 넘나든다니까!'

푸아로가 그녀의 생각을 읽은 듯 미소를 지었다.

"내 방식이 마음에 들지 않는 모양이군요, 마드무아젤?"

"비약이 너무 심하세요."

"오, 아닙니다. 난 내 나름대로 논리적인 방법과 순서를 따르고 있거든요. 문제를 해결하려면 널을 뛰듯 무작정 결론에 도달해서는 안 되지요. 한 번에 하나씩 제외해야 합니다."

"제외한다고요? 지금도 그렇게 하고 계신 거예요?"

그녀는 잠시 생각에 잠겼다.

"아, 알 것 같아요. 선생님은 클랜시 씨를 제외했군요……."

"아마도."

"그리고 우리 둘도 제외했고, 이번에는 레이디 호버리를 제외할 차례군요. 아!"

그녀는 갑자기 어떤 생각이 떠올라 말을 멈췄다.

"뭡니까, 마드무아젤?"

"아까 말씀하신 살인 미수요. 혹시 그거 일종의 시험이었나요?"

"눈치가 빠르군요, 마드무아젤. 네, 그것도 내 계획 중 일부였습니다. 난 살인 미수라는 말을 꺼낸 다음 클랜시 씨를 관찰했지요. 당신과 게일 씨의 표정도 관찰했습니다. 세 사람 모두 아무런 변화를 보이지 않더군요. 눈 하나 깜짝하지 않았어요. 그리고 솔직히 말해, 그런 점에 있어서는 아무도 날 속일 수 없답니다. 살인범은 자신이 예상하는 한 어떤 공격도 맞받아칠 준비가 되어 있죠. 하지만 수첩에 적혀 있던 내용은 당신들 중 누구도 알지 못했어요. 그래서 난 만족했습니다."

"세상에 어쩜, 당신은 정말 교묘하고 무서운 분이에요, 무슈 푸아로. 전 선생님이 무슨 의도로 이야기를 하는지 절대 모를 거예요."

제인은 자리에서 일어나며 말했다.

"단순하답니다. 난 사실을 알고 싶거든요."

"그리고 어떻게 해야 하는지도 알고 계시겠죠?"

"사실은 아주 간단한 방법이 하나 있습니다."

"그게 뭔데요?"

"사람들이 직접 털어놓게 하는 거지요."

제인은 웃음을 터트렸다.

"사람들이 말을 안 하려고 하면요?"

"사람들은 누구나 자기 이야기를 하고 싶어 하는 법입니다."

"그건 그래요."

제인은 인정할 수밖에 없었다.

"많은 돌팔이 의사들이 그런 식으로 돈을 법니다. 환자가 찾아오면 앉혀 놓고 이야기를 하게 만들죠. 두 살 때 유모차에서 떨어졌다느니, 어머니가 배를 먹다가 자기가 입고 있던 주황색 드레스에 과즙을 흘렸다느니, 그리고 한 살 때 아버지의 턱수염을 잡아당겼다느니 등등. 그런 다음 환자들에게 더 이상 불면증에 시달리지 않을 거라고 말해 주고 치료비로 2기니를 챙기는 겁니다. 그러면 환자들은 흡족해하며 자리를 뜨죠. 그리고 아마도 환자들은 실제로 잠을 잘 자게 될 겁니다."

"정말 엉터리예요."

제인이 말했다.

"그렇지 않아요. 아가씨가 생각하는 것만큼 엉터리는 아니랍니다. 사실 그건 인간의 본능적인 욕구에 기반을 두고 있거든요. 말하고 싶은 욕구, 자기 자신을 드러내고 싶은 욕구 말입니다. 당신도 마찬가지입니다, 마드무아젤. 당신은 어린 시절에 관해 이야기하고 싶지 않나요? 어머니나 아버지에 관한 추억 같은 것 말입니다."

"제 경우엔 적용되지 않아요. 전 고아원에서 자랐거든요."

"오, 그렇다면 확실히 다르겠군요. 그건 그리 즐거운 기억은 아니겠네요."

"그렇다고 빨간색 보닛이나 망토를 걸치고 돌아다니는 자선 고아는 아니었어요. 솔직히 말하면 꽤 재미있게 지냈지요."

"영국에서요?"

"아니요. 아일랜드예요. 더블린 근방이었어요."

"그럼 아가씨는 아일랜드 인이군요. 그래서 검은 머리칼에 청회
색 눈동자를 지닌 거로군요. 눈동자가 마치……."

"검댕이 묻은 손가락으로 집어넣은 것 같죠."

노먼이 즐거운 듯이 말했다.

"코멍?(왜죠?) 그게 무슨 뜻이죠?"

"아일랜드 인의 눈동자에 관한 옛말이 있어요. 아일랜드 인의 눈
동자는 마치 검댕이 묻은 손가락으로 집어넣은 듯 보인다고요."

"정말입니까? 그리 우아하지는 않지만 아주 적절한 표현이군요.
그리고 그 결과 또한 아주 훌륭합니다, 마드무아젤."

푸아로는 제인에게 고개를 숙였다.

제인은 소리 내어 웃으며 자리에서 일어났다.

"그렇게 말씀하시니 몸둘 바를 모르겠네요, 무슈 푸아로. 안녕히
계세요. 저녁 식사 감사했습니다. 혹시 노먼이 협박을 하다가 감옥
에 가게 되면 한 번 더 식사 대접을 해 주셔야 해요."

그 말에 노먼이 얼굴을 찡그렸다.

푸아로는 두 젊은이에게 작별 인사를 했다.

그는 집에 도착한 후 서랍을 열고 열한 개의 이름이 적힌 명단을
꺼내 들었다.

네 개의 이름 옆에 가볍게 표시를 한 다음, 그는 생각에 잠겨 고

개를 끄덕였다.

"감이 잡히는군. 하지만 확신이 필요해. 일 포 콩티뇌.(계속 지켜봐
야지.)"

그는 혼잣말을 중얼거렸다.

원즈워스에서

헨리 미첼이 소시지와 으깬 감자를 차려 놓고 막 저녁 식사를 하려는데 손님이 찾아왔다.

놀랍게도 그 손님은 끔찍한 사건이 일어난 날 비행기에 탔던 승객 중 한 명인, 커다란 콧수염을 기른 신사였다.

무슈 푸아로는 사근사근하고 붙임성이 좋은 사람이었다. 그는 미첼에게 식사를 계속하라고 권하며, 멍하니 입을 벌린 채 그를 쳐다보고 있는 미첼 부인에게 우아한 언어로 음식 솜씨를 칭찬했다.

그는 미첼이 권한 의자에 앉아 날씨가 유난히 따뜻하다는 인사말로 운을 뗀 다음, 천천히 자신이 찾아온 목적을 밝혔다.

"런던 경시청의 수사는 그리 진척되지 못하고 있더군요."

미첼은 고개를 저었다.

"워낙 놀라운 사건이니까요. 놀랍다고밖에 할 수 없어요. 조사할 만한 거리라도 남아 있는지 모르겠습니다. 뭘 본 사람이 없으니 수사하기가 어렵겠지요."

"그렇습니다."

"헨리도 요즘 그것 때문에 얼마나 걱정인데요. 밤에 잠도 제대로 못 자요."

그의 아내가 말했다.

헨리가 자세히 덧붙였다.

"마음이 무겁습니다. 뭔가 끔찍한 게 가슴에 얹힌 것 같아요. 아, 하지만 회사는 아주 공정하게 잘해 주었답니다. 처음에는 이번 일로 일자리를 잃을까 봐 걱정했지만……."

"헨리, 그럴 수는 없어요. 그건 불공평하다고요."

아내가 성난 어조로 말했다. 그녀는 검은 눈동자를 지닌, 풍만한 몸매에 혈색 좋은 여자였다.

"세상이 늘 공평한 건 아니야, 루스. 그래도 생각보다는 괜찮았습니다. 제 책임으로 돌리지는 않았거든요. 그래도 죄책감이 들어요. 어쨌든 제가 근무했을 때 일어난 일이니까요."

"어떤 심정인지 이해합니다. 하지만 지나치게 신경을 쓰고 있는 것 같군요. 당신 잘못이 아닌데 말입니다."

푸아로가 이해한다는 듯한 어조로 말했다.

"저도 그렇게 말했답니다."

미첼 부인이 말했다.

미첼은 고개를 저었다.

"부인이 죽었다는 걸 알아차렸어야 했어요. 계산서를 돌릴 때 제가 그분을 깨웠더라면……."

"그래도 마찬가지였을 겁니다. 의사 말로는 거의 즉사했을 거라고 하더군요."

"헨리는 계속 걱정만 해요. 그렇게 마음고생을 사서 할 필요 없다고 몇 번을 타일렀는데도 말이에요. 외국인들은 왜 그렇게 남을 죽이는지 모르겠어요. 하필 영국 비행기 안에서 그런 짓을 하다니, 정말 비열한 사람들이에요."

미첼 부인은 애국심이 잔뜩 고양된 목소리로 분개하며 말했다.

미첼은 여전히 혼란스러운 듯 머리를 저었다.

"솔직히 말해 마음이 무겁습니다. 일하러 나갈 때마다 그런 기분을 떨쳐 버릴 수가 없어요. 게다가 경시청에서 나온 경찰 분이 비행 중에 수상한 일이 없었는지 계속해서 물어보는데, 그럴 때마다 제가 뭔가 빠트린 것 같아 불안하답니다. 하지만 전 아무것도 빠트리거나 잊어버리지 않았거든요. 그날은 정말 평범했어요. 그…… 그일이 일어나기 전까지는요."

"대통과 독침이라니 너무 야만적이에요."

미첼 부인이 말했다.

"그렇지요. 전혀 영국인답지 않아요."

푸아로가 그녀의 말이 옳다는 표정으로 말했다.

"네, 바로 그거예요, 선생님!"

"미첼 부인, 당신이 영국의 어느 지방 출신인지 알 것 같군요."

"도싯이에요. 브리포트에서 멀지 않은 곳이죠. 거기가 제 고향이랍니다."

"맞아요, 거깁니다. 아름다운 곳이죠."

푸아로가 말했다.

"그럼요. 런던하고는 비교도 안 돼요. 우리 집안은 도싯에서 이백 년 이상 뿌리내리고 살아왔답니다. 제 핏줄에는 도싯의 피가 흐르는 셈이죠."

"정말 그렇군요."

푸아로는 다시 헨리 미첼에게 고개를 돌렸다.

"한 가지 물어보고 싶은 게 있습니다, 미첼."

미첼은 미간을 찌푸렸다.

"아는 건 다 말씀 드렸습니다. 정말이에요, 선생님."

"네, 압니다. 하지만 이건 아주 사소한 겁니다. 난 그저 마담 지젤의 좌석 탁자에 뭐가 있었는지 궁금할 뿐입니다. 혹시, 마담의 탁자가 지저분했나요?"

"무슨 말씀이신지…… 그분을 발견했을 때 말입니까?"

"그래요. 스푼과 포크, 소금통…… 그런 것들이 흐트러져 있었습니까?"

미첼은 고개를 저었다.

"그런 건 없었습니다. 커피 잔만 빼고 모든 게 깨끗하게 치워져 있더군요. 아무것도 없었습니다. 아니, 있다고 해도 알아차리지 못했을 겁니다. 너무 당황해 있었으니까요. 하지만 경찰들이 알고 있을 겁니다, 선생님. 비행기 안을 샅샅이 조사했으니까요."

"아, 그렇겠지요. 별거 아니니 신경 쓰지 마세요. 참, 당신 동료인 데이비스와 이야기를 좀 하고 싶은데요."

"데이비스는 이제 8시 45분 여객기를 담당하고 있습니다."

"이번 일로 많이 힘들어하고 있나요?"

"글쎄요. 그 친구는 아직 젊어요. 가끔 보면 지금 상황을 오히려 상당히 즐기는 것 같기도 합니다. 모두 그 친구를 에워싸고 술을 마시면서 뒷이야기를 듣고 싶어 하거든요."

"여자 친구도 있나요? 남자 친구가 범죄 현장에 있었다는 사실에 그 여자 분이 스릴을 느낄 수도 있겠군요."

푸아로가 말했다.

"데이비스는 '크라운 앤드 페더스'의 존슨 영감네 딸과 사귀고 있답니다. 하지만 그 애는 무척 분별 있는 여자예요. 생각이 똑바로 박힌 처녀죠. 살인 사건 따위에 휘말리는 걸 좋아할 리가 없어요."

미첼 부인이 말했다.

"바람직한 사고방식을 지닌 아가씨로군요."

푸아로가 자리에서 일어나며 말했다.

"고맙습니다, 미첼 씨, 미첼 부인. 그리고 이번 사건을 너무 마음에 담아 두지 마십시오."

푸아로가 떠난 뒤 미첼이 말했다.

"심리 때 멍청한 배심원들은 저 사람이 범인이라고 했지. 하지만 내 생각에는 비밀요원인 것 같아."

"이 사건 뒤에는 틀림없이 좌익 분자들이 있을 거예요."

미첼 부인이 말했다.

푸아로는 또 한 명의 승무원 데이비스와 이야기를 나눠야겠다고 말했다.

실제로 몇 시간도 채 지나지 않아, 그는 '크라운 앤드 페더스' 술집에서 그를 만났다.

그는 데이비스에게 미첼에게 물은 것과 똑같은 질문을 던졌다.

"아뇨, 아무것도 흐트러져 있지 않았습니다, 선생님. 그릇이 뒤집어져 있었다거나 뭐 그런 거 말씀이시죠?"

"내 말은…… 음, 물건이 없어졌다거나, 아니면 원래는 없어야 할 물건이 있었다거나 그런 걸 말하는 겁니다."

데이비스가 천천히 말했다.

"그런 거라면…… 네, 있었습니다. 경찰 조사가 끝나고 좌석 탁자를 정리할 때 발견했는데요……. 그게 선생님이 말씀하시는 그런 건지는 모르겠군요. 그 죽은 부인의 커피 받침에 스푼이 두 개나 놓여 있더라고요. 가끔 서둘러 서빙을 하다 보면 간혹 생기는 일인데, 미신적인 의미가 있어서 기억하고 있습니다. 받침 접시에 스푼이 두 개 놓여 있으면 누군가 곧 결혼할 거라는 의미거든요."

"승객들 중에 커피 스푼이 없어진 사람은 없고요?"

"아뇨, 제가 아는 한 없었습니다. 미첼 씨와 제가 실수를 했나 봐요. 서두르다 보면 그런 일이 종종 생기니까요. 일주일 전에도 생선용 나이프와 포크를 두 벌씩 놓은 적이 있거든요. 하지만 모자라는 것보다는 낫지 않습니까. 그러면 나이프다 뭐다 잊어버렸던 것을 다시 가지러 가야 하니까요."

푸아로는 마지막으로 한 가지 더 물어보았다. 그것은 조금 우스꽝스러운 질문이었다.

"프랑스 여자 좋아합니까, 데이비스?"

"전 영국 여자가 더 좋은데요, 선생님."

그런 다음 데이비스는 바 뒤에 서 있는 금발의 통통한 처녀를 쳐다보며 씩 웃었다.

퀸 빅토리아 가에서

제임스 라이더는 무슈 에르퀼 푸아로라고 적힌 명함을 받아 들고 조금 놀랐다. 익숙한 이름 같기는 한데 어디서 들었는지 기억이 나지 않았다. 하지만 잠시 후 그는 "아, 그 사람 말이군."이라고 중얼거리며 직원에게 손님을 들이라고 말했다.

말쑥하게 차려입은 에르퀼 푸아로가 들어왔다. 한 손에는 지팡이를 들고, 단춧구멍에는 꽃이 끼워져 있었다. 푸아로가 말했다.

"방해해서 죄송합니다. 마담 지젤 사건 때문에 찾아왔습니다."

"그렇습니까? 그래, 무슨 일인가요? 앉으시지요. 시가 피우시겠습니까?"

라이더가 말했다.

"감사합니다만 괜찮습니다. 저는 궐련을 피우지요. 선생님도 한 대 피워 보시겠습니까?"

라이더는 푸아로의 작은 궐련을 미덥지 않은 눈길로 바라보았다.

"아닙니다. 나도 내 것을 피우겠습니다. 자칫 실수로 꿀꺽 삼켜 버리지나 않을까 두렵군요."

그는 크게 웃음을 터트리더니 라이터로 담배에 불을 붙이며 말했다.

"경감이 며칠 전에 왔다 갔습니다. 정말 귀찮은 인간들이더군요. 자기들 일에나 신경 쓸 것이지."

"정보를 얻어야 하니까요."

푸아로가 부드럽게 말했다.

"그렇다면 그렇게 무례하게 굴지 말았어야죠. 사람에게는 감정이라는 게 있단 말입니다. 그리고 그 사람의 신용에 어떤 영향을 미칠지도 좀 생각해 줘야죠."

라이더가 차갑게 내뱉었다.

"많이 예민하신 것 같군요."

"내 상황이 조금 까다로우니까요. 난 죽은 여자 바로 앞자리에 앉아 있었습니다. 네, 나도 압니다. 수상해 보이겠지요. 하지만 좌석이 그런 걸 나더러 어쩌라고요. 그 여자가 그렇게 될 줄 알았더라면 비행기 근처에 얼씬도 하지 않았을 겁니다. 아니, 어쩌면 그래도 탔을지 모르겠군요."

그는 잠시 생각에 잠겼다.

"선(善)은 악(惡)에서 나오는 걸까요?"

푸아로가 미소를 지으며 물었다.

"재미있는 말씀을 하시는군요. 상황에 따라 그렇기도 하고, 그렇지 않기도 하지요. 나도 걱정을 많이 하고 힘든 일도 겪었습니다. 경찰이 넌지시 나를 의심하고 있다는 투를 내비치더군요. 그런데 왜 하필 나죠? 어째서 그 허바드 선생은 의심하지 않는 겁니까? 그 브라이언트라는 의사 말입니다. 의사들은 누구에게도 들키지 않고 무시무시한 독약을 어디서든 쉽게 구할 수 있잖아요. 도대체 내가 어디서 뱀독을 구한단 말입니까, 예? 어디 말해 보십시오!"

"그러니까 괴로운 일을 많이 당하셨군요?"

푸아로가 말했다.

"아 예, 물론 좋은 점도 있었습니다. 신문 기사 덕분에 돈을 좀 벌었거든요. 목격자의 증언이 어쩌고 하는 거 있잖습니까. 물론 내가 본 것보다는 기자의 상상력이 더 많이 섞이긴 했지만, 어차피 별 차이는 없으니까요."

"정말 흥미로운 일입니다. 범죄라는 것이 전혀 상관없는 사람의 삶에 얼마나 많은 영향을 미치는지 살펴보면 말입니다. 예를 들어 선생만 해도 뜻밖의 수입을 챙기게 되었지요. 특히 지금 같은 때 아주 요긴하게 쓰일 만한 돈을요."

그는 푸아로에게 날카로운 시선을 던졌다.

"돈은 언제나 환영입니다. 때로는 정말 급박하게 돈이 필요할 때도 있습니다. 그래서 사람들이 횡령에 손을 대거나 허위 장부를 만드는 겁니다…… 그러면 온갖 골치 아픈 일들이 일어나죠. 우울한 이야기는 그만 합시다."

그는 손을 휘저었다.

"좋습니다. 어쩌다 이런 이야기를 하게 됐는지, 원. 아무튼 라이더 씨는 그 돈을 아주 유용하게 썼을 겁니다. 파리에서 대출을 받는 데 실패했으니까요."

"아니, 그걸 어떻게 알았습니까?"

라이더가 격분해 소리쳤다.

푸아로는 미소를 지었다.

"아무튼 사실이지요?"

"물론 그렇긴 합니다만, 그런 소문이 퍼지는 건 원치 않습니다."

"저는 아주 신중한 사람이니 믿으셔도 됩니다."

라이더가 중얼거렸다.

"정말 이상하지요. 어떨 때는 몇 푼 안 되는 돈 때문에 패가망신을 하기도 하니까요. 사람은 돈이 아주 조금만 부족해도 곤경에 처하게 됩니다. 그리고 그 얼마 안 되는 돈을 마련하지 못하면 신용이 바닥으로 추락하죠. 정말 이상해요. 돈이란 묘한 물건이고, 신용이라는 것도 정말 묘합니다. 인생 자체가 얼마나 묘한지!"

"그렇고말고요."

"그건 그렇고 날 찾아온 이유가 뭡니까?"

"조금 미묘한 일입니다만, 제 직업상 귀에 들어온 말이 있어서요. 선생은 아니라고 했지만, 사실은 지젤이라는 여자와 거래를 했다면서요?"

"누가 그럽니까? 거짓말입니다. 난 그 여자를 본 적도 없어요."

"그것 참 이상하군요."

"이상하다고요? 그건 모함입니다."

푸아로는 그를 지그시 바라보았다.

"아, 하지만 전 이 문제를 조사해야만 합니다."

"그게 무슨 뜻입니까? 뭘 조사하겠다는 겁니까?"

푸아로는 고개를 저었다.

"그렇게 화내지 마십시오. 제가 실수를 한 모양입니다."

"그럼요. 잘못 안 게 틀림없습니다. 그런 오만한 상류층 사채업자 따위에게 내가 손을 벌릴 것 같습니까? 도박 빚을 진 여자들이나 찾아갈 만한 그런 인간한테?"

푸아로는 자리에서 일어났다.

"잘못된 정보로 귀찮게 해드린 점 사과 드립니다."

그는 문 앞에서 잠시 걸음을 멈췄다.

"그런데 궁금한 게 있어서 그럽니다만, 아까 왜 브라이언트 박사를 허바드 선생이라고 불렀지요?"

"흠, 모르겠군요. 어디 보자……, 아, 그렇지. 플루트 때문인가 봅니다. 이런 동요가 있지 않습니까. '허바드 할머니한테 개가 있었네. 할머니가 돌아와 보니 플루트를 불고 있었지.' 이상하게 그게 떠올라서."

"아, 그렇군요. 플루트란 말이죠……, 흠, 재미있군요. 심리적으로 말입니다."

라이더는 심리적이라는 말을 듣고 콧방귀를 뀌었다. 그 단어를 들고 그는 자신이 엉터리라고 믿는 정신분석학을 떠올렸다.

그는 푸아로를 의심스러운 눈길로 바라보았다.

로빈슨 씨의 등장과 퇴장

　호버리 백작 부인은 그로브너 스퀘어 315번지에 있는 자신의 집 침실 화장대 앞에 앉아 있었다. 주위에는 황금색 머리빗과 상자들, 크림이 담긴 병, 분통 등 화려한 물건들이 가득했다. 그러나 그런 화사한 분위기와는 전혀 어울리지 않게, 시실리 호버리는 입술이 바싹 말라 있었고 뺨에는 보기 흉하게 아무렇게나 볼연지를 바르고 있었다.

　그녀는 편지를 네 번째 읽고 있었다.

　　호버리 백작 부인 귀하

　　친애하는 마담, 고(故) 마담 지젤에 관한 일입니다.

　　나는 죽은 부인이 소유하고 있던 문서를 가지고 있습니다. 부인이

나 레이먼드 배러클로 씨가 이 문제에 관심을 가지고 계신다면 부인을 찾아뵙고 이 문제를 논의하고 싶습니다.

이 일로 내가 남편 분과 만나기를 원하는 건 아니겠지요?

존 로빈슨

'똑같은 내용을 몇 번이고 읽어 봤자지. 그렇다고 내용이 바뀌는 것도 아닌데……'

그렇게 생각하며 그녀는 봉투를 집어 들었다. 봉투는 두 개였다. 첫 번째 봉투에는 '친전'이라고 쓰여 있었고, 두 번째에는 '친전, 극비'라고 적혀 있었다.

'친전과 극비…… 짐승 같은 놈. 짐승만도 못한 놈이야…… 거짓말쟁이 프랑스 할망구 같으니. 자기한테 무슨 일이 생겨도 고객들에게는 피해가 가지 않도록 모든 조치를 마련해 두었다고? 빌어먹을 할망구! 지옥 같은 인생…… 인생은 지옥이야…… 오, 맙소사. 이러다간 미쳐 버릴 거야. 불공평해. 이건 정말 불공평하다고……'

시실리는 생각했다.

그녀는 떨리는 손으로 황금색 뚜껑이 덮인 병을 집어 들었다.

'이걸 사용하면 마음이 진정되겠지. 편안해질 거야……'

그녀는 병을 코에 대고 킁킁거렸다.

'됐어. 이젠 생각을 좀 할 수 있겠어! 어떻게 하면 좋지? 당연히 이 남자를 만나야지. 하지만 어디서 돈을 구하지…… 칼로스 가에서 운 좋게 대박을 터트릴 수 있을지도 몰라. 아무튼 그런 생각은 나중에 해도 충분하니까, 우선 이 남자를 만나서 뭘 알고 있는지부터 알아내야 해.'

그녀는 책상으로 다가가 서툰 글씨체를 커다랗게 휘갈겨 썼다.

호버리 백작 부인께서 존 로빈슨 씨에게 인사의 말을 전합니다. 내일 오전 11시쯤 방문해 주신다면 뵙겠다고 하시는군요…….

"이 정도면 될까요?"

노먼이 말했다.

푸아로가 깜짝 놀라 멍하니 바라보자 노먼은 얼굴을 약간 붉혔다. 푸아로가 입을 열었다.

"맙소사. 도대체 무슨 코미디를 하려는 거요?"

노먼 게일의 얼굴이 새빨갛게 물들었다.

"변장을 조금 하라면서요."

그는 웅얼거렸다. 푸아로는 한숨을 내쉬더니 젊은이의 팔을 붙잡고 거울 앞에 섰다.

"당신 꼴을 좀 봐요. 좀 보란 말입니다! 대체 무슨 생각을 한 겁니까? 이건 어린애들이나 좋아할 산타클로스로군. 수염이 흰색이 아니라 검은색일 뿐이지. 검은색은 악당의 색깔이죠. 게다가 그 턱수염은 또 뭡니까. 삐죽삐죽 치솟아 있잖아요. 싸구려 턱수염에, 붙여놓은 솜씨도 서툴고 미숙하군요. 눈썹은 또 어떻고? 가짜 털을 붙이는 버릇이라도 있습니까? 고무풀 냄새를 몇 미터 밖에서도 맡을 수 있을 지경이에요. 그리고 이에 회반죽 하나 덧붙인다고 사람들이 속을 거라고 생각한다면 엄청난 착각입니다, 친구. 이건 당신 메티에(역할)와 전혀 어울리지 않는 모습이에요."

"이래 봬도 한때는 아마추어 극단에서 꽤 괜찮은 배우라는 말을 들었어요."

노먼 게일이 딱딱하게 말했다.

"믿을 수 없군요. 그때는 주위 사람들이 당신 마음대로 분장하지 못하도록 말렸겠지요. 무대 조명이라도 이런 우스꽝스러운 분장을 가릴 수는 없었을 테니까. 하물며 환한 대낮에 그로브너 스퀘어에 서라면……."

푸아로는 말을 끝마치지 않고 어깨를 으쓱했다.

"안 됩니다, 몬 아미(친구). 당신은 협박꾼이지 코미디언이 아니에요. 백작 부인은 당신을 두려워해야 합니다. 당신을 보고 배꼽을 쥐고 웃다가 죽어 버리면 곤란해요. 내 말이 심했다면 미안합니다. 하지만 지금은 사실대로 말해야 하니까요. 그건 떼어 내고 또 이걸로……."

푸아로는 노먼에게 병 몇 개를 밀어 주었다.

"빨리 화장실에 가서 그 바보 같은 분장을 깨끗이 지워 버려요."

잔뜩 기가 죽은 노먼 게일은 순순히 푸아로의 말을 따랐다. 15분 뒤, 그가 붉은 벽돌 빛의 얼굴을 하고 돌아오자 푸아로는 이제 됐다는 듯 고개를 끄덕였다.

"트레 비엥(잘했습니다), 이제 광대극은 그만 하고 진지하게 합시다. 작은 콧수염 정도는 붙이는 게 좋겠군. 아니, 내가 직접 붙여 줄게요. 자, 그리고…… 가르마를 반대쪽으로 탄 다음에…… 됐어요. 그럼 대사는 다 외웠는지 들어 봅시다."

푸아로는 노먼의 말을 주의 깊게 듣더니 고개를 끄덕였다.

"훌륭합니다. 엥 아방(가시오)……. 그리고 행운을 빕니다."

"제발 그래야지요. 성난 남편이나 경찰과 맞닥뜨리게 될까 봐 두렵군요."

푸아로는 그를 안심시켰다.

"걱정할 필요 없어요. 다 잘될 겁니다."

"말이야 누가 못합니까."

노먼이 반항하는 투로 중얼거렸다.

그는 잔뜩 풀이 죽은 채로 내키지 않는 임무를 수행하러 떠났다.

그로브너 스퀘어에 도착한 노먼은 2층에 있는 작은 방으로 안내되었다. 잠시 후 레이디 호버리가 들어왔다.

노먼은 마음을 단단히 먹었다. 이런 일이 처음이라는 것을 들키면 절대로, 절대로 안 되었다.

"로빈슨 씨?"

시실리가 말했다.

"그렇소."

노먼은 고개를 숙여 인사했다.

'제기랄, 무슨 상점 매니저 같잖아. 참 무섭기도 하겠군.'

그는 진저리를 치며 생각했다.

"편지 받았어요."

시실리가 말했다.

노먼은 마음을 추슬렀다.

'그 늙다리 영감이 나더러 연기를 못 한다고 했겠다?'

그는 속으로 히죽 웃었다.

그는 커다란 목소리로 거들먹거리며 말했다.

"그렇소. 어떻게 하시겠소, 레이디 호버리?"

"무슨 말인지 전혀 모르겠어요."

"왜 이러시나. 내가 자세히 설명까지 해 줘야 합니까? 누구나 해변에서 즐거운 주말을 보내고 싶어 하지. 하지만 남편들은 좀처럼 그러는 법이 없고. 레이디 호버리, 그 증거라는 게 뭔지 당신도 잘 알고 있으리라 믿소. 마담 지젤은 정말 대단한 여자였지. 언제나 최상의 증거를 확보하고 있었으니까. 그래, 호텔에서의 증거 정도면 최고급에 속하지 않겠소? 문제는 그걸 가장 절실하게 원하는 사람이 누구냐는 거요. 당신일까, 아니면 호버리 경일까? 중요한 건 그거요."

레이디 호버리는 온몸을 부들부들 떨며 서 있었다.

"나는 돈을 받고 물건을 파는 사람이오."

노먼이 말했다. 로빈슨 역할에 푹 빠져들면서 그의 목소리는 점차 거칠어졌다.

"당신이 물건을 살 거요? 중요한 건 그거요."

"어떻게 그…… 증거를 손에 넣게 되었죠?"

"아아, 레이디 호버리. 그건 상관없지 않소. 난 증거를 가지고 있소. 그게 중요한 거 아니오?"

"믿을 수 없어요. 그 증거라는 걸 보여 줘요."

노먼은 야비한 눈빛을 반짝이며 고개를 저었다.

"오, 저런. 안 되지. 난 지금 빈손이오. 그 정도로 풋내기는 아니거든. 하지만 당신이 나와 거래를 하겠다면 문제가 달라지지. 돈을 건네기 전에 물건을 보여 주겠소. 공정하고 정당한 거래를 해야지."

"얼마…… 얼마나 원해요?"

"1만. 달러가 아니라 파운드로."

"불가능해요! 그렇게 많은 돈은 구할 수 없어요."

"노력하면 못 할 일이 없다오. 보석을 제값에 팔긴 어렵겠지만, 그래도 진주는 진주니까. 좋소. 부인을 봐서 특별히 8000파운드로 깎아 주지. 하지만 거기까지요. 이틀간 생각할 시간을 주겠소."

"다시 말하지만 그렇게 많은 돈은 구할 수 없어요."

노먼은 한숨을 내쉬며 고개를 저었다.

"그렇다면 호버리 경에게 알리는 수밖에 없군. 그런 식으로 이혼당한 여자는 위자료도 못 받는다지? 배러클로 씨는 앞날이 창창한 배우이긴 하지만, 아직 큰돈을 벌지는 못할 거요. 자, 이제 더 이상할 말은 없소. 내가 한 말을 곰곰이 생각해 보시오. 난 진심이오."

그는 잠시 말을 멈추었다가 덧붙였다.

"난 진심이오. 마담 지젤이 그랬던 것처럼……."

그런 다음 그는 여자가 대답할 틈도 주지 않고 재빨리 방을 빠져나왔다.

"휴!"

노먼은 밖으로 나오자마자 안도의 한숨을 내쉬었다. 그는 땀을 닦아 내며 말했다.

"무사히 끝나서 정말 다행이야."

그로부터 한 시간도 채 지나지 않아 레이디 호버리에게 명함 한 장이 전달되었다.

"무슈 에르퀼 푸아로."

그녀는 명함을 옆으로 밀쳐 냈다.

"누군지도 모르는 사람인데, 만나지 않겠어요."

"레이먼드 배러클로 씨의 요청으로 오셨다고 합니다."

"오."

그녀는 잠시 머뭇거렸다.

"알겠어요. 들어오라고 해요."

집사는 방을 나갔다가 잠시 후 다시 돌아왔다.

"에르퀼 푸아로입니다."

한껏 멋을 부려 단정하게 차려입은 푸아로가 들어와 인사를 했다. 집사가 문을 닫고 나가자 시실리는 푸아로에게 한 발짝 다가서며 말했다.

"배러클로 씨가 보냈다고요?"

"앉으시죠, 마담."

푸아로의 목소리는 부드러웠지만, 어딘가 권위적인 데가 있었다.

그녀는 자신도 모르게 자리에 앉았다. 푸아로는 옆으로 의자를 당겨 앉았다. 그는 달래듯이 상냥하게 말했다.

"마담, 나를 친구로 생각해 주십시오. 나는 조언을 하러 왔습니다. 부인은 지금 곤경에 처해 있지요?"

레이디 호버리는 작은 목소리로 중얼거렸다.

"아니에요……."

"에쿠테.(잘 들으십시오.) 비밀을 말해 달라는 게 아닙니다. 그러실 필요는 전혀 없어요. 난 이미 다 알고 있으니까요. 훌륭한 탐정의 기본 조건이지요."

"탐정이라고요? 아, 그러고 보니…… 당신 비행기에 있었지요? 당신이……."

그녀의 눈이 휘둥그레졌다.

"맞습니다. 내가 바로 그 사람입니다. 자, 마담, 이제 본론으로 들어가도록 하지요. 아까 말씀 드렸듯이 내게 모든 걸 털어놓으라고 강요하지는 않겠습니다. 부인은 말할 필요가 없습니다. 내가 부인에게 말하지요. 오늘 아침 한 시간 전쯤 누군가가 당신을 찾아왔습니다. 그 사람의 이름은…… 브라운이죠?"

"로빈슨이었어요."

시실리가 힘없는 목소리로 말했다.

"상관없습니다. 브라운, 스미스, 로빈슨. 그가 번갈아 가면서 사용하는 이름들이죠. 그는 여기 와서 당신을 협박했습니다. 아마도 자기가 부인의 그…… 경솔한 행동에 대한 증거를 가지고 있다고 했을 겁니다. 한때 마담 지젤이 가지고 있던 것인데, 지금은 자기 손에 와 있다고요. 그리고 부인에게 7000파운드를 달라고 요구했을 겁니다."

"8000이에요."

"8000이었군요. 그렇지만 부인은 그만한 돈을 구할 수 없겠죠?"

"난 못해요. 불가능한 일이에요……. 난 벌써 빚더미에 올라 있다고요. 어쩌면 좋을지 모르겠어요……."

"자, 자, 진정하십시오. 그래서 내가 도와주러 여기에 오지 않았습니까."

그녀는 푸아로를 물끄러미 바라보았다.

"그런데 그걸 어떻게 알고 있죠?"

"간단합니다. 내가 바로 에르퀼 푸아로이기 때문이지요. 에 비엥(그래요), 두려워하실 것 없습니다. 내게 맡기세요. 내가 그 로빈슨이라는 사람을 해결해 드리지요."

"그렇겠죠. 그리고 당신은 또 얼마를 원하나요?"

시실리가 날카롭게 대꾸했다.

에르퀼 푸아로는 고개를 숙였다.

"아름다운 레이디의 서명이 들어간 사진 한 장이면 됩니다."

레이디 호버리가 울음 섞인 목소리로 말했다.

"오, 맙소사! 난 이제 어떻게 하지요? 무서워요……. 정말 미칠 것만 같아요."

"오, 아닙니다. 모든 게 다 잘될 겁니다. 이 에르퀼 푸아로를 믿으십시오. 하지만 마담, 난 진실을 알아야 합니다. 한 치의 거짓도 없는 진실을요. 하나라도 숨기는 게 있다면 내 일에 방해가 될 겁니다."

"그럼 나를 이 지옥에서 건져 줄 수 있나요?"

"다시는 로빈슨이라는 자의 소식을 듣지 못할 거라고 약속하지요."

"좋아요. 다 말할게요."

"좋습니다. 자 그럼, 마담 지젤에게 돈을 빌리셨습니까?"

레이디 호버리는 고개를 끄덕였다.

"그게 언제입니까? 그러니까 언제부터 돈을 빌리기 시작했나요?"

"1년 6개월 정도 됐어요. 돈이 없어서 곤경에 처해 있었거든요."

"도박 때문에요?"

"네, 지독하게 운이 나빴죠."

"마담 지젤은 당신이 원하는 만큼 돈을 빌려 주었나요?"

"처음부터 그런 건 아니었어요. 처음엔 아주 조금밖에 빌려 주지 않았어요."

"누가 마담 지젤을 소개해 줬습니까?"

"레이먼드요. 아니, 배러클로 씨가 마담 지젤이 사교계 여성들에게 돈을 빌려 준다는 이야기를 들었다고 했어요."

"하지만 나중에는 돈을 더 많이 빌려 줬군요."

"네, 내가 원하는 만큼 다 빌려 줬어요. 그때만 해도 꼭 기적이 일어난 것만 같았죠."

"마담 지젤만이 일으킬 수 있는 특별한 기적이죠."

푸아로가 냉담하게 말했다.

"그렇다면 배러클로 씨와는 그 전부터 음…… 친구였군요."

"네."

"하지만 남편 분이 그 사실을 알게 될까 봐 걱정되었겠군요?"

"스티븐은 뻔뻔한 인간이에요. 나한테 싫증이 나서 다른 여자랑 결혼하려고 한다고요. 나랑 이혼하고 싶어서 안달이에요."

시실리가 화를 내며 소리쳤다.

"그럼 당신은…… 이혼하고 싶지 않나요?"

"아뇨. 나, 나는……."

"지금의 위치를 좋아하는군요. 충분한 수입이 보장되어 있을 테고. 여자들은 스스로를 돌볼 줄 알아야 하니까요. 아까 하던 이야기로 돌아가서……, 그런데 이번에는 돈을 갚아야 하는 문제가 생겼지요."

"네. 그런데 난…… 난 돈을 갚을 수가 없었어요. 그러자 그 악마 같은 할망구가 속셈을 드러낸 거예요. 그 여잔 나와 레이먼드의 관계를 알고 있었어요. 우리가 언제 어디서 만나는지까지 모조리 다요. 어떻게 알아냈는지 도무지 모르겠어요."

"그녀에게는 그녀만의 방법이 있었습니다. 그러고는 호버리 경에게 그 증거들을 보내겠다고 부인을 협박했군요."

푸아로가 무뚝뚝하게 말했다.

"네. 내가 돈을 갚지 않으면요."

"그리고 당신은 돈을 갚을 수가 없었고요."

"네."

"그렇다면 마담 지젤의 죽음이 당신에겐 하느님의 선물처럼 느껴졌겠군요?"

"정말 멋진 일이었어요."

레이디 호버리는 진지하게 말했다.

"그렇군요. 정말 멋진 일이라. 하지만 불안했지요?"

"불안해요?"

"마담, 당신은 그 비행기에 타고 있던 승객들 가운데 유일하게 그녀의 죽음을 바라던 사람이었으니까요."

레이디 호버리는 헉하고 숨을 들이마셨다.

"알아요. 정말 끔찍했어요. 무서워 죽을 것 같았어요."

"특히 그 전날 파리에서 마담 지젤을 찾아가 소동까지 벌였으니 더욱 그랬겠죠."

"지독한 할망구! 눈썹 하나 까딱하지 않더군요. 아니, 오히려 즐기고 있는 것 같았어요. 그 여잔 정말 짐승, 몹쓸 짐승 같았어요. 난 만신창이가 되어 돌아왔죠."

"그런데도 심리에서는 그녀를 모른다고 말했단 말입니까?"

"내가 달리 뭐라고 할 수 있었겠어요?"

푸아로는 레이디 호버리를 지그시 바라보았다.

"그래요. 그럴 수밖에 없었겠지요."

"너무너무 무서웠어요. 거짓말, 그래요, 거짓말을 하는 수밖에 없었어요. 그 지독한 경감이 몇 번이나 집에 찾아와서 나한테 질문을 퍼부어 댔죠. 하지만 그래도 안심할 수 있었어요. 그냥 한번 떠보는 거라는 게 보였거든요. 그 경감은 아무것도 모르고 있었어요."

"의심을 할 때는 확신을 가지고 해야 하는 법이죠."

"그리고 또……."

시실리가 생각을 더듬으며 말했다.

"만일 그런 이야기가 새어 나간다면 모든 게 한꺼번에 터질 것 같았거든요. 그래서 이제 안전하다고 생각하고 있었어요. 어제…… 그 생각하기도 싫은 끔찍한 편지가 오기 전까지는요."

"그렇다면 그동안에는 두렵지 않았단 말입니까?"

"당연히 두려웠죠!"

"하지만 무엇 때문에요? 비밀이 들통 나는 것이요? 아니면 살인 죄로 잡혀갈까 봐 두려웠습니까?"

그녀의 뺨이 창백해졌다.

"살인이라니…… 난 아니에요. 오, 안 믿는군요! 난 죽이지 않았어요. 그러지 않았다고요!"

"부인은 그녀가 죽길 바랐지요……."

"네, 하지만 진짜로 죽이지는 않았어요. 맙소사! 내 말을 믿어 줘요. 정말이라니까요. 난 자리에서 일어나지도 않았어요. 난……."

그녀는 말을 멈추고 아름다운 푸른 눈동자로 푸아로를 뚫어져라 쳐다보았다.

에르퀼 푸아로는 그녀를 안심시키듯 고개를 끄덕였다.

"당신을 믿습니다, 마담. 두 가지 이유에서죠. 첫 번째는 당신이 여자라는 점, 두 번째는 말벌이 있었기 때문입니다."

레이디 호버리는 푸아로를 빤히 바라보았다.

"말벌이라고요?"

"그렇습니다. 당신이 벌을 이용했을 리가 없지요. 자, 그럼 눈앞에 닥친 일부터 해결해 볼까요. 그 로빈슨이라는 작자는 내가 상대하도록 하겠습니다. 다시는 그 사람을 볼 일도, 그 사람에게서 소식을 들을 일도 없을 겁니다. 내가 그…… 뭐라고 하더라…… 호색한? 아니 악당을 처리해 드리지요. 대신 두 가지만 더 물어보겠습니다. 살인 사건이 일어나기 전날, 배러클로 씨는 파리에 있었습니까?"

"네, 우린 저녁 식사를 같이 했어요. 하지만 그는 나 혼자 그 여자를 만나러 가는 게 나을 거라고 했어요."

"아하, 그랬군요. 그랬단 말이지요? 그렇다면 마지막 질문입니다, 마담. 부인은 결혼하기 전 무대에서 시실리 블랜드라는 이름을 사용했다고 했는데, 그건 본명인가요?"

"아뇨, 내 진짜 이름은 마사 젭이에요. 하지만 다른 이름이……."

"무대에 어울리는 예명을 만들었단 말이죠. 고향은 어디입니까?"

"동캐스터요. 그런데 그건 왜……?"

"단순한 호기심입니다. 용서하십시오. 레이디 호버리, 한 가지 충고해도 될까요? 남편과 합의이혼을 하는 게 어떻습니까?"

"그래서 그 사람이 자기 원하는 대로 다른 여자랑 결혼하라고요?"

"다른 여자와 결혼하라고 하십시오. 부인은 관대한 분이지 않습니까. 그리고 걱정 마십시오, 당신은 안전합니다. 오, 그렇고말고요. 더구나 남편 분이 위자료를 줄 겁니다."

"많은 액수는 아니겠죠."

"에 비엥(그렇습니다), 부인도 자유의 몸이 되면 백만장자와 결혼할 수 있지요."

"요즘 세상에 백만장자 같은 건 없어요."

"아닙니다. 날 믿으세요, 마담. 예전에는 300만 파운드를 가지고 있었지만 지금은 1200만 파운드밖에 없다고 해도 백만장자는 백만장자랍니다."

시실리가 웃음을 터트렸다.

"설득력이 아주 좋으시네요, 무슈 푸아로. 그런데 그 끔찍한 사람이 정말로 다시는 날 찾아오지 않겠죠?"

"에르퀼 푸아로의 말은 절대 틀리는 법이 없습니다."

그는 엄숙하게 말했다.

할리 가에서

재프 경감은 활기찬 걸음으로 할리 가를 걸어가다가 어느 문 앞
에서 발을 멈췄다.

그는 브라이언트 박사를 만나고 싶다고 말했다.

"약속하셨습니까?"

"안 했소. 하지만 내가 몇 자 적어 주면 될 거요."

그는 명함에 이렇게 적었다.

'잠시만 시간을 내 주시면 감사하겠습니다. 오래 걸리지 않을 겁
니다.'

그는 봉투에 명함을 넣고 봉한 다음, 집사에게 건네주었다.

그는 대기실로 안내되었다. 여자 두 명과 남자 한 명이 진찰 순서
를 기다리고 있었다. 재프는 오래된 《펀치》를 집어 들고 의자에 앉
았다.

집사가 다가오더니 조심스러운 목소리로 말했다.

"잠시만 기다려 주시면 만나시겠답니다. 박사님이 오늘 아침에 조금 바쁘시거든요."

재프는 고개를 끄덕였다. 조금 기다린다 해도 상관없었다. 아니, 오히려 환영할 만한 일이었다. 두 여자가 잡담을 나누기 시작했다. 그들은 브라이언트 박사의 실력을 높이 평가하는 것 같았다. 더 많은 환자들이 대기실로 들어왔다. 확실히 브라이언트 박사는 성공한 의사인 듯 보였다.

'돈 좀 긁어모으겠군. 이 정도면 돈을 빌릴 필요는 없을 것 같은데. 하긴 아주 옛날에 빌렸을 수도 있지. 어쨌든 상당히 잘나가고 있어. 한번 스캔들이 터지면 타격이 클 거야. 의사는 그게 문제라니까.'

재프는 속으로 생각했다.

15분 뒤, 집사가 다가와 말했다.

"지금 들어오시랍니다."

재프는 브라이언트 박사의 진찰실로 들어갔다. 진찰실은 건물 뒤쪽에 위치한, 커다란 창문이 달린 방이었다. 박사는 책상 앞에 앉아 있다가 경감을 보고 일어나 악수를 청했다.

잔주름이 진 얼굴은 피곤에 찌들어 있었지만, 브라이언트 박사는 경감의 방문을 그리 귀찮게 여기지 않는 기색이었다.

"무엇을 도와드릴까요, 경감님?"

그는 다시 자리에 앉더니 재프에게 맞은편 의자를 권했다.

"진찰 시간에 찾아와서 죄송합니다. 하지만 오래 걸리지는 않을

겂니다."

"괜찮습니다. 비행기 살인 사건 때문이지요?"

"그렇습니다. 아직 수사 중입니다."

"진전은 있습니까?"

"그게 생각처럼 잘 풀리지 않소이다. 살해 방식에 대해 몇 가지 물어볼 것이 있어 찾아왔습니다. 뱀독 문제가 도무지 해결이 안 돼서 말입니다."

"저는 독극물 전문가가 아닙니다. 제 전공 분야와는 거리가 멀지요. 윈터스푼 씨한테 가셔야 하는 거 아닙니까?"

브라이언트 박사가 미소를 지으며 말했다.

"아, 하지만 윈터스푼은 전문가입니다. 전문가들이 어떤지 박사님도 잘 알지 않습니까. 평범한 사람들에게 무슨 소린지도 모를 말을 잔뜩 늘어놓기만 하고. 아무튼 제가 보기에 이 사건은 의학적인 문제와 관련이 있습니다. 뱀독이 때로는 간질병 환자를 치료하는 데 쓰인다는 게 사실입니까?"

"난 간질병 전문의도 아닙니다. 하지만 코브라의 독이 간질병 치료약으로 쓰이고 효과가 어느 정도 뛰어나다는 것은 알고 있습니다. 하지만 그것도 내 전문 분야가 아니라서요."

"압니다. 진짜 궁금한 건 따로 있습니다. 박사님도 비행기에 타고 있었으니 사건에 관심을 가지고 있으실 겁니다. 혹시 수사에 도움이 될 만한 의견은 없습니까? 아무것도 모르는 상태에서 전문가에게 찾아가 봤자 아무런 소용이 없으니까 말입니다."

브라이언트 박사는 미소를 지었다.

"무슨 말씀이신지 알겠습니다, 경감님. 살인 사건을 그토록 가까이에서 접하고도 아무런 영향을 받지 않을 사람은 없지요. 맞아요, 나도 사건에 관심이 있습니다. 사실은 생각을 꽤 많이 해 봤지요."

"그래, 어떻게 생각하십니까?"

브라이언트는 천천히 고개를 저었다.

"놀라울 따름입니다. 이렇게 말해도 될지 모르겠지만, 모든 게 실제로 일어날 법하지 않아요. 범죄 수법도 충격적이고요. 아무도 살인범을 목격하지 못했다니 거의 불가능한 일 아닙니까? 그런 엄청난 위험을 무릅쓰다니, 너무 무모해요."

"맞는 말입니다."

"하필이면 뱀독을 사용해 범죄를 저지른 것 또한 놀랍습니다. 어떻게 그런 걸 손에 넣었을까요?"

"그렇습니다. 믿기 힘들 정도입니다. 보통 사람들은 붐슬랭이 뭔지 1000명 중 한 명이나 알지 모르겠습니다. 그러니 그 독을 다룰 수 있는 사람은 그보다도 더 적을 겁니다. 박사님도 의사지만, 독사의 독은 다루어 본 적이 없겠습니다만?"

"확실히 그럴 기회는 많지 않습니다. 열대지방을 연구하는 친구가 하나 있는데, 그 친구의 연구실에 가면 여러 종류의 뱀독 표본이 있지요. 코브라의 독도 있고요. 하지만 붐슬랭은 없었던 것 같습니다."

"박사님이 저를 도와줄 수 있을 것 같습니다."

재프는 종이 한 장을 꺼내 브라이언트 박사에게 내밀었다.

"윈터스푼이 이 세 사람의 이름을 적어 주었습니다. 이 사람들한 테 가면 정보를 얻을 수 있을 거라던데. 혹시 이중에 아는 사람이 있습니까?"

"케네디 교수와는 조금 안면이 있습니다. 하이들러와는 꽤 가까 운 사이죠. 내 이름을 대면 아마 힘닿는 대로 도와줄 겁니다. 카마이 클은 에든버러 출신인데 개인적으로는 잘 모르지만 실력이 꽤 뛰어 나다고 들었습니다."

"감사합니다, 브라이언트 박사님. 도움이 많이 되었습니다. 그럼 이만 가 봐야겠습니다."

할리 가로 나온 재프는 만족스러운 미소를 지었다.

"역시 요령이 있어야 해. 요령이 중요하다니까. 내가 뭘 노리고 있는지 전혀 눈치 채지 못했잖아. 뭐, 다 그런 거지."

그는 혼잣말을 중얼거렸다.

세 가지 단서

런던 경시청으로 돌아온 재프는 에르퀼 푸아로가 기다리고 있다는 말을 들었다.

그는 친구를 반갑게 맞이했다.

"무슈 푸아로, 웬일인가? 무슨 소식이라도 가져왔나?"

"난 자네에게 새로운 소식이라도 없나 물어보러 온 거라네, 친구."

"자네답지 않은 소리로군. 그리 쓸 만한 건 없네. 파리에 있는 거래상이 대통을 확인해 줬고, 푸르니에는 심리적 순간인지 뭔지 때문에 파리에서 계속 날 귀찮게 하고 있지. 그래서 지겨울 정도로 승무원들을 심문했는데, 그놈의 심리적 순간 같은 건 없었다고 하더군. 비행 중에 놀랄 만한 일이나 이상한 일 따위는 없었다는 거야."

"어쩌면 두 사람이 앞쪽 객실에 있었을 때 일어났을지도 모르지."

"그래서 승객들한테도 전부 물어봤네. 모두 거짓말을 할 수는 없지 않나."

"내가 맡은 어떤 사건에서는 모든 사람들이 거짓말을 했네."

"또 자네 사건인가! 솔직히 말해서 난 기분이 썩 좋지 않네. 아무리 깊이 파고들어도 나오는 건 하나도 없으니. 반장이 날 얼마나 차가운 눈초리로 노려보는지 아나? 하지만 그렇다고 무슨 수가 있어야지! 그나마 다행인 건 이번 사건이 프랑스와 연관되어 있어서 프랑스 경찰에 넘겨 버릴 수 있다는 거야. 그러면 또 파리에서는 범인이 영국인이니 우리 일이라고 주장한단 말이야."

"자네는 정말로 범인이 프랑스 인이라고 생각하나?"

"솔직히 말하면 아닐세. 고고학자 부자가 한 것 같지는 않아. 그런 인간들은 땅이나 파헤치며 몇천 년 전에 무슨 일이 있었다는 둥 알아듣지 못할 소리만 해대지 않나. 도대체 그런 걸 어떻게 아느냐고 한번 물어보고 싶다니까. 하지만 누가 감히 그 사람들한테 반박하겠나? 그 사람들이 무슨 썩어 빠진 구슬 목걸이가 5000년 하고도 322년이나 된 거라고 주장하면 누가 아니라고 반박할 수 있겠냐고? 고고학자들은 거짓말쟁이야…… 물론 자기들은 그게 사실이라고 믿고 있겠지만. 어쨌든 해를 끼치지는 않으니까. 한번은 갑충석을 슬쩍한 노인네를 붙잡은 적이 있는데 정말 끔찍했어. 사람은 괜찮아 보이던데 꼭 어린애 같더라니까. 자네니까 하는 말인데, 난 단 1초도 그 프랑스 인 부자가 범인이라고 의심해 본 적이 없네."

"그럼 누가 진짜 범인이라고 생각하나?"

"두말할 필요 없이 클랜시지! 하는 짓이 이상하지 않나. 혼잣말을 중얼거리기도 하고, 뭔가 숨기는 게 있는 것 같아."

"새로 쓸 책의 플롯을 구상 중인가 보지."

"어쩌면 그런지도 모르지……. 아닐 수도 있고. 하지만 무엇보다 골치인 건, 아무리 머리를 굴려 봐도 동기를 알 수 없다는 거야. 난 검은색 수첩에 적혀 있던 'CL 52'가 레이디 호버리라고 생각하네만, 그 여자한테서는 아무것도 알아낼 수가 없었네. 고집이 상당히 센 여자더군."

푸아로는 슬그머니 미소를 지었다. 재프가 계속 말했다.

"그리고 승무원 둘과 마담 지젤의 연관성은 찾아내지 못했네."

"브라이언트 박사는?"

"아, 수확이 조금 있었지. 어떤 환자와의 관계가 심상치 않다는 소문이 있더군. 꽤 아름다운 여자인데 남편이 고약한가 봐. 마약을 한다나. 아무튼 신중하게 행동하지 않으면 의료 협회에서 제명될지도 몰라. 그 정도면 'RT 362'와 꽤 잘 맞아떨어지지. 그리고 뱀독을 구할 수 있는 방법도 아는 것 같더군. 방금 만나고 왔는데, 그 이야기를 하는 걸 썩 내켜하지 않더라고. 하지만 모두 추측일 뿐 확실하게 밝혀진 건 없네. 이번 사건은 사실을 밝혀내기가 정말 쉽지 않아. 라이더는 아주 솔직하게 털어놓더군. 대출을 받으러 파리에 갔지만 결국 돈을 구하지 못하고 돌아왔다는 거야. 이름과 주소를 알려 줘서 모두 확인했네. 일주일인가 2주일 전만 해도 회사가 파산할 뻔했다는데 어떻게든 버텨 낸 모양이야. 덕분에 우린 또 난관에 부딪힌 셈이고. 모든 게 뒤죽박죽 엉망이라네."

"뒤죽박죽이 아니야……. 명확하지 않을 뿐이지. 뒤죽박죽이란 머릿속에 체계가 없는 무질서한 사람한테나 해당하는 말이네."

"그래 그래, 맘대로 말하게. 결과는 어차피 똑같으니까. 푸르니에 도 쩔쩔매고 있어. 그런데 자네는 진상을 알아낸 모양이군. 하지만 내게 말해 주지는 않겠지!"

"지금 날 놀리고 있구만. 아직 진상을 완벽하게 파악하지는 못했 네. 한 번에 한 걸음씩 차근차근 합리적인 순서와 방법으로 나아가 고 있긴 하지만 아직 갈 길이 멀어."

"그 말을 들으니 기분이 조금 나아지군. 그럼 그 합리적인 순서와 방법이라는 게 뭔지 한번 들어 볼까."

푸아로는 미소를 지으며 주머니에서 종이 한 장을 꺼냈다.

"간단한 표를 하나 만들었네. 내 생각에 살인이란 어느 특정한 결 과를 이끌어 내기 위해 저지르는 행위지."

"다시 한 번 천천히 말해 주게."

"별로 어려운 말도 아니잖나."

"그렇지만 무슨 소린지 모르겠단 말일세."

"아니, 아주 간단하네. 예를 들어 자네가 돈이 절실히 필요하다고 하세. 그런데 숙모님이 돌아가시면 돈을 물려받을 수 있단 말이야. 비엥(그렇지.), 그래서 자네는 행동을 취하네. 바로 숙모를 죽이는 거야. 그리고 결과를 얻지. 재산을 상속받는 거야."

재프가 한숨을 내쉬었다.

"그런 숙모님이라도 있으면 좋겠군. 무슨 말인지 알겠네. 동기가 있어야 한다는 거지?"

"난 내 표현이 더 마음에 드네만. 아무튼 어떤 행위가 발생했네……. 살인 말이야. 그렇다면 그 행위의 결과는 어떨까? 여러 사람의 결과를 연구해 보면 우리 질문의 해답을 얻을 수 있겠지. 한 가지 행위의 결과는 매우 다양하네. 수많은 사람들에게 서로 다른 영향을 미치지. 에 비엥(그러니까), 나는 사건이 발생하고 3주가 지난 바로 오늘, 그 결과들을 조사해 보았네. 열한 개의 서로 다른 경우를 말이야."

그는 종이를 펼쳤다.

재프는 관심 어린 표정으로 몸을 앞으로 바싹 기울여 푸아로의 어깨 너머로 종이에 적힌 것을 읽었다.

그레이 양의 결과: 일시적인 향상. 급여 인상.

게일의 결과: 나쁨. 환자 감소.

레이디 호버리의 결과: 좋음. CL 52일 경우.

커 양의 결과: 나쁨. 마담 지젤의 죽음으로 호버리 경이 이혼할 만한 증거를 손에 넣기 어려워졌음.

"흠. 커 양이 호버리 경을 좋아한다고? 하여간 남의 연애 사업에 끼어들기 좋아하는 친구라니까."

재프가 종이를 바라보며 말했다.

푸아로는 미소를 지었다. 재프는 다시 종이 위로 몸을 구부렸다.

클랜시의 결과: 좋음. 이번 사건을 토대로 한 소설로 돈을 벌길 기대하고 있음.

브라이언트 박사의 결과: 좋음. RT 362일 경우.

라이더의 결과: 좋음. 사건에 관한 기사를 써서 일정 액수의 돈을 받음. 덕분에 회사가 힘든 고비를 넘김. 라이더가 'XVB 724'일 경우에도 좋은 결과.

무슈 뒤퐁의 결과: 아무런 영향 없음.

무슈 장 뒤퐁의 결과: 위와 동일.

미첼의 결과: 영향 없음.

데이비스의 결과: 아무런 영향 없음.

재프가 미심쩍다는 듯 물었다.

"이런 게 도움이 된다고? '모르겠음, 모르겠음, 알 수 없음'이 무슨 도움이 된다는 건지 도무지 모르겠군."

"명확하게 분류할 수 있지 않나. 이 네 명의 경우, 클랜시, 그레이양, 라이더, 그리고 확실하지는 않지만 레이디 호버리는 이득을 봤어. 게일과 커 양은 손해를 본 쪽에 분류할 수 있지. 이 네 사람은 우리가 아는 한 아무런 결과도 얻지 못했고 말일세. 브라이언트 박사는 얻은 게 없거나, 아니면 분명한 이득을 봤겠지."

"그래서?"

재프가 물었다.

"그래서…… 계속 조사해 봐야지."

재프가 풀이 죽어 말했다.

"아무런 근거도 없이 말이지. 어쨌든 결론은 파리에서 우리가 원하는 정보가 날아오기 전까지는 수사가 제자리걸음을 할 수밖에 없다는 것뿐이네. 조사해야 하는 건 마담 지젤 쪽이야. 나라면 하녀한테서 푸르니에보다 더 많은 걸 알아냈을 걸세."

"그건 모를 일이네, 친구. 이 사건에서 가장 흥미로운 부분은 죽은 여자의 성격이야. 친구도 없고, 친척도 없고, 사생활이 전혀 없는 여자야. 한때는 젊고 아름다웠고, 사랑에 빠져 고통을 겪었으며, 그러다 마음을 단호하게 닫은 여자 말일세. 모든 게 끝났을 때는 사진도, 기념품도, 무엇 하나 남지 않았지. 그때부터 마리 모리조는 사채업자 마담 지젤이 된 거야."

"그녀의 과거에 단서가 있다고 생각하나?"

"아마도."

"그럼 그걸 따라가 보게! 이 사건에 더 이상 단서란 없으니까."

"오, 아닐세. 있네. 있고말고."

"대통 말인가? 물론……."

"아니, 대통을 말하는 게 아니야."

"그럼 자네가 생각하는 사건의 단서가 무엇인지 들어 보자고."

푸아로는 미소를 지었다.

"나도 클랜시의 소설처럼 제목을 붙여 보지. '말벌의 단서.' '승객들의 소지품 속에 든 단서.' 그리고 '남는 커피 스푼의 단서.'"

"또 잘난 척이군."

재프가 부드러운 목소리로 말하고는 덧붙였다.

"커피 스푼은 또 뭔가?"

"마담 지젤의 커피 받침 접시에 커피 스푼이 두 개나 놓여 있었다
는군."

"그건 결혼식이 있을 거라는 뜻인데……."

푸아로가 말했다.

"이 경우에는……. 장례식이었지."

제인의 새로운 직업

'협박 사건'이 끝난 뒤 노먼 게일과 제인, 푸아로는 함께 저녁 식사를 했다. 노먼은 '로빈슨 씨'의 도움이 더 이상 필요하지 않다는 말을 듣고 안도했다.

"훌륭한 로빈슨 씨는 죽었습니다. 그의 명복을 빌며 건배하죠."

푸아로가 잔을 들며 말했다.

"고이 잠드소서."

노먼이 웃음을 터트리며 말했다.

"어떻게 됐어요?"

제인이 푸아로에게 물었다.

푸아로는 그녀에게 미소를 지었다.

"내가 알고 싶어 하던 걸 알아냈지요."

"그 여자가 마담 지젤하고 거래를 했나요?"

"그렇습니다."

"저랑 이야기할 때부터 확실하더군요."

노먼이 말했다.

"그렇습니다. 하지만 난 좀 더 자세하고 정확한 것을 알고 싶었습니다."

푸아로가 말했다.

"그래서 알아내셨나요?"

"알아냈고말고요."

두 사람은 빨리 이야기해 달라는 표정으로 푸아로를 바라보았다. 하지만 그는 마치 약을 올리듯 직업과 인생의 관계에 대해 이야기를 늘어놓았다.

"사람들은 흔히 자신이 적성에 맞지 않는 직업을 가지고 있다고 생각하는데, 진짜 그런 경우는 드물어요. 실제로 대부분의 사람들은 그런 말과는 달리 자기가 은밀히 원하는 직업을 선택하지요. 사무실에서 근무하는 사람이 이런 식으로 말하는 걸 들어 본 적 있을 겁니다. '난 아무도 모르는 먼 나라에 가서 탐험을 해 보고 싶어.' 하지만 사실 그는 그런 내용의 소설을 좋아할 뿐, 실제로는 편안하고 안전한 사무실 의자에 앉아 있는 것을 더 좋아합니다."

"선생님 말씀은 제가 진심으로 외국에 나가고 싶어 하는 게 아니고, 여자들 머리나 만져 주는 게 천직이라는 거네요. 하지만 그렇지 않아요."

제인이 말했다.

푸아로는 미소를 지었다.

"아가씨는 젊습니다. 당연히 이것저것 여러 가지를 시도해 보게 마련이죠. 하지만 결국 당신이 좋아하는 삶에 정착하게 될 거예요."

"그럼 만약 제가 부자가 되고 싶어 한다면요?"

"오, 그건 더욱 어려운 문제죠!"

"제 생각은 다릅니다. 전 정말 어쩌다가 치과 의사가 됐거든요. 진심으로 제가 선택한 길이 아니었어요. 삼촌이 치과 의사였는데, 제가 당신 뒤를 잇길 바랐죠. 하지만 전 세상 곳곳을 돌아다니며 많은 것들을 보고 모험을 하고 싶었어요. 그래서 학업을 중단하고 남아프리카에 있는 농장으로 떠났죠. 하지만 결과가 그리 좋지 못했습니다. 원체 경험이 없었으니까요. 그래서 결국 다시 영국으로 돌아와 삼촌이 바라는 대로 병원에서 함께 일했습니다."

"그런데 지금은 다시 치과를 접고 캐나다로 떠날 생각이란 말이죠? 영연방을 모조리 섭렵이라도 할 셈입니까."

"이번에는 그럴 수밖에 없는 상황입니다."

"아, 그렇지요. 하고 싶은 일도 억지로 해야 하는 경우가 많으니까요."

"전 억지로라도 여행 갈 일이 생겼으면 좋겠어요. 누가 떠밀어 주기라도 하면 좋겠는데."

제인이 말했다.

"에 비엥(그렇군요), 그럼 이 자리에서 내가 제안을 하나 하죠. 난 다음 주에 파리에 가는데, 내 비서가 되어 함께 가지 않겠습니까?

보수는 넉넉히 드리지요."

제인은 고개를 저었다.

"지금 직장을 포기할 순 없어요. 좋은 자리거든요."

"내 비서도 좋은 자리입니다."

"네, 하지만 임시직이잖아요."

"그렇다면 나중에 비슷한 자리를 주선해 주지요."

"고마운 말씀이지만, 그런 모험은 할 수 없어요."

푸아로는 야릇한 미소를 띠고 그녀를 바라보았다.

사흘 뒤 푸아로는 전화 한 통을 받았다.

"무슈 푸아로. 지난번에 말씀하신 그 일, 제가 할 수 있을까요?"

제인이 물었다.

"물론입니다. 난 월요일에 떠납니다."

"정말이세요? 제가 정말 같이 가도 되요?"

"그렇다니까요. 그런데 어쩌다가 마음이 바뀌었나요?"

"앙투안과 크게 싸웠거든요. 사실은 어떤 손님 때문에 짜증이 나서 대들어 버렸어요. 그 여자는 정말…… 정말이지……. 아, 전화로는 도저히 설명 못 하겠어요. 아무튼 예전부터 진절머리가 나 있었는데, 평소처럼 참지 못하고 제가 그 여자를 어떻게 생각하는지 속마음을 그대로 쏟아내 버렸지 뭐예요."

"넓고 거대한 세계가 열려 있다는 생각 때문이었군요."

"네? 그게 무슨 뜻이죠?"

"아가씨 마음이 딴 데 있었다는 말입니다."

"그런 게 아니에요. 그냥 실수한 거라고요. 그런데 이상하게 기분이 좋았어요. 그 여자 눈이 그 꼴 보기 싫은 페키니즈랑 똑같이 부풀어 올라서는, 하마터면 밑으로 굴러 떨어지는 줄 알았다니까요. 그래서 잘렸어요. 머잖아 새 직장을 구해야겠지만, 그 전에 파리에 가 보고 싶어서요."

"좋습니다. 그렇게 합시다. 당신이 할 일은 가면서 알려 주겠습니다."

푸아로와 그의 새 비서는 비행기를 타지 않았다. 제인은 속으로 안도의 한숨을 내쉬었다. 지난번 여행의 불쾌한 경험 때문에 아직도 두려움을 떨쳐 내지 못했기 때문이다. 색 바랜 검은 옷을 입은 채 좌석에서 굴러 떨어지던 시체의 모습을 두 번 다시는 떠올리고 싶지 않았다.

칼레에서 파리로 향하는 기차의 컴파트먼트*에서 푸아로는 제인에게 자신의 계획을 설명했다.

"파리에서 만날 사람이 몇 명 있습니다. 티보 변호사와 프랑스 경찰인 무슈 푸르니에입니다. 푸르니에는 감성적인 사람이긴 하지만 머리가 뛰어나지요. 그리고 뒤퐁 부자도 만날까 하는데, 마드무아젤 제인, 내가 아버지 뒤퐁과 이야기하는 동안, 당신은 아들을 맡아 주세요. 아가씨는 매우 매력적이고 아름다우니까, 아마 무슈 뒤퐁도 심리에서 당신을 본 걸 기억하고 있을 겁니다."

---

* 유럽 열차에서 흔히 볼 수 있는 칸막이형 객실.

"사실은 얼마 전에 만난 적이 있어요."

제인은 얼굴을 살짝 붉히며 말했다.

"오, 그래요? 어떻게요?"

제인은 더욱 발갛게 물든 얼굴로 코너 하우스에서 장 뒤퐁을 만난 일을 털어놓았다.

"훌륭합니다! 더욱 잘됐군요. 역시 당신을 데려오길 잘했어요. 이제 내 말 잘 들으세요. 마담 지젤 사건에 대해서는 최대한 입 밖에 내지 마세요. 하지만 장 뒤퐁이 그 이야기를 꺼낸다면 피할 필요는 없어요. 그리고 직접적으로는 말하지 않아도 레이디 호버리가 범인으로 의심받고 있다는 눈치를 넌지시 전해 주면 좋겠습니다. 내가 파리에 온 이유는 무슈 푸르니에와 사건에 대해 상의하고, 특히 레이디 호버리가 죽은 여인과 거래를 했을지도 모른다는 사실을 조사하기 위해서라고 해요."

"불쌍한 레이디 호버리. 그녀를 핑곗거리로 삼을 생각이시군요!"

"어차피 그녀는 내가 좋아하는 타입이 아니니…… 에 비엥(그러니까), 이번 한 번만 이용하도록 합시다."

제인은 잠시 머뭇거리다가 말했다.

"설마 젊은 뒤퐁 씨를 의심하고 계신 건 아니죠?"

"오, 아닙니다. 난 단순히 정보를 원할 뿐이에요."

그는 제인을 날카로운 눈으로 살펴보았다.

"아하, 그 젊은이에게 끌리고 있군요. 성적 매력이 있나요?"

그 말에 제인은 웃음을 터트렸다.

"그 사람의 모습을 말하는 게 아니에요. 그는 그저 단순하고 좋은 사람이잖아요."

"단순한 사람이라고요?"

"네. 아마 복잡한 세상과 적당히 동떨어져 사는 사람이라서 그런 가 봐요."

"하긴 그렇지요. 그는 말하자면 남의 이를 치료해 본 적도 없고 대중의 영웅이 치과 의자에 앉아 부들부들 떠는 모습을 보고 환멸을 느껴 본 적도 없을 테니까요."

제인이 웃음을 터트렸다.

"노먼은 영웅을 치료해 본 적이 없을걸요."

"그랬다 한들 무슨 소용이겠습니까. 어차피 그는 캐나다로 갈 텐데요."

"이젠 뉴질랜드로 갈까 생각 중이래요. 제가 그곳 날씨를 더 좋아 할 것 같다나요."

"애국자인 건 확실하군요. 뉴질랜드도 대영제국에 속하니까요."

"전 그러지 않으면 좋겠어요."

그녀는 무언가를 바라는 눈길로 푸아로를 바라보았다.

"오, 그건 이 파파 푸아로를 믿는다는 뜻입니까? 좋습니다. 최선을 다하지요. 약속하리다. 하지만 마드무아젤, 난 아직 무대 위에 올라오지 않은 인물이 있다는 느낌이 듭니다. 아직 나타나지 않은 역할이 숨어 있다는……."

그는 얼굴을 찡그리며 고개를 저었다.

"이 사건에는 우리가 모르는 어떤 것이 있어요, 마드무아젤. 모든 것이 그것을 가리키고 있지요……."

이틀 후, 그들은 파리에 도착했다. 에르퀼 푸아로와 그의 비서는 작은 식당에서 저녁 식사를 했다. 뒤퐁 부자가 푸아로의 손님으로 참석했다.

아버지 뒤퐁은 아들 못지않게 무척 매력적인 사람이었지만, 제인은 그와 대화를 나눌 기회가 거의 없었다. 처음부터 푸아로가 그를 독점하고 놓아주지 않았기 때문이다. 장 뒤퐁은 런던에서 만났을 때 못지않게 친절하고 편안했다. 제인은 매력적인 그의 소년처럼 밝고 순진한 성격에 매료되었다. 그는 참으로 친근하고 꾸밈 없는 영혼을 지니고 있었다.

그러나 장 뒤퐁과 함께 웃고 즐기며 이야기를 나누면서도 제인은 나이 든 두 남자의 대화에 귀를 쫑긋 세우고 있었다. 그녀는 푸아로가 알고 싶어 하는 정보가 무엇인지 궁금했다. 그렇지만 제인이 듣기로는 두 사람은 살인 사건에 관해 한마디도 하지 않았다. 푸아로는 솜씨 좋게 상대방으로부터 고대 역사에 관한 이야기를 끄집어내고 있었다. 페르시아의 고고학 연구에 관한 푸아로의 관심은 진지하고 심오했다. 무슈 뒤퐁은 무척 즐거운 시간을 보내고 있었다. 이렇게 지식이 풍부하고 자신의 이야기에 공감하는 사람을 만날 기회는 드물었다.

누구의 제안인지는 확실하지 않지만 두 젊은이는 영화를 보러 갔다. 두 사람이 사라지자 푸아로는 의자를 바싹 끌어당겨 고고학 연구에 관해 더욱 구체적이고 실질적인 관심을 보이기 시작했다.

"요즘 같은 불경기에는 연구 자금을 모으기가 무척 힘들겠군요. 혹시 개인이 주는 기부금도 받으십니까?"

무슈 뒤퐁이 웃음을 터뜨렸다.

"거의 무릎을 꿇고 구걸할 정도랍니다. 그렇지만 발굴 작업이라는 게 대중의 관심을 끌기 힘드니까요. 사람들은 뭔가 극적인 결과를 원하지 않습니까! 특히 황금을 좋아하죠. 많으면 많을수록 더욱 좋고요. 보통 사람들은 토기에 별로 관심이 없답니다. 하지만 토기에는 인류의 모든 낭만이 들어 있지요. 모양이며 재질이며……."

무슈 뒤퐁은 계속해서 토기에 대해 설명했다. 그는 푸아로에게 B씨의 수상쩍은 논문과 L의 범죄에 가까운 연대 착오, 그리고 G씨의 한심한 비과학적 성층(成層) 이론에 현혹되지 말라고 충고했다. 푸아로는 그런 학식 높은 저명인사들의 논문에 현혹되지 않겠다고 엄숙하게 맹세했다.

그런 다음 말했다.

"제가 기부를 해도 괜찮을까요? 한 500파운드 정도 어떻습니까?"

무슈 뒤퐁은 너무 흥분한 나머지 하마터면 탁자를 엎을 뻔했다.

"당신이 그렇게 많은 돈을 기부하겠다고요? 나한테요? 우리 연구 보조비로? 이럴 수가! 정말 멋진 일입니다. 감동적이에요. 이제까지 받은 개인 기부금 가운데 가장 큰 액수입니다."

푸아로는 헛기침을 했다.

"음…… 그런데…… 부탁할 게 하나 있습니다."

"아, 기념품 말이군요. 토기를 몇 개……."

"아니, 그런 게 아닙니다."

푸아로는 뒤퐁이 입을 열기 전에 재빨리 말했다.

"제 비서…… 그러니까 방금 아드님과 나간 예쁘장한 아가씨 말입니다, 그 아가씨를 당신 발굴대에 참가시킬 수 있을까요?"

뒤퐁은 약간 놀란 것 같았다.

"오, 괜찮을 겁니다. 아들과 의논해 봐야겠지만요. 우리 조카 부부도 같이 갈 예정이거든요. 일종의 가족 여행이랄까요. 어쨌든 장에게 이야기해 봐야……."

그는 콧수염을 만지작거리며 대답했다.

"마드무아젤 그레이는 토기에 굉장히 관심이 많답니다. 고대 역사가 무척 매력적이라면서요. 발굴 작업에 참여하는 게 평생의 꿈이죠. 물론 양말을 수선하거나 단추를 다는 솜씨 또한 나무랄 데가 없습니다."

"그건 정말 도움이 많이 되겠군요."

"그렇지요? 자, 이제 수사의 토기에 대해 말씀해 주십시오……."

무슈 뒤퐁은 '수사 I'과 '수사 II'에 관한 자신의 이론을 신나게 늘어놓았다.

푸아로가 호텔에 도착했을 때 제인은 장에게 작별 인사를 하고 있었다.

두 사람이 엘리베이터에 올라타자 푸아로가 말했다.

"아가씨가 아주 좋아할 만한 직장을 구했습니다. 이번 봄에 뒤퐁 부자와 함께 페르시아에 가는 겁니다."

제인이 그를 멍하니 바라보았다.

"제정신으로 하시는 말씀이세요?"

"이런, 이 말을 들으면 기뻐서 펄쩍 뛸 줄 알았는데요."

"페르시아엔 가지 않아요. 그때쯤이면 노먼과 함께 머스웰 힐이
나 뉴질랜드에 있을 거라고요."

푸아로는 눈을 반짝이며 부드러운 눈빛으로 그녀를 바라보았다.

"사랑스러운 마드무아젤. 내년 3월까진 아직 몇 달이나 남았어
요. 기뻐한다고 해서 꼭 갈 필요는 없습니다. 나도 뒤퐁 씨에게 기부
금을 낸다고 했지만 아직 수표에 서명을 한 건 아니거든요. 아무튼
내일 아침에 당신에게 선사시대 근동 지방의 토기에 관한 책을 구
해 줘야겠군요. 당신이 그 토기에 엄청난 흥미를 갖고 있다고 했거
든요."

제인은 한숨을 내쉬었다.

"선생님 비서가 된다는 건 그렇게 단순한 일이 아니었군요. 또 다
른 건요?"

"아, 맞습니다. 단추도 잘 달고 양말을 수선하는 솜씨도 완벽하다
고 했지요."

"내일 그것도 시범을 보여야 하나요?"

"아마 그래야겠죠. 그들이 내 부탁을 들어준다면 말이에요."

안느 모리조

다음 날 아침 10시 30분쯤, 우울한 얼굴의 푸르니에가 푸아로를 찾아왔다. 그는 자그마한 몸집의 벨기에 인과 다정하게 악수를 나누었다.

푸르니에는 왠지 평소보다 훨씬 활기차 보였다.

"무슈 푸아로, 드릴 말씀이 있습니다. 당신이 런던에서 대통에 관해 한 말의 의미를 이제야 알 것 같습니다."

푸아로의 표정이 밝아졌다.

"아, 그래요?"

푸르니에는 의자를 당겨 앉으며 말했다.

"그렇습니다. 그때 하신 말씀을 곰곰이 생각해 봤습니다. 전 몇 번이고 스스로에게 이렇게 말했지요. '범행이 우리가 생각하는 방식대로 일어났을 리가 없어.' 그리고 마침내…… 마침내, 제 생각과 당신의 말 사이에서 연관성을 찾아냈지요."

푸아로는 진지한 표정으로 귀를 기울였다. 하지만 아무 말도 하지 않았다.

"런던에서 당신은 환기구 밖으로 간단히 내버릴 수 있었는데도 왜 대통이 비행기 안에서 발견되었는지 이상하다고 말했습니다. 이제 그 해답을 알 것 같습니다. 대통이 발견된 이유는 범인이 그것을 원했기 때문입니다."

"브라보!"

푸아로가 탄성을 내질렀다.

"그 말을 하고 싶으셨던 거죠? 역시, 그럴 줄 알았습니다. 그런 다음 저는 한 걸음 더 나아가 범인이 왜 대통이 발견되기를 원했는지 생각해 보았습니다. 저는 그 질문에 대한 답도 얻었지요. 왜냐하면 살인 무기는 대통이 아니었기 때문입니다."

"브라보! 브라보! 제 생각이 바로 그겁니다!"

"제 생각은 이렇습니다. 독침은 맞지만 대통은 아니다. 그렇다면 범인은 다른 물건을 이용해 독침을 쏘았을 겁니다. 아무렇지도 않게 입술에 대고 불 수 있는, 그러면서도 다른 사람들의 의심을 사지 않을 수 있는 것으로 말입니다. 그때 당신이 계속 승객들의 소지품 목록에 신경 쓰던 게 떠오르더군요. 그중에 두 가지가 제 관심을 사로잡았습니다. 레이디 호버리는 담배물부리를 두 개나 가지고 있었고, 뒤퐁 부자의 좌석 탁자 위에는 쿠르드산 파이프가 여러 개 놓여 있었지요."

푸르니에는 말을 멈추고 푸아로를 쳐다보았다. 푸아로는 여전히 아무 말도 하지 않았다.

"두 가지 다 다른 사람의 의심을 받지 않고 자연스럽게 입술에 댈 수 있습니다. 제 말이 맞지요?"

푸아로는 망설이다가 입을 열었다.

"제대로 짚었습니다. 하지만 조금만 더 깊이 생각해 보십시오. 그리고 말벌을 잊지 말아요."

푸르니에는 눈을 커다랗게 뜨고 푸아로를 바라보았다.

"말벌이라고요? 아니, 그 부분은 도무지 모르겠습니다. 그 벌이 도대체 어떻게 비행기 안에 들어왔는지."

"모르겠다고요? 오, 하지만 그것이야말로……."

전화벨이 울리는 바람에 푸아로는 말을 끝맺지 못했다.

그는 수화기를 집어 들었다.

"알로, 알로.(여보세요.) 오, 안녕하십니까? 네, 제가 에르퀼 푸아로입니다."

푸아로는 푸르니에에게 "티보 변호사입니다."라고 살짝 속삭였다.

"아, 네 그럼요. 잘 지내고 있습니다. 당신은요? 무슈 푸르니에요? 그렇습니다. 벌써 와 있지요. 지금 여기 있습니다."

푸아로는 수화기를 아래로 내리고 푸르니에에게 말했다.

"당신을 만나러 경시청에 갔는데, 당신이 저를 만나러 갔다고 했답니다. 어서 받으세요. 티보 씨가 많이 흥분한 것 같군요."

푸르니에가 수화기를 받아 들었다.

"네, 푸르니에입니다. 무슨…… 뭐라고요? 정말입니까……? 네, 그렇군요……. 네…… 네, 물론 같이 가야죠. 바로 출발하겠습니다."

그는 전화를 끊고 푸아로를 쳐다보았다.

"딸이 나타났답니다. 마담 지젤의 딸 말입니다."

"뭐라고요?"

"유산을 받으러 나타났답니다."

"지금까지 어디 있었답니까?"

"미국이라고 하는군요. 티보 씨가 11시 30분쯤 다시 오라고 한 모양입니다. 우리더러 빨리 와 달라는군요."

"당연히 가야지요. 어서 갑시다. 아, 마드무아젤 그레이에게 메모를 남겨야겠군."

푸아로는 이런 쪽지를 남겼다.

몇 가지 진전이 생겨 급히 나가 봐야겠습니다. 무슈 장 뒤퐁이 전화를 걸거나 찾아오면 잘 대해 주세요. 단추나 양말 이야기는 괜찮지만 아직 선사시대 토기 이야기는 꺼내면 안 돼요. 그 젊은이는 아가씨를 좋아하지만, 그래도 똑똑한 사람이랍니다.

오르부아(그럼 이만)

에르퀼 푸아로

그는 의자에서 일어나며 말했다.

"자, 빨리 갑시다. 드디어 고대하던 일이 일어났습니다. 제가 늘

이야기했던, 그늘 속에 숨어 보이지 않던 인물이 등장한 겁니다. 이제 곧 모든 것이 확실하게 밝혀질 겁니다."

티보 변호사는 푸아로와 푸르니에를 반갑게 맞이했다.

예의 바르게 서로의 안부를 묻는 인사가 오고 간 뒤, 변호사는 마담 지젤의 상속녀에 관해 이야기를 꺼냈다.

"편지를 받은 건 어제입니다. 오늘 아침에 날 찾아왔더군요."

"마드무아젤 모리조는 몇 살입니까?"

"마드무아젤 모리조는…… 아니, 리처즈 부인이라고 해야겠군요. 결혼했거든요……. 정확하게 스물네 살입니다."

"신분을 증명할 만한 서류는 있던가요?"

푸르니에가 물었다.

"물론입니다. 여기 있습니다."

티보는 팔꿈치 옆에 놓아둔 서류철을 펼쳤다.

그것은 조르주 르망과 마리 모리조의 결혼증명서 사본이었다. 두 사람 다 캐나다 퀘벡 출신으로, 기록된 날짜는 1910년이었다. 또한 안느 모리조 르망의 출생증명서를 포함해 그 밖의 여러 서류와 증명서들이 첨부되어 있었다.

"이걸로 마담 지젤의 젊은 시절에 관해서 조금은 알 수 있게 되었군요."

푸르니에가 말했다.

티보가 고개를 끄덕였다.

"내가 알아낸 바에 의하면, 마리 모리조는 이 르망이라는 남자를 만났을 때 보모나 침모로 일하고 있었던 것 같습니다. 르망은 얼마 지나지 않아 아내를 버렸고, 마리 모리조는 처녀 적 이름을 다시 사용했습니다. 아이는 퀘벡에 있는 마리 고아원에 맡겨져 거기서 자랐습니다. 마리 모리조, 즉 르망 부인은 그 후 곧바로 퀘벡을 떠났고요. 아마 새로운 남자를 만나서 프랑스로 오게 된 것 같습니다. 그 뒤로 고아원에 종종 돈을 보냈는데, 나중에 아이가 스물한 살이 되면 전해 달라면서 거액의 돈을 맡겼다는군요. 당시 그녀는 불안정한 생활을 하고 있었기 때문에 개인적인 관계는 끊는 게 낫겠다고 생각한 거겠지요."

"이 아가씨는 자신이 그 행운의 상속자라는 걸 대체 어떻게 알았답니까?"

"우리가 여러 신문에 조심스럽게 광고를 냈거든요. 마리 고아원 원장이 그중 하나를 본 모양입니다. 원장이 리처즈 부인에게 편지인지 전보인지를 보냈는데, 그때 막 유럽에서 미국으로 돌아가려던 참이었답니다."

"남편이라는 리처즈는 어떤 사람입니까?"

"디트로이트 출신인데 미국인인지 캐나다 인인지 그렇답니다. 외과용 기구를 제조한다고 들었습니다."

"부인과 같이 오지는 않았고요?"

"예, 미국에 있다는군요."

"리처즈 부인이 자기 어머니의 살인 사건에 관해 작은 단서라도 줄 수 있지 않을까요?"

변호사는 고개를 저었다.

"그녀는 모친에 대해 아무것도 모릅니다. 원장한테 한 번 들은 적은 있지만 어머니의 처녀 때 성도 기억하지 못한다고 하더군요."

"사건 해결에는 별 도움이 안 될 것 같군요. 사실 그럴 거라고 예상은 하고 있었습니다. 전 그녀를 의심하지 않습니다. 지금은 세 사람 정도로 범위를 좁혔지요."

푸르니에가 말했다.

"네 사람이죠."

푸아로가 말했다.

"당신은 네 사람입니까?"

"제가 네 사람을 의심한다는 뜻이 아닙니다. 당신이 말한 이론에 따르면 용의자를 세 사람으로 좁힐 수가 없어요."

푸아로는 재빨리 손가락을 세어 가며 말했다.

"두 개의 담배물부리, 쿠르드산 파이프와 플루트. 플루트를 잊지 말아요, 친구."

푸르니에가 탄성을 내질렀다. 바로 그때 문이 열리더니 나이 든 직원이 들어와 우물거리며 말했다.

"부인이 다시 오셨습니다."

"문제의 상속녀를 만나 보시죠. 들어오십시오, 마담. 이분은 파리 경시청에서 나온 무슈 푸르니에입니다. 프랑스에서 부인 모친의 사건을 수사하고 있지요. 그리고 이분은 무슈 에르퀼 푸아로인데, 부인도 이름을 들어 봤을 겁니다. 경찰의 수사를 도와주고 계십니다. 이쪽은 마담 리처즈입니다."

티보가 말했다. 지젤의 딸은 검은 머리칼에 세련된 분위기를 지닌 젊은 여자였다. 그녀는 현명하게도 수수한 차림을 하고 있었다.

그녀는 감사하다는 말을 중얼거리며 두 사람과 차례로 악수를 나눴다.

"하지만 전 아직도 누구의 딸이라는 게 실감 나지 않아요. 지금까지 줄곧 고아로 자랐거든요."

그녀는 푸르니에의 질문에 상냥하게 대답하며 마리 고아원 원장인 안젤리크 수녀에게 감사한다고 말했다.

"원장님은 언제나 저를 친절하게 대해 주셨어요."

"언제 고아원에서 나왔습니까, 마담?"

"열여덟 살 때요. 그때부터 제 힘으로 벌어서 먹고살기 시작했어요. 한동안 매니큐어 칠하는 일을 했고, 양장점에서 일하기도 했죠. 남편을 만난 건 니스에 갔을 때였어요. 그때 그이는 막 미국으로 돌아가려던 참이었죠. 그이가 사업 문제로 네덜란드에 들러야 한다고 해서 우린 한 달 전에 로테르담에서 결혼했어요. 그런데 이번엔 캐나다로 가야 한다는군요. 그래서 전 기다리고 있어요. 하지만 곧 그이와 함께 갈 거예요."

안느 리처즈의 프랑스 어는 깔끔하고 유창했다. 그녀는 확실히 영국인이 아니라 프랑스 인이었다.

"이 슬픈 소식을 어떻게 알게 되었습니까?"

"물론 신문에서 읽었지요. 하지만 그땐 사건의 희생자가 제 친어머니라는 걸 몰랐어요. 그런데 안젤리크 원장님이 파리에 있는 저한테 전보를 주셔서 티보 변호사님의 주소와 어머니의 처녀 때 성을 알려 주셨어요."

푸르니에는 생각에 잠겨 고개를 끄덕였다.

그들은 조금 더 오랫동안 이야기를 나눴지만, 리처즈 부인이 살인범을 찾는 데는 아무런 도움을 주지 못한다는 사실만 명백해질 뿐이었다. 그녀는 어머니의 생활이나 사업에 대해 아는 것이 전혀 없었다.

"실망하신 모양이군요, 몽 뷔(친구). 이 여자한테 뭔가를 얻어 내고 싶으셨던 거죠? 그녀가 사기꾼일 거라고 생각하셨습니까? 아니면 지금도 사기꾼이라고 의심하고 있습니까?"

푸르니에가 말했다.

푸아로는 침울하게 고개를 저었다.

"아니…… 그녀가 사기꾼이라고는 생각하지 않습니다. 신원증명서는 확실한 것 같으니까요. 하지만 이상하군요. 저 여자를 어디선가 본 것 같단 말이죠. 얼굴이 누구와 닮은 것 같기도 하고……."

"죽은 여자랑 닮은 게 아닐까요? 그런 것 같지는 않습니다만."

푸르니에가 자신 없다는 투로 말했다.

"아니…… 그런 게 아닙니다. 어디서 봤는지 기억이 나면 좋겠는데. 분명히 떠오르는 누군가가 있어요……."

푸르니에는 호기심 어린 표정으로 푸아로를 쳐다보았다.

"그러고 보니 당신은 언제나 행방 모를 딸에게 관심이 많았죠."

푸아로가 눈썹을 살짝 추켜올리며 말했다.

"당연하지요. 지젤의 죽음으로 득을 보거나 혹은 보지 못하는 사람들로 나눈다면 저 아가씨는 가장 확실한 이득을 얻는 부류예요. 엄청난 재산을 물려받을 테니."

"그렇기는 하지요. 하지만 그게 우리 일에 도움이 될까요?"

푸아로는 잠시 동안 아무 말도 하지 않았다. 그는 자신만의 생각에 잠겼다. 이윽고 그가 입을 열었다.

"친구, 이 아가씨는 엄청난 재산을 상속받게 됩니다. 전 처음부터 그녀가 이 사건과 어떻게든 연관되어 있을 거라고 추측했소. 비행기에는 세 명의 여자가 타고 있었지요. 그중 베네샤 커 양은 잘 알려진 훌륭한 가문 출신이지요. 하지만 다른 두 명은 어떨까요? 엘리즈 그랑디에가 마담 지젤이 낳은 아이의 아버지가 영국인일 거라고 했을 때부터, 전 다른 두 여자 중 한 명이 그녀의 딸이 아닐까 의심했습니다. 두 사람 모두 나이가 대충 맞아떨어지니까요. 레이디 호버리는 과거가 분명치 않고 예명으로 활동한 코러스 걸입니다. 제인 그레이 양은 스스로 고아원에서 자랐다고 말했지요."

"아하! 내내 그 생각을 하고 계셨던 거군요. 우리 친구 재프 경감이 알면 또 생각이 너무 지나치다고 했을 겁니다."

푸르니에가 말했다.

"그 친구는 늘 제가 일을 더 어렵게 만든다고 불평하지요."

"역시."

"하지만 그건 사실이 아닙니다. 전 언제나 가장 단순한 길을 따르 거든요! 그리고 사실을 거부하지 않고 있는 그대로 받아들입니다."

"하지만 실망하신 거죠? 안느 모리조한테 더 많은 비밀이 있을 거라고 기대하셨지요?"

두 사람은 푸아로가 묵고 있는 호텔로 들어섰다. 안내 데스크에 놓여 있는 장식물을 보자 푸르니에는 오늘 아침에 푸아로가 했던 말을 떠올렸다.

"그러고 보니 감사하다는 말을 안 했군요. 아까 제 실수를 지적해 주지 않았습니까. 레이디 호버리의 담배물부리와 뒤퐁 부자의 쿠르드산 파이프에만 정신이 팔려 브라이언트 박사의 플루트를 깜박 잊고 있었습니다. 그 의사를 의심하는 건 아니지만……."

푸르니에가 말했다.

"그를 의심하지 않는다고요?"

"네, 그 사람은 도무지 그럴 사람으로 보이지 않……."

푸르니에는 갑자기 입을 다물었다. 안내 데스크에서 직원과 이야기하던 사람이 몸을 돌렸던 것이다. 그의 손에는 플루트 케이스가 들려 있었다. 그의 시선이 푸아로에게 향하더니 얼굴을 알아본 듯 환한 표정을 지었다.

푸아로가 그를 향해 다가갔고, 푸르니에는 조심스럽게 뒤로 물러났다. 브라이언트는 그를 보지 못한 것 같았다.

"브라이언트 박사님."

푸아로가 고개를 숙이며 말했다.

"무슈 푸아로."

두 사람은 악수를 나누었다. 방금까지 브라이언트 옆에 서 있던 여자가 엘리베이터 쪽으로 걸어가기 시작했다. 푸아로는 힐끗 그녀의 뒷모습을 바라보며 말했다.

"의사 선생님이 여기 와 있으면 환자들은 어떻게 합니까?"

브라이언트는 미소를 지었다. 누구나 쉽게 기억할 만한, 우울하면서도 매력적인 미소였다. 그는 피곤해 보였지만 동시에 묘하게 평온해 보였다.

"이제는 환자가 없습니다."

브라이언트가 말했다.

그러더니 작은 탁자 쪽으로 다가가며 말을 이었다.

"셰리주 한 잔 하시겠습니까, 무슈? 아니면 다른 아페리티프*라도?"

"그러지요. 감사합니다."

두 사람은 의자에 앉았다. 의사는 술을 주문하고 느릿느릿 이야기를 시작했다.

"이제 환자가 없습니다. 은퇴했거든요."

"아니, 이렇게 갑자기요?"

"갑자기는 아닙니다."

웨이터가 술을 가져오자 그는 잠시 말을 멈췄다. 그러고는 잔을

---

* 식욕을 돋우기 위해 식사 전에 마시는 술.

들며 말했다.

"어쩔 도리가 없었습니다. 제명당하기 전에 제 발로 그만두기로 했지요."

브라이언트 박사는 부드럽고 아련한 목소리로 이야기를 이었다.

"인생에는 전환점이라는 게 있게 마련입니다, 무슈 푸아로. 갈림길에서는 어느 쪽으로 갈지 결단을 내려야 합니다. 난 내 일을 좋아했습니다. 그걸 포기해야 한다는 건 정말 슬프고 가슴 아픈 일이었어요. 하지만 그럴 수밖에 없었습니다. 인간이라면 누구나 행복을 꿈꾸지 않습니까."

푸아로는 아무 말 없이 박사의 이야기를 기다렸다.

"어떤 여자가 있습니다. 내 환자인데…… 난 그녀를 사랑합니다. 그녀에게는 남편이 있지만, 그녀에게 참을 수 없는 고통만을 안겨주었지요. 마약중독자거든요. 당신이 의사라면 그게 무슨 의미인지 아실 겁니다. 하지만 그녀는 돈이 없기 때문에 그와 헤어질 수도 없었지요. 한동안 나는 결정을 내릴 수가 없었습니다. 하지만 이제 결심했어요. 난 그녀와 함께 케냐로 가서 새로운 삶을 시작할 겁니다. 나는 그녀가 작은 행복이라도 맛볼 수 있기를 바랍니다. 너무 오랫동안 고통 속에서 지내 왔거든요."

브라이언트는 다시 침묵에 잠겼다가 이번에는 좀 더 밝은 목소리로 말했다.

"무슈 푸아로, 내가 이런 이야기를 하는 건 어차피 곧 모든 사람들이 알게 될 것이기 때문입니다. 미리 알고 계시는 게 좋을 것 같아서요."

"잘 알겠습니다."

푸아로가 말했다. 잠시 후 그는 다시 입을 열었다.

"플루트를 가지고 가시는군요?"

브라이언트 박사가 미소를 지었다.

"이 플루트는 내 가장 오랜 친구랍니다. 모든 것이 사라져도 음악만은 영원히 남지요."

그는 애정 어린 손길로 플루트 케이스를 어루만지고는, 자리에서 일어나 고개를 숙였다.

푸아로도 함께 일어섰다.

"행운을 빌겠습니다, 박사님. 그리고 그 여자 분께도요."

푸아로가 말했다.

푸르니에가 푸아로를 발견했을 때, 그는 안내 데스크에서 퀘벡에 장거리 통화를 요청하고 있었다.

부러진 손톱

"이번엔 또 뭡니까? 아직도 그 상속녀한테 집착하는 겁니까? 그건 당신의 고정관념일 뿐이라고요."

푸르니에가 말했다.

"아니, 아니에요. 그런 게 아닙니다. 하지만 모든 일에는 순서와 방법이 있는 법입니다. 다음 일에 착수하려면 그 전에 하던 일을 완전히 마무리 지어야 합니다."

그렇게 말하고 나서 푸아로는 주위를 둘러보았다.

"저기 마드무아젤 제인이 있군. 함께 식사라도 하는 게 어떻겠습니까? 저도 될 수 있는 한 빨리 합류하겠습니다."

푸르니에는 마지못해 푸아로의 말을 따르기로 하고 제인과 함께 식당으로 향했다.

"어떻게 됐어요? 그 여잔 어떤 사람이었나요?"

제인이 호기심 어린 표정으로 물었다.

"키는 보통보다 약간 크고, 검은 머리에 얼굴은 흰 편이고, 뾰족한 턱을 가졌더군요……."

"마치 여권에 기재된 설명을 읽는 것 같네요. 제 여권은 최악이에요. 모든 게 평범하고 보통이라고 되어 있거든요. 코 중간. 입 보통. 그런데 입을 어떻게 묘사할 수 있는지 모르겠어요. 이마 보통. 턱 보통."

제인이 말했다.

"하지만 눈은 평범하다고 쓰여 있지 않겠지요."

푸르니에가 말했다.

"회색이라고 적혀 있어요. 하지만 회색도 눈에 띄는 색은 아니잖아요."

"마드무아젤, 당신의 눈동자가 눈에 띄지 않는다고 도대체 누가 그러던가요?"

프랑스 인이 테이블 위로 몸을 기울이며 말했다.

제인이 웃음을 터트렸다.

"영어로도 그런 말을 아주 잘하시네요. 안느 모리조에 대해 더 말씀해 주세요. 예쁘던가요?"

푸르니에가 조심스럽게 말했다.

"아세 비엥.(상당히 미인이더군요.) 그리고 안느 모리조가 아닙니다. 이제 안느 리처즈죠. 결혼했거든요."

"그럼 남편도 같이 왔나요?"

"아니요."

"어머나, 왜요?"

"남편은 캐나다나 미국에 있습니다."

푸르니에는 안느의 배경에 대해 조금 설명해 주었다. 이야기가 거의 끝나갈 무렵 푸아로가 나타났다.

그는 어딘가 낙담한 듯 보였다.

"어떻게 됐습니까, 몽 셰르(친구)?"

푸르니에가 물었다.

"고아원 원장인 안젤리크 수녀와 통화를 했습니다. 대서양 건너편에 있는 사람과 통화하는 건 정말 낭만적인 일이지요. 지구 반대편에 있는 사람과 이렇게 쉽게 이야기를 할 수 있다니."

"전송 사진도 마찬가지죠. 과학은 정말 위대한 낭만입니다. 그런데 무슨 이야기를 했습니까?"

"안젤리크 수녀와 이야기를 했는데, 리처즈 부인은 자기 말대로 마리 고아원에서 자랐다고 했습니다. 그리고 그녀의 어머니에 관해서도 상당히 솔직하게 말해 주더군요. 마리 모리조는 포도주 사업을 하던 프랑스 남자와 함께 퀘벡을 떠났답니다. 그때 안젤리크 수녀는 아이가 어머니의 영향에서 벗어나게 되어 안심했다는군요. 그녀가 보기에 마담 지젤은 타락의 길로 걸어가고 있었으니까요. 돈은 정기적으로 들어왔지만, 마담 지젤이 딸을 만나러 온 적은 없었다고 합니다."

"오늘 아침에 들은 것과 똑같군요."

"기본적으로는 그렇습니다. 좀 더 상세하다는 점만 빼면. 안느 모리조는 6년 전 고아원을 나와 매니큐어 칠하는 일을 하다가 나중에 어느 귀족 부인의 하녀로 들어갔답니다. 그리고 그 부인을 따라 퀘벡에서 유럽으로 왔다는군요. 편지를 자주 보내는 편은 아니었지만 적어도 1년에 두 번은 연락을 했다고 합니다. 안젤리크 수녀는 신문에서 심리 기사를 읽고 죽은 마리 모리조가 예전에 퀘벡에 살던 마리 모리조가 틀림없다고 생각했다는군요."

"남편은 어떻게 됐습니까? 지젤이 결혼했다는 걸 확실하게 알았으니 남편도 조사해 봐야 하지 않을까요?"

푸르니에가 물었다.

"저도 그렇게 생각했습니다. 그래서 전화를 건 겁니다. 지젤의 그 배신자 남편 조르주 르망은 1차 대전 초기에 전사했답니다."

푸아로는 순간 말을 멈췄다가 갑자기 내뱉었다.

"방금 내가 뭐라고 했지? 마지막에 한 말 말고 그 전에 말이죠. 나도 모르게 무심코…… 아주 중요한 말을 한 것 같은데."

푸르니에는 지금까지 푸아로가 한 말을 최대한 요점만 간추려 되풀이해 들려 주었지만, 자그마한 남자는 불만스러운 표정으로 고개를 저었다.

"아니, 아니…… 그거 말고. 아니, 상관없습니다……."

그는 제인을 향해 몸을 돌리고 대화를 나누었다.

식사가 끝나자, 푸아로는 라운지에서 커피를 마시자고 제안했다.

제인은 흔쾌히 대답하며 테이블 위에 놓아둔 가방과 장갑을 향해 손을 뻗었다. 그리고 물건을 집어 들다가 약간 머뭇거렸다.

"무슨 일입니까, 마드무아젤?"

"아무것도 아니에요. 손톱이 찢어져서요. 줄로 다듬어야겠네요."

제인이 웃으면서 말했다.

그때 푸아로가 별안간 의자에 털썩 주저앉았다.

"농 덩 농 덩 농.(이런 말도 안 되는 일이.)"

그는 조용히 중얼거렸다.

두 사람은 깜짝 놀라 그를 쳐다보았다.

"무슈 푸아로, 왜 그러세요?"

제인이 소리쳤다.

"바로 그거야."

푸아로가 말했다.

"안느 모리조가 왜 그렇게 낯이 익었는지 알았습니다. 난 그녀를 봤어요……. 살인 사건이 일어난 날 그 비행기 안에서 말입니다. 레이디 호버리가 그녀에게 손톱 다듬는 줄을 가져오라고 했죠. 안느 모리조는 레이디 호버리의 하녀입니다."

두려움

이 놀라운 사실이 갑자기 밝혀지자, 테이블 주위에 앉아 있던 세 사람은 아연실색했다. 이번 사건에 완전히 새로운 문이 열리게 된 것이다.

비극적인 살인 사건과 아무런 관계이 없다고 여겼던 안느 모리조가 사실은 살인 현장에 있었다. 세 사람이 정신을 가다듬기까지 시간이 조금 걸렸다.

푸아로가 미친 듯이 손을 휘저었다. 그의 눈은 감겨 있었고, 얼굴은 고통으로 일그러져 있었다.

"잠깐…… 잠깐만……!"

그는 두 사람에게 애원하듯 소리쳤다.

"생각을 해 봐야겠습니다. 이것이 이번 사건에 관해 제가 생각한 것들에 어떤 영향을 미치는지 곰곰이 생각해 봐야겠어요. 생각해야 해요. 기억해 내야 해……. 저주받을 위장 같으니. 온 신경이 거기에만 쏠려 있었으니, 원!"

푸르니에가 말했다.

"그러니까 그녀가 정말 비행기에 타고 있었단 말이죠? 알겠습니다. 이제야 알 것 같아요."

제인은 눈을 반쯤 감고 기억을 더듬었다.

"저도 기억나요. 키가 크고, 머리카락이 검은 여자였어요. 마들렌, 레이디 호버리가 마들렌이라고 불렀어요."

"맞아, 마들렌! 그런 이름이었습니다!"

푸아로가 말했다.

"레이디 호버리가 빨간색 화장품 가방을 가져다 달라고 해서 객실 끝으로 갔었어요."

"그러니까 그 여자가 자기 어머니 좌석 옆을 지나갔다고요?"

푸르니에가 말했다.

"그래요."

푸르니에가 커다랗게 한숨을 내쉬며 말했다.

"동기와 기회……. 두 가지 모두 갖춰졌군요."

갑자기 푸르니에가 평소의 조용한 분위기와 달리 격렬한 몸짓으로 탁자를 쾅 하고 내리쳤다. 그가 소리쳤다.

"하지만 파블뢰(정말이지)……, 왜 아무도 그녀에 대해 이야기하지 않은 겁니까? 왜 그녀를 용의자에 포함시키지 않은 거죠?"

"내가 방금 말했잖아요, 친구. 제 저주받을 위장 때문이었다고."

푸아로가 지친 목소리로 말했다.

"네 네, 압니다. 이해해요. 하지만 다른 사람들은 복통을 일으키지 않았잖습니까. 승무원이나 다른 승객들 말입니다."

"사건이 일어나기 훨씬 전에 있었던 일이라서 그런 것 같아요. 비행기가 르부르제 공항을 막 떠났을 때였거든요. 지젤 부인은 그 뒤로도 한 시간 정도 살아 있었으니까, 그 여자가 죽었을 거라는 생각은 아무도 못한 거죠."

제인이 말했다.

"그것 참 이상하군요. 독극물의 효력이 늦게 나타날 수도 있나? 간혹 그러기도 하지만……."

푸르니에가 생각에 잠겨 말했다.

푸아로가 신음 소리를 내더니 머리를 두 손으로 감싸 쥐었다.

"생각해야 해, 생각해야 해……. 내가 그동안 완전히 잘못 생각하고 있었단 말인가?"

"몽 뵈.(친구.) 그런 일은 누구에게나 일어납니다. 저도 그런 적이 있지요. 당신도 그럴 수 있습니다. 때로는 자존심을 버리고 생각을 완전히 바꿔야 할 때도 있는 법입니다."

푸르니에가 말했다.

"그건 맞는 말입니다. 어쩌면 제가 한 가지에만 너무 집중하고 있었는지도 몰라요. 전 확실한 단서를 기대하고 있었고, 그것을 찾아냈습니다. 그리고 그 단서를 바탕으로 가설을 세웠지요. 하지만 제가 처음부터 잘못 생각했다면…… 그게 단순히 우연한 사고의 결과에 지나지 않는다면……. 그렇다면…… 그래요, 그때는 제가 완전히 틀렸다는 걸 인정해야겠지요."

푸아로가 말했다.

"하지만 이로써 사건이 엄청난 전환을 맞이했다는 걸 당신도 부인할 수는 없을 겁니다. 동기와 기회가 완벽하게 갖춰져 있어요. 더이상 또 뭐가 필요합니까?"

푸르니에가 말했다.

"없어요. 당신 말대로예요. 독의 효과가 늦게 나타난 건 참으로 놀라운 일입니다. 솔직히 말하면 거의 불가능하지요. 하지만 독극물에 관한 한 때로 불가능한 일이 일어나기도 하니까……. 특이체질이라는 것도 있고 말입니다……."

푸아로의 목소리가 점점 희미해졌다.

"수사 계획을 짜야겠습니다. 우선 안느 모리조가 눈치 채지 못하도록 조심하는 게 좋겠습니다. 그 여자는 당신이 자기를 알아봤다는 걸 아직 모르니까요. 아마 자기가 의심에서 벗어나 있다고 생각할 겁니다. 우리는 그녀가 어느 호텔에 묵고 있는지 알고 있고, 티보 변호사를 통해 계속 연락을 취할 수도 있습니다. 법률적인 절차는 뭐든 시간이 오래 걸리게 마련이지요. 우리는 이제 동기와 기회라는 …… 확실한 근거를 갖고 있습니다. 하지만 그래도 안느 모리조가 뱀독을 가지고 있었다는 걸 증명해야 합니다. 그리고 대통을 사고 쥘 페로에게 뇌물을 준 미국인도 밝혀내야 해요. 아마 그 사람이 남편인 리처즈일 겁니다. 남편이 캐나다에 있다는 건 안느 모리조가 한 말일 뿐이잖습니까.”

푸르니에가 말했다.

“당신 말대로…… 남편이……. 그래, 남편. 아! 잠깐 잠깐만!”

푸아로는 손가락으로 관자놀이를 꾹꾹 누르며 중얼거렸다.

“아니야, 잘못됐어. 내가 작은 회색 뇌세포를 체계적이고 조직적으로 활용하지 않았어. 내가 너무 성급하게 결론을 내린 모양이야. 내 생각에 어쩌면, 아니, 내가 생각했던 건……. 이런, 또 잘못 생각했군. 처음 생각이 옳다면 다시 생각할 필요가 없지…….”

그는 말을 멈췄다.

“무슨 말씀을 하시는 건지 전혀 모르겠어요.”

제인이 말했다.

푸아로는 한참 동안 대답하지 않았다. 그러더니 관자놀이에서 손을 떼고 의자에 똑바로 앉아 자신의 균형 감각에 어긋나게 놓여 있는 포크 두 개와 소금통을 나란히 정리했다.

“논리적으로 생각해 봅시다. 안느 모리조는 유죄 아니면 무죄가 틀림없습니다. 만일 그녀가 무죄라면 어째서 거짓말을 했을까? 어째서 자신이 레이디 호버리의 하녀라는 사실을 숨겼을까요?”

푸아로가 말했다.

“글쎄요. 뻔하지 않습니까?”

푸르니에가 말했다.

“그렇다면 그녀가 거짓말을 했으니 유죄라고 가정합시다. 아아, 잠깐만 기다려요. 처음에 내가 생각한 가정이 옳다면, 그것은 안느 모리조가 유죄라는 것과 일치하는 것일까, 아니면 그녀가 거짓말을 한 것과 일치하는 것일까? 그래 그래⋯⋯, 그럴지도 모르겠군. 한 가지 전제가 주어진다면 말이야. 하지만 그 경우에는⋯⋯ 그리고 그 전제가 옳다면⋯⋯, 그렇다면 안느 모리조는 그 비행기에 타서는 안 됐던 거야!"

두 사람은 예의 바르게 푸아로를 바라보았다. 하지만 그것은 마지못해 관심을 보이는 것이었다.

푸르니에는 속으로 생각했다.

'재프 경감이 한 말을 이제야 알겠군. 이 사람은 정말 일을 어렵게 만드는군. 왜 그렇게 간단한 일을 복잡하게 만드는 거지? 간단한 해결책이 있는 데도 곧이곧대로 받아들이지 못하고 꼭 자기 생각에 맞춰 쑤셔 넣어야 직성이 풀리는 모양이지?'

제인은 생각했다.

'무슨 뜻인지 전혀 모르겠어. 왜 그 여자가 비행기에 타선 안 되었다는 거지? 하녀니까 레이디 호버리가 가는 곳이라면 어디든 같이 가야 하잖아. 이 사람 혹시 사기꾼 아냐⋯⋯.'

갑자기 푸아로가 깜짝 놀란 듯 숨을 헉하고 들이마셨다.

"그래, 당연하지! 가능성이 있습니다. 그게 맞는지 간단하게 알아낼 방법이 있어요."

푸아로는 의자에서 일어났다.

"이번엔 또 뭡니까?"

푸르니에가 물었다.

"전화를 해야겠습니다."

"퀘벡으로 국제전화를 하려고요?"

"아니, 이번에는 런던입니다."

"경시청에요?"

"아니요, 그로브너 스퀘어에 있는 레이디 호버리에게 걸 겁니다. 제발 레이디 호버리가 집에 있어야 할 텐데."

"조심하십시오. 혹시 우리가 자기를 의심하고 있다는 걸 안느 모리조가 알게 되면 일이 전부 틀어지게 됩니다. 무엇보다 우릴 경계하게 해서는 안 돼요."

"걱정 마세요. 신중하게 할 테니. 딱 하나만 물어보면 됩니다. 아무런 해도 되지 않을 거예요. 원한다면 통화할 때 옆에 있어도 됩니다."

푸르니에는 미소를 지었다.

"아니, 아닙니다."

"괜찮다니까. 같이 갑시다."

두 남자는 제인을 라운지에 남겨 두고 떠났다.

전화가 연결되기까지 시간이 조금 걸렸다. 하지만 푸아로에게는 행운이 따라 주었다. 레이디 호버리는 집에서 점심 식사를 하고 있었다.

"잘됐군. 레이디 호버리에게 무슈 푸아로가 파리에서 전화를 걸었다고 전해 주세요."

시간이 흘렀다.

"레이디 호버리? 아뇨 아뇨, 아무 문제 없습니다. 모두 잘 해결되었으니 걱정 안 해도 됩니다. 그것 때문에 전화한 것이 아니라, 물어볼 게 하나 있어서요. 네…… 부인이 비행기로 파리에서 영국으로 갈 때, 하녀는 보통 당신과 함께 비행기를 탑니까, 아니면 기차를 이용하나요? 기차라고요. 그리고 특별한 경우에만…… 알겠습니다……. 확실한가요? 아, 그만뒀다고요? 그렇군요. 아무 말도 않고 갑자기 그만둬 버렸단 말입니까? 배은망덕하군요. 맞습니다. 정말 은혜를 모르는 사람이군요! 네, 그렇습니다. 아뇨, 마음 놓으십시오. 오르부아.(그럼 이만.) 고맙습니다."

푸아로는 수화기를 내려놓고 푸르니에에게 몸을 돌렸다. 그의 눈동자는 밝은 초록색으로 반짝이고 있었다.

"잘 들어요, 친구. 레이디 호버리의 하녀는 보통의 경우 배나 기차를 이용한다고 합니다. 그런데 살인 사건이 있던 날에는 레이디 호버리가 비행기를 타기 직전에 변덕을 부려 마들렌도 함께 가는 게 낫겠다고 결정했다는군요."

그는 프랑스 인의 팔을 잡아당겼다.

"서둘러야겠습니다. 빨리 그녀가 묵고 있는 호텔로 가야 합니다. 만약 제 생각이 맞다면…… 아마 그럴 테지만…… 이러고 있을 시간이 없어요."

푸아로가 말했다.

푸르니에는 푸아로를 빤히 바라보았다. 하지만 미처 물어볼 틈도 없이 푸아로는 벌써 몸을 돌려 호텔 회전문을 향해 걸어가고 있었다. 푸르니에는 서둘러 푸아로의 뒤를 따라갔다.

"하지만 이해가 안 갑니다. 이게 다 무슨 일입니까?"

제복을 입은 호텔 수위가 택시 문을 열고 서 있었다. 푸아로는 펄쩍 올라타더니 안느 모리조가 머물고 있는 호텔 이름을 댔다.

"서둘러 줘요, 빨리!"

푸르니에도 푸아로를 따라 택시에 올라탔다.

"대체 무슨 생각을 하시는 겁니까? 왜 이렇게 서두르는 거죠?"

"왜냐하면 친구, 만일 제 생각이 옳다면 안느 모리조는 지금 몹시 위험한 상황에 처해 있기 때문입니다."

"뭐라고요?"

푸르니에는 목소리에 의심스러운 기색이 묻어나는 것을 숨길 수가 없었다.

"걱정이군. 정말 걱정이야. 봉 디외!(빌어먹을!) 이놈의 택시는 왜 이렇게 굼벵이처럼 기어가는 거야!"

푸아로가 말했다.

사실 그때 택시는 시속 65킬로미터에 가까운 속력으로, 운전수의 훌륭한 솜씨에 힘입어 다른 차량 사이를 이리저리 교묘하게 헤치며 달리고 있었다.

"어찌나 굼벵이 같은지 어디다 갖다 박지 않는 게 다행이군요."

푸르니에가 냉담하게 말했다.

"게다가 마드무아젤 그레이를 호텔에 내버려 두고 오지 않았습니까. 그 아가씨는 우리가 전화를 하러 간 줄만 알고 기다리고 있을 텐데요. 한마디 남겼어야 하는 거 아닙니까? 이건 너무 무례한 행동이에요."

"무례고 뭐고 사람의 생사가 걸린 일이 우선입니다."

"생사라고요?"

푸르니에는 어깨를 으쓱했다. 그리고 속으로 생각했다.

'아무 일도 아닐 거야. 하지만 이 고집불통 노인네가 일을 엉망으로 만들면 어쩌지. 우리가 자기를 의심하고 있다는 걸 그 여자가 알게 되면…….'

푸르니에는 푸아로를 설득해 보기로 했다.

"무슈 푸아로, 이성적으로 생각해 봅시다. 우린 지금 신중하게 움직여야 해요."

"아직도 이해를 못 하고 있군요. 전 정말 걱정입니다……. 정말 걱정이에요……."

푸아로가 말했다.

안느 모리조가 묵고 있는 호텔 앞에서 택시가 급하게 멈춰 섰다.

푸아로는 황급하게 뛰쳐나가다가 호텔에서 나오는 청년과 하마터면 부딪힐 뻔했다.

푸아로는 발을 멈추고 젊은이의 뒷모습을 멍하니 바라보았다.

'분명히 아는 얼굴인데…… 어디서 봤더라……? 아, 그렇지, 레이먼드 배러클로라는 배우야.'

푸아로가 호텔로 막 들어서려는 순간, 푸르니에가 그의 팔을 붙잡았다.

"무슈 푸아로, 전 당신을 정말 존경하고, 당신의 수사 방식에도 감탄하고 있습니다. 하지만 경솔한 행동을 해서는 안 됩니다. 저는 여기 프랑스에서 이번 사건을 책임지고 있으며……."

푸아로가 그의 말을 가로막았다.

"당신이 무슨 말을 하려는 건지 저도 압니다. 하지만 제 '경솔한 행동'에 대해서는 걱정하지 않아도 됩니다. 안내 데스크에 물어볼 테니까요. 만일 마담 리처즈가 아직도 여기 묵고 있다면 아무 문제가 없습니다. 아직 해를 입지 않은 것이니까요. 그것만 확인하고 나서 앞으로 어떻게 할지 의논합시다. 어떻습니까? 여기엔 반대 안 하겠죠?"

"좋습니다. 그렇게 하도록 하죠."

"좋습니다."

푸아로는 회전문을 지나 안내 데스크로 갔다. 푸르니에가 그의 뒤를 따랐다.

"리처즈 부인이 여기 묵고 있다고 들었습니다만."

푸아로가 말했다.

"죄송합니다, 무슈. 부인은 여기 묵으셨다가 오늘 떠나셨습니다."

"떠났다고요?"

푸르니에가 물었다.

"네, 무슈."

"언제 나갔습니까?"

직원은 시계를 힐끗 쳐다보았다.

"30분쯤 전에요."

"갑자기 떠난 거요? 어디로 갔는지 압니까?"

그 질문에 직원은 갑자기 얼굴 표정이 굳어지더니 대답을 거부했다. 하지만 푸르니에가 신분증을 내밀자, 단번에 말투를 바꿔 최대한 협조하겠다고 말했다.

부인은 주소를 남기지 않았다. 호텔 직원은 그녀가 갑자기 계획이 바뀌어 서둘러 떠나는 것이라고 생각했다. 그녀가 처음에 말하길 일주일 정도 묵을 예정이라고 했기 때문이다.

질문이 이어졌다. 접수계 직원과 포터, 엘리베이터 보이들이 불려왔다.

접수계 직원의 말에 따르면, 어떤 남자가 그녀를 만나러 왔다고 한다. 그가 왔을 때 리처즈 부인은 나가고 없었는데, 그는 그녀가 돌아오기를 기다렸다가 함께 점심 식사를 하러 나갔다. 어떤 남자였냐는 질문에 그는 미국인이라고 대답했다. 전형적인 미국인이었다고 했다. 부인은 그 남자를 보고 상당히 놀란 것 같았다. 점심 식사를 하고 돌아온 후, 그녀는 짐을 아래로 옮겨 택시에 실어 달라고 요청했다.

리처즈 부인이 어디로 갔는지 아느냐는 질문에 그녀는 파리 북역으로 갔다고 했다. 적어도 택시 기사에게 그렇게 말했다는 것이다. 미국인 남자도 그녀와 함께 갔느냐는 질문에 아니라고 대답했다. 그녀 혼자 떠났다는 것이다.

푸르니에가 중얼거렸다.

"북역이라……. 그럼 영국으로 갔다는 이야기인데, 2시 기차가 있습니다. 하지만 속임수인지도 모릅니다. 불로뉴에 전화해서 택시를 조회해 봐야겠습니다."

이제는 푸르니에게도 푸아로의 걱정이 옳은 것 같았다.

프랑스 인의 얼굴은 초조함으로 가득했다.

그는 신속하고 효과적으로 사법 체계를 이용했다.

호텔 라운지에 앉아 책을 읽고 있는 제인이 푸아로의 모습을 발견한 것은 그날 오후 5시쯤이었다.

화가 난 그녀는 푸아로를 보고는 결국 아무 말도 하지 못했다. 푸아로의 표정이 심상치 않았던 것이다.

"왜 그러세요? 무슨 일이 있었나요?"

제인이 물었다.

푸아로가 제인의 두 손을 잡았다.

"삶이란 참으로 가혹한 겁니다, 마드무아젤."

푸아로의 말투에 제인은 온몸이 오싹해졌다.

"무슨 일이에요?"

제인은 다시 한 번 물었다.

푸아로가 천천히 대답했다.

"불로뉴에 도착한 임항열차의 일등실에서 한 여자의 시체가 발견되었습니다."

제인의 얼굴에서 핏기가 사라졌다.

"안느 모리조예요?"

"안느 모리조였습니다. 손에는 푸른색 작은 병이 들려 있었는데,

그 안에는 청산가리가 담겨 있었지요."

"세상에! 자살한 건가요?"

제인이 외쳤다.

푸아로는 한참 동안 대답하지 않았다. 그러더니 신중하게 단어를 골라 말했다.

"그래요. 경찰은 자살로 추정하고 있습니다."

"선생님은요?"

푸아로는 천천히 엄숙한 몸짓으로 제인의 손을 놓아 주었다.

"달리 어떻게 생각할 수 있겠습니까?"

"왜 자살을 했을까요? 양심의 가책 때문에? 아니면 자기가 한 일이 들통 날까 봐 두려웠던 걸까요?"

푸아로는 고개를 저었다.

"때로 인생은 참으로 가혹하지요. 그럴 때는 용기가 필요합니다."

"자살을 하려면 말인가요? 네, 저도 그렇게 생각해요."

"살기 위해서도 마찬가지입니다. 살기 위해서도 용기가 필요하지요."

다음 날, 푸아로는 파리를 떠났다. 제인은 해야 할 일의 목록을 받고 파리에 남았다. 그중 대부분이 아무 의미도 없어 보였지만, 어쨌든 제인은 최선을 다해 맡은 일을 수행했다. 제인은 장 뒤퐁을 두 번 만났다. 그는 제인이 참가하게 될 발굴 여행에 대해 이야기해 주었는데, 푸아로의 지시 없이는 차마 사실을 밝힐 수 없었기에 제인은 그럴싸하게 둘러대며 화제를 바꾸었다.

닷새 뒤, 그녀는 영국으로 돌아오라는 전보를 받았다.

제인은 빅토리아 역에서 노먼을 만나 그동안 있었던 일들에 관해 이야기를 나누었다.

안느 모리조의 자살 사건은 거의 알려지지 않았다. 캐나다에서 온 리처즈 부인이라는 여자가 파리와 불로뉴를 오가는 임항열차에서 자살했다는 짤막한 기사가 신문에 실렸을 뿐이었다. 비행기 살인 사건과의 연관성은 한마디도 언급되지 않았다.

노먼과 제인은 상당히 들떠 있었다. 두 사람의 고통이 마침내 끝난 것만 같았던 것이다. 하지만 노먼은 제인만큼 낙천적이지는 않았다.

"경찰은 안느 모리조가 자기 모친을 살해했다고 의심하지만, 이제 그녀가 죽었으니 더 이상 그 사건을 수사하지 않겠죠. 하지만 그 사실이 널리 알려지지 않는 한 우리처럼 불쌍한 사람들한테는 아무런 도움이 안 돼요. 우린 영원히 의심의 눈초리를 받으며 살아야 할 테니까요."

그는 며칠 후 피커딜리에서 푸아로를 만났을 때도 비슷한 이야기를 늘어놓았다.

푸아로는 그 말에 미소를 지었다.

"당신도 다른 사람들과 똑같군요. 나를 아무짝에도 쓸모없는 늙은이라고 생각하는 거지요? 좋습니다. 그렇다면 오늘 우리 집에서 함께 저녁 식사를 하지 않겠습니까? 재프 경감과 클랜시 씨도 올 거예요. 내가 아주 재미있는 이야기를 들려줄 예정이랍니다."

저녁 식사 시간은 매우 유쾌하게 흘러갔다. 재프는 약간 으쓱거리기는 했지만 탁월한 유머 감각을 발휘했다. 노먼도 무척 즐거워했고, 자그마한 몸집의 클랜시는 비행기 안에서 독침을 봤을 때처럼 흥분해 있었다.

푸아로가 이 작은 추리소설 작가에게 깊은 인상을 주려 한다는 데에는 의심의 여지가 없었다.

저녁 식사가 끝나고 커피를 마실 때, 푸아로가 쑥스러운 듯하면서도 뽐내는 태도로 목청을 몇 번 가다듬었다.

"여러분, 여기 계신 클랜시 씨라면 이렇게 말할 법한 이야기가 있습니다. '나한테는 나만의 방식이 있다네, 왓슨.' 세 사, 네스 파?(그런 거죠, 그렇죠?) 여러분이 지루하게 생각하지 않는다면……."

그는 의미심장한 표정으로 말을 멈췄다. 그러자 노먼과 재프가 재빨리 대꾸했다.

"아니, 그럴 리가 있나."

"재미있을 것 같군요."

푸아로가 말을 이었다.

"그렇다면 이번 사건에서 내가 어떤 방식을 사용했는지 간단하게 설명하지요."

그는 잠깐 말을 멈추고 수첩을 들여다보았다. 재프가 노먼의 귀에 속삭였다.

"또 잘난 척 우쭐거리는군요. 저 친구는 잘난 척하는 게 완전히 몸에 뱄다니까."

푸아로가 화난 표정으로 재프를 바라보며 "에헴!" 하고 헛기침을 했다.

세 사람이 짐짓 예의 바르게 푸아로에게 시선을 집중하자, 그는 이야기를 시작했다.

"처음부터 시작하지요, 여러분. 프로메테우스호가 파리에서 크로이든을 향해 그 불운한 여행을 하던 때로 돌아가 봅시다. 그때 내가 정확하게 어떤 느낌을 받았고 어떤 생각을 하게 되었는지, 그리고 나중에 다른 사건들이 발생하면서 애초의 느낌과 생각을 어떻게 확신하고 또 수정하게 되었는지 모두 말씀 드리겠습니다. 비행기가 크로이든에 도착하기 직전, 브라이언트 박사는 승무원의 부탁을 받고 시체를 확인하러 갔습니다. 나도 그 뒤를 따랐지요. 어쩌면 내 전문 분야일지도 모른다는 생각이 들었거든요. 누군가가 죽었을 때, 난 지나치게 직업의식에 사로잡히는 경향이 있습니다. 내게 죽음이란 두 가지로 분류됩니다. 내가 상관해야 할 죽음과 내가 상관하지 않아도 될 죽음이지요. 대개의 경우 후자 쪽이 훨씬 많은데…… 그런데도 나는 죽음이라는 말만 들으면 고개를 들고 코를 킁킁거리는 개처럼 굴고 맙니다.

브라이언트 박사는 승무원이 걱정한 대로 그 여자가 죽었다고 확인해 주었습니다. 그리고 사인에 대해서는 정밀 검사를 하지 않는 한 확실하게 말할 수 없다고 했지요. 그때 무슈 장 뒤퐁이 어쩌면 그 여자가 말벌에 찔려 쇼크사 했을지도 모른다는 의견을 제시했습니다. 이 주장을 뒷받침하기 위해 그는 자신이 죽인 벌을 보여 주며 사람들의 관심을 끌었지요.

그건 상당히 그럴듯한 의견이었습니다. 누구나 고개를 끄덕일 만한 이야기였죠. 죽은 여자의 목에는 자국이 나 있었는데, 말벌에 찔린 자국과 매우 흡사해 보였습니다. 그리고 비행기 안에서 분명 벌이 날아다녔으니까요.

그런데 그때 나는 무심코 바닥을 내려다보고 말벌의 시체처럼 보이는 또 다른 물건을 발견했습니다. 하지만 그것은 벌이 아니라 노란색과 검은색의 실크 조각이 감겨 있는 작은 침이었지요.

그때 클랜시 씨가 다가와 그것이 일부 원시 부족이 대통을 이용해 쏘는 독침이 틀림없다고 말했습니다. 아시다시피 그 후에 대통이 비행기 안에서 발견되었지요. 비행기가 크로이든에 도착할 즈음, 내 머릿속에는 여러 가지 생각들이 춤추고 있었습니다. 마침내 단단한 대지에 발을 디디자, 내 뇌는 평소처럼 뛰어난 능력을 발휘하기 시작했지요."

"계속해 보게, 무슈 푸아로. 겸손해할 필요 없다네."

재프가 히죽 웃으며 말했다.

푸아로는 그를 힐끗 쳐다보고 말을 이었다.

"한 가지만은 매우 분명했습니다. 다른 모든 분들도 같은 생각을 하셨겠지만, 살해 방식이 매우 대담하고 아무도 범행 순간을 목격하지 못했다는, 참으로 믿기 힘든 사실이었습니다! 또한 나는 두 가지 점에 흥미를 느꼈습니다. 하나는 마침 말벌이 날아다녔다는 점이고, 다른 하나는 대통이 발견되었다는 것이었지요.

심리가 끝나고 내 친구 재프에게도 말했듯이, 어째서 살인자는 대통을 창문에 뚫려 있는 환기구를 통해 버리지 않았을까요? 독침은 그 출처를 추적하거나 알아내기가 쉽지 않지만, 가격표 조각까지 붙어 있는 대통이라면 문제가 다릅니다. 그렇다면 해답은 무엇일까요? 바로 살인자가 대통이 발견되기를 바랐다는 겁니다.

하지만 어째서 범인은 살인 도구가 발견되기를 바랐을까요? 논리적인 이유는 단 한 가지뿐입니다. 독침과 대통이 발견된다면 사람들은 당연히 살인자가 대통으로 독침을 쏴서 희생자를 죽였다고 생각할 테니까요. 즉, 범인은 그런 방식으로 범행을 저지른 것이 아니었습니다. 한편, 의학적 증거에 따르면 사인은 틀림없이 독침이었습니다. 나는 눈을 감고 스스로에게 물어보았지요. 경정맥에 독침을 꽂는 가장 간단하고 확실한 방법은 무엇인가? 대답은 곧 나왔습니다. 바로 손으로 찌르는 거지요.

그러자 어째서 대통이 발견되어야만 했는지 알 수 있었습니다. 대통은 '거리'를 암시하기 위해 필요했던 겁니다. 내 추측이 옳다면, 마담 지젤을 죽인 살인범은 그녀의 좌석 가까이 접근해 몸을 굽혔을 겁니다. 그런 사람이 있었나요? 네, 두 명 있었습니다. 바로 승무원들이죠. 그 두 사람은 언제든지 마담 지젤에게 가까이 다가가 몸을 구부릴 수 있었고, 그것을 수상하게 여길 사람은 아무도 없을 겁니다. 그렇다면 다른 사람은 어떨까요? 네, 클랜시 씨가 있습니다. 그는 비행기 안에서 유일하게 마담 지젤의 좌석 옆을 지나갔습니다. 그리고 대통과 독침 이론을 처음으로 내놓은 장본인이기도 하지요."

클랜시가 자리에서 벌떡 일어났다.

"그렇지 않습니다! 그렇지 않아요. 터무니없는 주장입니다!"

그는 울부짖듯 말했다.

"앉으십시오. 내 이야기는 아직 끝나지 않았습니다. 결론에 도달하게 된 과정을 하나씩 차근차근 설명할 테니까요."

푸아로가 말했다.

"나는 처음에 세 사람을 용의자로 주목했습니다. 미첼, 데이비스, 그리고 클랜시 씨였지요. 세 사람 모두 얼핏 보기에는 살인자로 보이지 않지만, 어쨌든 더욱 자세히 조사할 필요가 있었습니다.

다음으로 나는 말벌에 대해 생각해 보았습니다. 말벌은 많은 것을 암시하고 있었습니다. 먼저 커피가 나오기 전에는 말벌을 본 사람이 아무도 없었지요. 이건 굉장히 이상한 일이었습니다. 그래서 나는 한 가지 이론을 세웠습니다. 범인이 이 비극적인 사건에 대해 서로 다른 두 개의 해결책을 마련해 두었다는 것이지요.

첫 번째는 아주 간단한 것으로, 마담 지젤이 말벌에 찔려 심장마비로 죽었다는 겁니다. 이 각본의 성공 여부는 범인이 독침을 회수할 수 있느냐 없느냐에 달려 있었습니다. 제프와 나는 그것이 어렵지 않다는 결론을 내렸습니다. 타살이라고 의심하지 않는다면 말입니다. 독침 끝에 달려 있던 실크 보푸라기를 일부러 다른 색으로 물들인 것은 말벌처럼 보이게 하려는 의도가 틀림없었습니다. 우리의 살인자는 희생자의 좌석에 다가가 목에 독침을 찌르고 말벌을 풀어 놓은 겁니다. 독사의 독은 무척 강력했기 때문에 희생자는 거의 즉사했겠지요. 설령 마담 지젤이 소리를 질렀다 하더라도 비행기 소음에 묻혀 버렸을 것이고, 누군가가 그 목소리를 들었다 하더라도 벌이 왱왱거리는 소리로 치부했을 겁니다. 그 가엾은 여자는 말벌에 쏘여 죽은 게 되는 겁니다. 이게 바로 첫 번째 계획입니다.

그렇다면 이번에는 범인이 독침을 회수하기 전에 누군가가 그것을 발견한다고 가정해 봅시다. 실제로도 그런 일이 벌어졌지요. 그 경우에는 엎친 데 덮친 격이 되고 맙니다. 자연사를 내세울 수 없게 되니까요. 그래서 대통을 창문 밖으로 버리지 않고 비행기를 수색할 때 발견될 만한 장소에 숨겨 놓은 겁니다. 그러면 경찰은 대통을 살인 도구로 확신하겠죠. 대통이 사용되었을 만한 거리를 예상하고, 대통의 출처를 알아낸 뒤 범인이 미리 설정해 놓은 방향을 따라가는 겁니다.

자, 이제 나는 범행에 대한 이론을 세우고 용의자를 세 명으로 추렸습니다. 그리고 가능성은 희박하지만 네 번째 용의자도 발견했습니다. 무슈 장 뒤퐁은 '말벌에 쏘여 죽었다'는 이론을 가장 먼저 내세웠으며, 죽은 마담 지젤과 겨우 통로 하나를 두고 건너편 자리에 앉아 있었기 때문에 다른 사람들 눈에 띄지 않고 자리에서 움직일 수 있었지요. 하지만 난 그가 그런 위험을 감수했으리라고는 생각하지 않았습니다. 나는 말벌에 집중했습니다. 만일 살인자가 말벌을 가지고 비행기에 탑승해 심리적 순간을 틈타 날려 보냈다면, 분명 말벌을 넣어 둘 작은 상자 같은 것을 가지고 있었겠지요. 따라서 나는 승객들의 주머니와 가방 안에 든 물건에 관심을 가지게 되었던 겁니다.

여기서 나는 전혀 예상치 못한 진전을 맞게 되었습니다. 내가 애타게 찾던 것을 발견한 거죠. 그런데 그 물건은 전혀 엉뚱한 사람에게서 발견되었습니다. 비어 있는 작은 브라이언트 앤드 메이 성냥갑이 노먼 게일 씨의 주머니에서 나온 겁니다. 그렇지만 모든 정황과 증거를 살펴볼 때, 게일 씨는 한 번도 객실 통로를 지나간 적이 없었습니다. 그저 화장실에 갔다가 자기 자리로 돌아왔을 뿐이었죠. 하지만 언뜻 불가능해 보이기는 해도 게일 씨가 범행을 저지를 수 있는 방법이 있었습니다. 그의 가방 속에 들어 있던 물건들을 보면 알 수 있지요."

노먼 게일은 깜짝 놀라 당황한 듯 보였다.

"제 가방 말인가요? 전 그 안에 뭐가 들어 있었는지도 기억이 안 나는군요."

푸아로는 그를 보며 상냥하게 웃었다.

"잠시만 기다리십시오. 그건 조금 있다가 말해 줄 테니까요. 지금은 우선 내 첫 번째 생각을 이야기하고 있는 겁니다. 다시 말하지만 난 네 명의 용의자를 지적했습니다. 가능성의 관점에서 말이죠. 승무원 두 명과 클랜시 씨, 그리고 게일 씨였습니다.

그 다음으로 범죄의 다른 측면, 즉 동기를 살펴보기로 했습니다. 만일 동기와 가능성이 일치한다면 우리는 범인을 발견하는 겁니다. 그러나 유감스럽게도 아무것도 발견하지 못했습니다. 여기 있는 내 친구 재프 경감은 내가 언제나 일을 어렵게 만든다고 하더군요. 하지만 오히려 그 반대로, 나는 세상에서 가장 단순한 방법으로 동기 문제에 접근했습니다. 마담 지젤이 사망할 경우 이득을 얻는 사람은 누구인가? 물론 알려지지 않은 그녀의 딸이었습니다. 마담 지젤의 재산을 모두 물려받게 되니까요. 또한 마담 지젤에게 협박을 받던 사람들, 아니 정확하게 알 수는 없으니 협박을 받고 있었을지도 모를 사람들이었습니다.

소거법으로 정리해 보면, 비행기에 타고 있던 승객들 가운데 마담 지젤과 확실하게 연관되어 있던 사람은 단 한 명뿐이었습니다. 바로 레이디 호버리였지요. 레이디 호버리의 경우 동기가 분명했습니다. 그녀는 사건이 일어나기 전날 밤, 파리에 있는 지젤의 집을 방문했습니다. 그녀는 절박한 상황에 처해 있었기 때문에, 젊은 배우 친구를 미국인으로 분장시켜 대통을 사고 유니버설 항공사 직원을 매수해 마담 지젤이 12시 여객기를 타게 만들 수도 있었습니다.

그런데 이 두 가지 이론은 양쪽 다 문제가 있었습니다. 하나는 레이디 호버리가 어떻게 범행을 저질렀는지 알 수 없다는 것이고, 다른 하나는 승무원이나 클랜시 씨, 혹은 게일 씨의 동기를 찾을 수 없다는 것이었죠. 그러면서도 나는 늘 마음 한편으로 마담 지젤의 알려지지 않은 딸이자 상속녀를 염두에 두고 있었습니다. 네 명의 용의자 가운데 결혼한 사람이 있을까? 그렇다면 혹시 그 부인들 중 한 명이 지젤의 딸인 안느 모리조가 아닐까? 안느 모리조의 아버지가 영국인이었다면 딸은 영국에서 자랐을 테니까요.

미첼 부인은 금방 용의선상에서 지워졌습니다. 그녀는 대대로 도싯 지방에서 살아온 집안 출신이더군요. 데이비스는 양쪽 부모가 모두 살아 있는 어떤 처녀를 쫓아다니고 있었고, 클랜시 씨는 독신이었습니다. 게일 씨는 제인 그레이 양에게 푹 빠져 있었죠. 나는 아주 조심스럽게 제인 그레이 양의 과거를 조사했습니다. 이야기를 나누다가 그녀가 더블린 근방에 있는 고아원에서 자랐다는 것을 알았기 때문입니다. 하지만 곧 그녀가 마담 지젤의 딸이 아니라는 것을 깨달았지요.

난 사건의 결과를 토대로 표를 만들었습니다. 승무원 두 명은 마담 지젤의 사망으로 얻은 것도 잃은 것도 없었습니다. 그저 미첼이 충격으로 고통스러워하고 있을 뿐이었지요. 클랜시 씨는 이 사건을 소설로 써서 돈을 벌 계획을 세우고 있었습니다. 게일 씨는 병원 환자가 급격하게 줄어들었죠. 여기까지는 도움될 만한 게 아무것도 없었습니다.

그러나 바로 그 시점에서, 나는 게일 씨가 범인이라는 확신을 가지게 되었습니다. 빈 성냥갑과, 그의 가방에 든 물건들이 그렇게 말하고 있었지요. 물론 겉으로 보기에 그는 마담 지젤의 죽음으로 득을 보기는커녕 오히려 손해만 입고 있었습니다. 하지만 그것은 거짓된 모습인지도 몰랐습니다. 나는 그와 친해지기로 마음먹었습니다. 내 경험상 사람들은 대화를 나누다 보면 언제나 참된 모습을 드러내게 마련입니다. 누구나 자기 이야기를 하고 싶어 하는 법이거든요. 나는 게일 씨의 신뢰를 얻기 위해 애썼습니다. 그를 믿는 척하고, 심지어 그의 도움을 구하기도 했지요. 나는 그를 설득해 레이디 호버리를 거짓으로 협박해 달라고 부탁했습니다.

그리고 바로 그때, 그는 첫 번째 실수를 저질렀습니다. 나는 게일 씨에게 변장을 하는 게 어떻겠냐고 했습니다. 그랬더니 그는 정말 우스꽝스럽고 엉터리 같은 모습으로 나타나더군요! 무슨 어릿광대도 아니고, 세상에 어느 누구도 그렇게 엉터리 변장을 할 수는 없을 겁니다. 그는 도대체 왜 그랬을까요? 왜냐하면 게일 씨는 자기에게 죄가 있음을 알고 있었기 때문입니다. 자신이 좋은 배우임을 드러내고 싶지 않았던 거지요. 하지만 내가 형편없는 분장을 조금 고쳐 주자 그의 예술가적 능력이 빛을 발하기 시작했습니다. 그는 자신의 역할을 완벽하게 해냈고, 레이디 호버리는 그를 알아보지 못했습니다.

나는 게일 씨가 파리에서는 미국인으로 변장하고, 프로메테우스호에서도 필요한 역할을 충분히 해낼 수 있는 사람임을 확신하게 되었습니다. 그때부터 나는 마드무아젤 제인이 걱정되기 시작했습니다. 그녀는 그의 공범이거나 아니면 전혀 아무것도 모르고 있을 테니까요. 그녀가 결백하다면 그녀 역시 사건의 희생자입니다. 어느 날 아침 눈을 떠 보니 살인자와 결혼을 한 셈이니까요. 그래서 나는 두 사람의 결혼을 막기 위해 마드무아젤 제인을 내 비서로 삼아 함께 파리로 갔습니다.

그런데 우리가 파리에 있는 동안 행방을 알 수 없었던 상속녀가 나타나 마담 지젤의 유산을 요구했습니다. 나는 어디선가 그녀를 본 적이 있다는 생각이 들었지만, 당시에는 기억이 나지 않았죠. 나중에 기억해 냈을 때는…… 너무 늦었고요. 처음에 그녀가 사건이 일어난 비행기에 타고 있었으며 거짓말을 했다는 사실을 알았을 때는 내 모든 이론이 뒤집어지는 것 같았습니다. 아무리 봐도 그녀를 유죄로밖에 생각할 수 없었으니까요.

하지만 그녀가 범인이라 하더라도 그녀에게는 공범이 있어야 합니다. 대통을 사고 줄 페로를 매수한 남자 말입니다. 그 남자는 누구였을까요? 혹시 그녀의 남편이었을까요? 바로 그 순간 내 머릿속에 진정한 해답이 떠올랐습니다. 한 가지 사실만 증명된다면 틀림없는 해답이 될 터였지요. 내 해답이 옳다면 안느 마리조는 그 비행기에 타는 게 아니었습니다. 나는 레이디 호버리에게 전화를 걸어 물어보았습니다. 마들렌이라는 그 하녀는 레이디 호버리가 마지막 순간에 변덕을 부리는 바람에 비행기에 타게 되었더군요.”

푸아로는 말을 멈췄다.

클랜시가 말했다.

“흠…… 하지만…… 난 잘 모르겠습니다.”

“내가 범인이라는 생각은 언제 그만두신 겁니까?”

노먼이 물었다.

푸아로가 그를 향해 몸을 획 돌렸다.

“그만두지 않았습니다. 당신이 범인입니다. 잠깐만…… 모두 말해 줄 테니 기다려요. 지난 일주일 동안 나와 재프 경감은 무척 바쁘게 보냈습니다. 당신이 삼촌인 존 게일의 뜻을 따라 치과 의사가 된 건 사실입니다. 당신은 삼촌과 동업을 하면서 그의 이름을 물려받았죠. 하지만 당신은 존 게일의 남동생이 아니라 여동생의 아들이었습니다. 당신의 진짜 이름은 리처즈입니다. 그리고 그 이름으로 당신은 지난 겨울 니스에서 자기 주인을 따라온 안느 모리조를 알게 되었지요. 그녀가 우리에게 말해 준 어린 시절 이야기는 대부분 사실이었지만, 뒷부분은 당신이 교묘하게 바꾼 것이었습니다.

안느 모리조는 자기 어머니의 처녀 때 이름을 알고 있었어요. 그때 마담 지젤은 몬테카를로에 있었습니다. 안느 모리조는 자기 어머니를 가리키며 자신의 진짜 이름을 말해 주었겠지요. 당신은 큰 재산을 손에 넣을 수 있겠다는 생각을 하게 되었습니다. 도박꾼 기질에 불이 붙은 겁니다. 레이디 호버리와 마담 지젤의 관계를 알려 준 것은 안느 모리조였습니다. 그때부터 당신 머릿속에서 범행 계획이 착착 세워지기 시작했습니다. 당신은 레이디 호버리에게 혐의가 돌아갈 만한 방법으로 마담 지젤을 살해하기로 했지요.

계획이 무르익어 마침내 결실을 맺을 때가 왔습니다. 당신은 유니버설 항공사 직원을 매수해 마담 지젤이 레이디 호버리와 같은 비행기에 타도록 만들었습니다. 안느 모리조는 자기가 영국으로 기차를 타고 갈 것이라고 말했죠. 그래서 당신은 그녀가 그 비행기에 탔으리라고는 꿈에도 생각하지 못했습니다. 이 때문에 당신의 계획은 아주 위험하게 되었죠. 마담 지젤의 딸이자 상속녀가 같은 비행기에 타고 있었다는 사실이 밝혀지면 모든 혐의가 그녀에게 쏠릴 테니까요.

당신의 원래 계획은 범행이 일어난 시점에 그녀가 기차나 배를 타고 있었으므로 완벽한 알리바이를 갖춘 상태에서 재산을 상속받는 것이었습니다. 그러고 나서 당신은 그녀와 결혼하는 겁니다. 그때쯤 안느 모리조는 당신에게 푹 빠져 있었으니까요. 하지만 당신이 바라는 건 그 여자가 아니라 돈이었지요. 그런데 당신의 계획에 또 다른 차질이 생겼습니다. 르피네에서 만난 마드무아젤 제인 그레이를 열렬히 사랑하게 된 겁니다. 그녀에 대한 열정 때문에, 당신은 보다 위험한 게임을 해야 했지요. 당신은 돈과 사랑하는 여자를 동시에 얻으려고 했습니다. 돈 때문에 살인을 저질렀으니, 그 범죄의 성과를 포기할 생각이 추호도 없었습니다.

당신은 안느 모리조에게 나타나 신원을 밝히면 범인으로 몰릴 거라고 겁을 주었습니다. 대신 며칠 동안 휴가를 얻으라고 설득해 로테르담에서 결혼을 했지요. 그런 다음 당신은 그녀에게 어떻게 상속권을 주장할지 가르쳐 주었습니다. 레이디 호버리의 하녀였음을 밝히지 말 것이며, 사건이 일어났을 당시 그녀와 그녀의 남편은 외국에 있었다는 점을 분명히 해 두라고 말했지요.

불행히도 안느 모리조가 파리에 와서 상속권을 주장하기로 한 날짜와 나와 그레이 양이 파리에 도착한 날짜가 일치했습니다. 그건 당신의 계획과 전혀 맞지 않았지요. 마드무아젤 제인이나 내가 안느 모리조가 레이디 호버리의 하녀인 마들렌과 같은 사람이라는 사실을 알아차릴지도 몰랐으니까요. 당신은 그녀에게 연락하려 했지만 실패했습니다. 그래서 직접 파리로 찾아왔을 때는 그녀가 벌써 변호사를 만나러 떠난 뒤였죠. 안느 모리조는 돌아와 나를 만났다는 이야기를 했습니다. 상황이 위험해지자, 당신은 서둘러 행동을 취하기로 결심했지요.

어차피 당신은 아내가 재산을 상속받고 나면 오래 살려 둘 생각이 없었습니다. 결혼하자마자 두 사람은 서로에게 모든 재산을 남긴다는 유언장을 작성했지요. 정말 감동적인 일입니다. 내 생각에 당신은 일을 상당히 여유롭게 진행하고 싶었던 모양입니다. 먼저 당신은 환자가 줄어들었다는 명목으로 캐나다로 갈 작정이었죠. 거기서 다시 리처즈라는 이름으로 아내와 합류합니다. 하지만 머지않아 리처즈 부인은 불운한 죽음을 맞이하고 슬픔에 잠긴 척하는 홀아비가 전 재산을 물려받습니다. 그러면 이제 캐나다에서 운 좋은 투자로 큰돈을 번 노먼 게일이 되어 다시 영국으로 돌아오는 겁니다. 하지만 이제는 그럴 만한 시간이 없다는 결론을 내렸죠."

푸아로가 말을 멈추자 노먼 게일은 머리를 뒤로 젖히고 큰 소리로 웃었다. 그는 분노 어린 목소리로 말했다.

"남의 마음을 읽는 재주라도 있는 모양이군요. 클랜시 씨처럼 작가가 되는 게 어떻겠습니까? 이런 터무니없는 소리는 살다 살다 처음 듣습니다. 당신의 상상에는, 무슈 푸아로, 증거가 없어요!"

푸아로는 개의치 않고 계속 말했다.

"그럴지도 모르죠. 하지만 난 증거를 발견했습니다."

노먼이 코웃음을 치며 말했다.

"정말입니까? 비행기에 탔던 사람들 모두 내가 죽은 여자 근처에도 가지 않았다는 걸 확인해 주었는데, 내가 그 여자를 죽였다는 증거가 어디 있겠습니까."

"이제 당신이 어떻게 범행을 저질렀는지 정확하게 설명해 주겠습니다."

푸아로는 계속 말을 이었다.

"당신 가방에 들어 있던 물건들은 어떨까요? 당신은 휴가 중이었습니다. 그런데 어째서 치과 의사용 가운이 들어 있었던 걸까요? 나는 스스로에게 물어봤습니다. 대답은 이렇습니다. 왜냐하면 의사 가운은 승무원의 제복과 비슷하기 때문이지요. 당신은 이렇게 했습니다. 승무원들이 커피를 돌리고 다른 객실로 향하자, 당신은 화장실로 가서 가운을 걸친 다음, 뺨에 탈지면을 쑤셔 넣고 화장실을 나왔습니다. 그리고 식료품실에서 커피 스푼을 집어 들고, 승무원의 빠른 걸음을 흉내 내어 마담 지젤의 좌석으로 향했죠. 그리고 그녀의 목에 침을 찔러 넣은 다음 성냥갑을 열어 말벌을 풀어놓고, 다시 서둘러 화장실에 가서 가운을 벗고 천천히 자기 자리로 돌아갔습니다. 이 모든 일을 하는 데 몇 분도 채 걸리지 않았죠. 승무원에게 특별히 신경 쓰는 사람은 없었습니다. 그나마 당신을 알아볼 수 있는 사람은 마드무아젤 제인 정도인데, 여자들이 어떤지 모두 아시잖습니까. 여자들은 혼자 남겨지기만 하면, 특히 젊고 매력적인 청년이 맞은편에 앉아 있다면, 그 기회를 놓치지 않고 손거울을 들여다보며 화장을 고치느라 정신이 없지요."

"정말이지 흥미로운 이론이군요. 하지만 난 그러지 않았습니다. 또 다른 증거는요?"

게일이 비꼬듯이 말했다.

"그 밖에도 많습니다. 아까도 말했지만 대화를 하다 보면 사람들은 자기도 모르게 자신에 대한 정보를 흘리는 법이거든요. 당신은 경솔하게도 한때 남아프리카의 농장에서 지냈다고 말했습니다. 하지만 그곳이 뱀 농장이었다는 건 말하지 않았죠."

그때 처음으로 노먼 게일은 두려워하는 기색을 드러냈다. 그는 입을 벌렸지만 말을 하지는 못했다.

푸아로는 말을 이었다.

"당신은 그곳에서 본명인 리처즈를 사용했습니다. 당신 사진을 전송했더니 확인해 주더군요. 또한 그 사진 속의 인물은 로테르담에서 리처즈라는 이름으로 안느 모리조와 결혼한 남자와 같은 사람이라는 것이 확인되었습니다."

이번에도 노먼 게일은 무슨 말을 하려다 결국 아무 말도 하지 못했다. 이제 그는 완전히 다른 사람이 되어 있었다. 방금까지 잘생기고 활기에 넘치던 젊은이가 지금은 교활한 눈빛으로 도망갈 곳을 찾아 두리번거리다 결국 찾아내지 못해 절망한 쥐새끼처럼 보였다.

"당신은 성급한 나머지 계획을 망치고 말았습니다. 마리 고아원 원장이 안느 모리조에게 연락한 탓에 서둘러야 했던 겁니다. 전보를 무시하면 수상해 보일 테니까요. 당신은 아내에게 특정 사실들을 숨기지 않으면 당신이나 그녀가 살인 혐의를 받게 될 것이라고 겁을 주었습니다. 불행히도 두 사람 모두 마담 지젤이 죽었을 때 같은 비행기에 타고 있었으니까요. 나중에 그녀를 만났을 때, 당신은 내가 안느를 만났다는 것을 알고 서둘렀습니다. 내가 안느에게서 진실을 알아낼까 봐 두려웠던 겁니다. 어쩌면 안느 자신이 당신을 의심하기 시작했는지도 모르죠. 당신은 황급히 그녀를 호텔에서 데리고 나와 임항열차에 태웠습니다. 그리고 억지로 청산가리를 먹인 다음 빈 병을 손에 쥐어 준 채 자리를 뜬 겁니다."

"그런 형편없는 거짓말을······."

"오, 아닙니다. 안느 모리조는 목에 멍이 들어 있었거든요."

"거짓말이야!"

"그리고 병에 지문을 남겼더군요."

"거짓말쟁이! 나는 손에다······."

"오, 장갑을 꼈다고요? 저런 무슈, 죄를 자백하는 겁니까?"

"이 형편없는 협잡꾼 같으니!"

흥분한 게일이 얼굴을 일그러뜨리며 푸아로에게 달려들었다. 하지만 재프 경감이 더 빨랐다. 재프는 게일을 억세고 무자비하게 움켜잡으며 말했다.

"제임스 리처즈, 가명 노먼 게일. 당신을 의도적인 살인 혐의로 체포한다. 당신의 말은 모두 기록되어 법정에서 증거로 사용될 것이다."

노먼이 온몸을 부들부들 떨었다. 그는 금방이라도 쓰러질 것 같았다.

사복을 입은 사내들이 밖에서 기다리고 있었다. 노먼 게일은 경찰들에게 끌려 나갔다.

푸아로와 단둘이 남겨진 클랜시가 흥분을 가라앉히며 숨을 길게 내쉬었다. 그가 말했다.

"무슈 푸아로. 이렇게 짜릿한 경험은 처음입니다. 정말 대단하시군요!"

푸아로는 겸손한 미소를 지어 보였다.

"아니, 아닙니다. 재프 경감의 공이 컸죠. 게일이 리처즈라는 사실을 밝히는 데 큰일을 해냈거든요. 캐나다 경찰에서도 리처즈를 찾고 있었습니다. 그가 한때 사귀던 여자가 자살을 했는데, 나중에 타살로 밝혀졌다는군요."

"끔찍하군요."

클랜시가 중얼거렸다.

"많은 살인자들이 여성에게 매력적으로 비치죠."

푸아로가 말했다.

클랜시가 콜록거렸다.

"제인 그레이 양만 불쌍하게 되었군요."

푸아로는 서글픈 듯 고개를 저었다.

"그렇습니다. 제인 양에게 말했듯이, 때로 인생은 참으로 가혹하답니다. 하지만 그녀는 용감하니까 금방 극복할 겁니다."

그는 무의식적으로 노먼 게일이 흥분해 달려들면서 흐트러뜨린 사진과 서류들을 정리했다.

무언가가 그의 시선을 사로잡았다. 베네샤 커가 경마장에서 '호버리 경과 그의 친구'와 함께 이야기를 나누는 사진이었다.

그는 클랜시에게 그 사진을 건네주었다.

"이거 보십시오. 한 일 년쯤 지나면 이런 기사가 날 겁니다. '호버리 경과 베네샤 커 양, 결혼 발표.' 누가 그 결혼을 주선했을까요? 바로 나, 에르퀼 푸아로입니다. 그리고 내가 도와준 커플이 또 하나 있답니다."

"레이디 호버리와 배러클로 씨인가요?"

푸아로는 몸을 앞으로 기울였다.

"오, 아닙니다. 그쪽은 관심 없어요. 무슈 장 뒤퐁과 제인 그레이 양을 말하는 겁니다. 두고 보십시오."

한 달 후, 제인이 푸아로를 찾아왔다.

"선생님을 원망해야겠어요, 무슈 푸아로."

그녀는 눈 주위가 퀭하고 창백한 얼굴이었다.

푸아로는 부드럽게 말했다.

"원한다면 조금은 원망해도 좋습니다. 하지만 아가씨는 거짓된 환상 속에 사느니 진실을 대면할 용기가 있는 사람이라고 생각합니다. 그리고 어차피 당신도 오래 살지는 못했을 겁니다. 여자를 죽이는 건 버릇이 되게 마련이니까."

"하지만 정말 매력적인 사람이었다고요."

제인은 덧붙여 말했다.

"전 다시는 사랑에 빠지지 않을 거예요."

"그렇겠죠. 이제 당신에게 그런 삶은 끝났으니까요."

푸아로가 말했다.

제인은 고개를 끄덕였다.

"이제 새 직장을 구해야겠어요. 제가 정신없이 푹 빠져들 만한 걸로요."

푸아로는 의자에 등을 깊숙이 기댄 채 천장을 바라보았다.

"뒤퐁 부자와 함께 페르시아에 가는 건 어떻습니까? 재미있을 텐데요."

"하지만…… 그건 선생님 일 때문에 가짜로 위장한 거였잖아요."

푸아로는 고개를 저었다.

"오히려 그 반대랍니다. 난 고고학과 선사시대 토기에 정말 관심이 많아졌거든요. 약속한 기부금도 수표로 끊어서 보냈고요. 오늘 아침에 전화가 왔는데, 두 사람은 이번 여행에 아가씨가 함께해 주길 바라고 있답니다. 그럼 그럴 줄 압니까?"

"네, 학교 다닐 때 꽤 잘 그렸어요."

"완벽합니다! 즐거운 시간이 되겠군요."

"정말로 제가 와 줬으면 한다던가요?"

"물론입니다."

"정말 멋져요. 그렇게 떠날 수 있다니……."

그녀의 얼굴이 살짝 붉게 물들었다.

"무슈 푸아로. 혹시…… 설마…… 동정심으로 이러시는 건 아니겠죠?"

제인은 의심스러운 눈초리로 푸아로의 표정을 살폈다.

푸아로가 끔찍하다는 표정을 지으며 말했다.

"동정심이라니! 분명히 말씀 드리지만 마드무아젤, 난 돈과 관련된 일에 있어서만은 철저하게 사업적인 사람이랍니다……."

그가 몹시 불쾌한 표정을 짓는 바람에 제인은 재빨리 사과했다.

"박물관에라도 가서 선사시대 토기들을 둘러봐야겠어요."

"좋은 생각입니다."

제인은 문 앞에서 잠시 멈춰 서더니 몸을 돌려 다시 돌아왔다.

"어떤 면에서는 친절하지 않으셨지만, 그래도 선생님은 제게 참 잘해 주셨어요."

그녀는 푸아로의 이마에 살짝 입을 맞추고 방을 나갔다.

"사, 세 트레 장티!(오, 이거야말로 정말 친절한 일이군!)"

에르퀼 푸아로가 말했다.

〈끝〉

옮긴이 | 박슬라

연세대 인문학부를 졸업했으며 영문학, 심리학을 전공했다. 현재 인트랜스 소속 전문번역가로 활동 중이다. 옮긴 책으로는 『한니발 라이징』, 『마인드 세트』, 『고양이 100배 행복하게 키우기』, 『베어&드래곤』, 『미래를 읽는 기술』, 『회사형 인간』, 청소년소설 시리즈 『나를 나로 만드는 것』 시리즈, 『레슬리의 비밀일기』 등이 있다.

애거서 크리스티 푸아로 셀렉션

구름 속의 죽음

1판 1쇄 펴냄 2015년 7월 10일
1판 4쇄 펴냄 2024년 4월 19일

지은이 | 애거서 크리스티
옮긴이 | 박슬라
발행인 | 박근섭
편집인 | 김준혁
펴낸곳 | 황금가지

출판등록 | 2009. 10. 8 (제2009-000273호)
주소 | 135-887 서울 강남구 신사동 506 강남출판문화센터 5층
전화 | 영업부 515-2000 **편집부** 3446-8774 **팩시밀리** 515-2007
홈페이지 | www.goldenbough.co.kr

도서 파본 등의 이유로 반송이 필요할 경우에는 구매처에서 교환하시고
출판사 교환이 필요할 경우에는 아래 주소로 반송 사유를 적어 도서와 함께 보내주세요.
135-887 서울 강남구 신사동 506 강남출판문화센터 6층 민음인 마케팅부

© ㈜민음인, 2015. Printed in Seoul, Korea
ISBN 978-89-6017-223-4 04840
ISBN 978-89-6017-956-1 04840 (set)
㈜민음인은 민음사 출판 그룹의 자회사입니다.
황금가지는 ㈜민음인의 픽션 전문 출간 브랜드입니다.